SCENARIO

MAGABOOK
시나리오 #8
2018년 겨울

contents

INFORMATION

김혜수, 유아인, 허준호, 조우진, 그리고 뱅상 카셀까지 탄탄한 연기력과 매력을 겸비한 배우들의 만남으로 기대를 모으는 영화 <국가부도의 날>에서 김혜수가 국가 부도의 위기를 막기 위해 고군분투하는 한국은행의 경제 전문가로 출연했다.

[각본 : 엄성민 | 감독 : 최국희 | 제작 : 영화사 집 | 제공/배급 : CJ엔터테인먼트]

SYNOPSIS

모든 투자자들은 한국을 떠나라. 지금 당장
1997년, 대한민국 최고의 경제 호황을 믿어 의심치 않았던 그때,
곧 엄청난 경제 위기가 닥칠 것을 예견한 한국은행 통화정책팀장 '한시현'(김혜수)은 이 사실을 보고하고,
정부는 뒤늦게 국가부도 사태를 막기 위한 비공개 대책팀을 꾸린다.

| Hot 스타 |

배우가 사랑한 시나리오

| 김혜수 |

영화 〈국가부도의 날〉은 국가 부도까지 남은 시간 일주일, 위기를 막으려는 사람과 위기에 베팅하는 사람, 그리고 회사와 가족을 지키려는 평범한 사람까지, 1997년 IMF 위기 속 서로 다른 선택을 했던 사람들의 이야기를 그린 작품이다 .

김혜수가 연기한 '한시현'은 모두가 경제에 대해 낙관적인 전망을 이야기할 때 정확한 수치와 데이터 분석을 통해 국가 부도의 위기를 가장 먼저 예견하고 대책을 세운 유일한 인물이다. 경제 위기에 몰린 현 상황을 서둘러 알리고 대비할 수 있도록 해야 한다는 소신을 피력하며 위기를 돌파하기 위한 최선의 방법을 고민하는 전문가이자 위기의 직격탄을 맞을 국민을 누구보다 먼저 생각하는 인물인 '한시현'은 스크린에서 오래간만에 만나는 독보적이고 주체적인 여성 캐릭터로 깊은 인상을 남길 것이다. "처음 시나리오를 읽었을 때 심장 박동이 빨라질 정도로 가슴이 뛰는 느낌이었다. 한시현 같은 사람이 좀더 많았다면 과연 우리가 그런 불행을 겪었을까 라는 생각이 들었다."고 전한 김혜수는 전문 용어로 가득한 방대한 분량의 대사부터 영어 연기까지 완벽하게 소화해내기 위한 노력을 아끼지 않은 것은 물론, 위기를 막기 위해 모든 것을 내건 굳건한 모습, IMF 협상장에서도 의지를 굽히지 않는 강한 존재감으로 작품을 든든하게 이끈다. "자신의 의견을 당당하게 피력하고 관객들에게 진정성 있게 전달해줄 배우로 김혜수 씨가 가장 적격이라고 생각했다."는 이유진 제작자의 신뢰와 더불어 최국희 감독이 "존경스러울 정도로 노력하는 배우이다. 열의와 열망, 노력에 감동했다."고 전할 만큼 치열한 노력을 기울인 김혜수는 깊은 진심이 전해지는 캐릭터를 통해 모두의 마음을 움직인다.

| 작품 선택의 이유 |

우리가 겪었던 과거에 대한 이야기이기 때문에 결과를 알고 있음에도 불구하고, 영화 속에 다뤄지는 이런 상황들에 대해서는 모르고 지낸 것 같다.

그 당시 나라의 위기를 막기 위해 고군분투했던 사람들이 있었다는 점이 굉장히 인상적이었다. 시나리오를 읽으면서 몰랐던 내용들이 많아서 검색도 많이 해보았다.

처음 시나리오를 봤을 때는 심장 박동이 빨라질 정도로 가슴이 뛰었고 피가 거꾸로 솟는 그런 느낌을 느꼈다.

이 이야기는 반드시 영화로, 그것도 잘 만들어진 영화로 나와야겠다는 생각이 들었다. 시나리오를 읽음과 동시에 출연을 결정한 것 같다.

연기를 생각하면 부담이 되기도 했었지만 그보다 이런 이야기가 다뤄져야 하고, 그 시대 우리가 몰랐던 상황들에 대해 이 영화를 통해서라도 많은 분들이 알게 되었으면 좋겠다는 마음이 컸다.

| 김혜수 |

영화배우, 탤런트
데뷔, 깜보(1986)
경력, 국세청 홍보대사 (2018)
유니세프한국위원회 친선대사 (2017)
유니세프 특별대표 (2012)
제6회 아시아나국제단편영화제 특별심사위원 (2008) 외

수상

제52회 백상예술대상 TV부문 여자최우수연기상 (2016)
제21회 춘사영화상 여우주연상 (2016)
제35회 한국영화평론가협회상 여자연기자상 (2015)
제35회 황금촬영상 최우수 주연여우상 (2015)
KBS 연기대상 대상 (2013)
제21회 대한민국 문화연예대상 드라마 부문 대상 (2013)
제20회 대한민국 문화연예대상 영화 여자최우수상 (2011)
제12회 대한민국영상대전 영화부문 포토제닉상 (2011)
제32회 청룡영화상 청정원인기스타상 (2011) 외 다수

출연작

영화 (국가부도의 날 외 36편)
TV프로그램 (시그널 외 35편)

| 작가의 고향 – 〈서울, 돈암동〉 |

한(恨) 많은 미아리, 아리랑 고개

| 윤석훈 |

내가 태어나서 자라고 학교를 다닌 곳이 서울특별시 돈암동이다.

고향을 떠난 지 53년 만에 형제들이 살고 있는 돈암동으로 회귀해 보니, 모든 게 낯설고 생소한 모습들이다. 정겨웠던 한옥들은 모두 사라지고 거대한 협곡처럼 솟아오른 빌딩들과 회색빛 아파트 단지가 숲을 이루고 있다. 미로처럼 이어져 있던 와가들의 골목은 상가들의 불빛 속에 묻혀버렸다.

22살 청년이 영화예술의 꿈을 안고 떠나 반세기를 넘어 다시 돌아온 고향. 돈암동의 현재 모습이다.

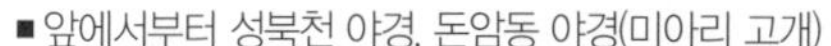

■ 앞에서부터 성북천 야경, 돈암동 야경(미아리 고개)

소년의 추억

미아리 고개.

동북쪽으로 굽이진 미아리 고개.

흙먼지 피어오르는 고개를 힘겹게 넘나들던 자동차들…. 마, 소가 이끌고 가파른 고개를 넘어가는 달구지, 손수레들. 고개 중턱 아래의 오래된 대장간에선 기운차게 들려 나오는 망치 소리, 미아리 초입엔 을지로 4가를 오가던 전차 종점이 있었다.

땡, 땡, 땡…. 정겨운 전차의 종소리가 통행금지 시간까지 들렸다.

이런 정겨운 풍경들이 나의 소년시절의 기억과 추억이다.

유년의 기억

내가 태어난 곳은, 미아리 고개 옆 지금의 성신여자대학교 앞쪽이다. 처마를 맞대고 바둑판처럼 반듯하게 들어선 소박한 한옥들이 있는 동네다. 나의 집 맞은편엔 이승만 대통령 시절 초대 내무부장관을 지내셨던 유석 조병옥 박사 양옥 저택이 있다.

1950년 6월 28일 오전, 전날부터 비가 억수로 쏟아졌다. 북한 괴뢰군이 38선을 넘어 남침했다고 부모님, 외갓집 어른들이 근심어린 표정을 지으며 봇짐(피난 짐)을 싸고 있었다. 어느 순간, 미아리 고개에서 지축을 흔드는 탱크의 캐터필러 소리와 함께 탱크와 인민군 군용차의 엔진소리가 어지럽게 들려왔다. 모두 미아리 고개 쪽으로 뛰쳐나갔다. 미아리 고개를, 인민군 탱크와 군인을 잔뜩 실은 인민군 군 트럭이 넘어오고 있었다. 그런 모습을 처음 본 나는 모든 게 신기하고, 신나기까지 했다.

탱크를 보다니…. 트럭에 탄 인민군들이 힘차게 노래를 부르고 있었다.

"장백산, 줄기줄기~"

아마 그들의 군가였음을 십년이 넘은 후에야 알게 되었다. 한강 다리가 이미 끊겨서 외할머니 금쌍가락지를 빼주고서야 나룻배를 타고 도강해 인천까지 피난을 갔다.

몇 달 후, 인천상륙작전이 시작됐다.

유엔군 함상에서의 함포사격이 시작되었다. 나는 지금까지도 그렇게 아름답고 거대한 불꽃놀이를 보지 못한 거 같다. 서울이 수복되고 다시 집으로 돌아왔을 땐, 미아리 고개가 변해 있었다. 恨 많은 미아리 고개란다. 피난을 못 떠난 정치인, 기업인, 문화계에 종사하던 인사들. 그리고 군, 경 가족들이 처형되거나 납북되어 이 고개를 넘어갔단다. 노랫말처럼 "철사 줄로 꽁꽁 묶여, 뒤돌아보며" 끌려갔는지 모른다. 또한 자진해서 월북한 사람도 꽤 많았다고 했다. 다시 올 기약을 하며 몇 번이고 돈암동 쪽을 뒤돌아보았음직하다.

1960년 4. 19 학생혁명 의거에 희생된 415명의 영령들이 이 고개를 넘어 우이동 학생혁명 묘지에 영면했다. 아이러니하게도 1961년 5월 16일 아침. 육군 일부가 혁명군이란 이름으로 또 이 미아리 고개를 넘어왔다. 근대사의 비극적 길목에서 돈암동 미아리 고개는 등을 내어주는 고개였다.

恨을 안고 있는 아리랑 고개

돈암동을 중심으로 좌측으로는 아리랑 고개가 나온다.

그 중턱엔 내가 다닌 '정덕 초등학교'가 있다.

언덕 뒤로 조선 제1대 태조비 신덕왕후능인 정릉이 있다.

정릉은 세계문화 및 자연유산의 보호에 관한 협약에 따라 2009년 6월 30일 유네스코 세계 문화유산으로 등재되었다.

아리랑 고개가 왜 恨을 안고 있다고들 할까?

태조 이성계가 신덕왕후 소생인 방번, 방석, 두 아들 중 방석을 세자로 책봉하자, 이성계의 다섯째 아들인 방원(후에 태종)이 1차 왕자의 난을 일으켜 방번, 방석을 살해한다. 신덕왕후가 죽자, 이성계는 정릉에 안장했고, 흥천사를 원당으로 삼아 제사 때 태상왕(태조)도 참례하였다. 두 아들을 잃은 신덕왕후의 원(寃)을 달래기 위함이었을 것이다.

신덕왕후의 신위가 정릉으로 올 때, 그 앞에 아리랑 고개를 넘었을 것이다. 아리랑 고개야 말로 신덕왕후의 恨을 안고 있는 고개가 아닐까? 라는 생각이 새삼 느껴지게 한다.

영화를 훔치다

지금의 돈암동 사거리 모퉁이에 외삼촌이 자동차 부품상회를 하고 있었다. 야간 고등학교를 다니던 나는 외삼촌 가게에서 배달 일을 했다.

그래서 그런지 지금도 자전거는 잘 탄다. 배달일이 없으면 밤엔 특별한 배달 일을 했다. 극장에서 주는 포스터를 길가 가게 문짝에 붙이는 일이다. 포스터 끝 귀퉁이에는 가게 주인에게 주는 극장 무료입장권이 붙어있다.

성북구 일대엔 극장이 딱 한 곳이 있었다. 삼선동과 돈암동 중간에 있는 '동도극장'뿐이었다. 그렇게 해서 나흘에 한 번 씩 극장에 갔다. 외국영화는 물론 한국영화도 늦긴 했지만 빠짐없이 본 셈이다. 신기했다. 무섭기도 했고, 헤어 나올 수 없는 영화에 대한 사랑과 열망으로 상상의 나래를 펼치며 몽상가가 되어갔다. 나에게 형이 한 분 있었다. 한참 후에 알았지만 시나리오 작가 윤석주(대표작 동백아가씨)다. 전차종점 어딘가 자취를 하고 있었다. 일 년에 한두 번 얼굴 볼까 말까할 정도로 형은 집과 담을 쌓고 있었다. 나중에 안 사실이지만 그때 申필름(신상옥 감독)의 시나리오 신인작가였다. 영화에 대한 열병을 앓던 나는 속옷, 밑반찬을 챙겨들고 찾아가서 영화작업의 신세계를 경험하게 되었다.

영화와 마주치다

형의 여름옷을 챙겨들고, 글을 쓰고 있다는 종로3가 어느 여관방으로 갔다. 형은 어느 중년사내에게 열심히 작품 설명을 하고 있었다.

그 분은 바로 영화감독 김화랑이었다. 김 감독님의 부인은 당대의 인기 여가수 신카나리아였다. 김 감독님의 신분을 안 나는 숨이 멎는 듯했다. 만족한 듯, 형의 시나리오 원고를 챙기면서 청천벽력 같은 소리를 했다.

"윤 작가 동생, 이틀만 빌려주게. 심부름 할 연출부가 없네."

"(뜨악한 표정) 잰 아직 학생이고, 영화는 아무것도 모르는데요?"

"배우면 되지!"

그렇게 해서 교복을 입은 채, 만리동 세트장으로 징발되어 갔다. 휘황찬란한 조명 아래 배우들이 (박노식, 이경희, 최삼, 신카나리아 등) 움직이고, 나도 그들 틈에 끼여 콩기름 걸레로 소도구를 닦고, 세트에 못을 박고, 슬레이트를 치고, 꿈같은 2박 3일 주야 촬영이 끝났다.

잠은 어디로 달아났는지 찾을 길이 없다.

졸업식도 못가고, 촬영은 부산에서 끝났다. 연락선이 수평선 멀리 사라지는 것이 끝이다. 제목이 '연락선은 떠난다'다.

영화감독이 되려면 우선 이야기꾼이 되어야 한다는 진리를 깨달았다. 그래서 촬영 없는 날엔 형의 원고 정리를 하면서 시나리오 쓰는 법을 배웠다. 우선 문학을 알아야 한다고 했다. 그로부터 세계문학전집은 물론 한국 단편문학을 알아야 했다. 1964년에 초판이 나온 '한국단편문학대계' 전권을 샀다. 보고, 읽고, 또 생각하고 전권을 다 외우기까지 했다. 54년이 지난 지금도 내 책장엔 조자룡의 보도처럼 꽂혀있다. 책장을 넘기면 부스러질까 조심스럽다.

돈암동 영화작가를 꿈꾸는 선배들

어디에 누가 있었을까?

희뿌연 자동차 매연이 깔린 그 고개를 넘어가 본다. 성신여대 정문 언덕엔 당대 유명한 영화배우 부부가 살았다. 김석훈과 김의향이다. 고갯마루 턱엔 최무룡, 김지미 부부가 살았다. 그 아래쪽엔, 서라벌예술대학 다니던 학생들이 하숙 아니면 자취를 하고 있었다. 유동훈(시나리오작가), 김하림(시나리오, 방송작가), 김원두(소설, 시나리오작가, 제작자), 백결(시나리오작가), 이진모(시나리오작가) 등이 있었고, 홍지운 등이 드나들었고, 나는 그 밑쪽에서 3년을 살았다.

그러나 영화촬영을 다니느라 그때는 그 선배들과는 교류가 없었고, 몇 년 후 시나리오 작가로 데뷔한 후에 충무로 여관에서 알게 되어 선후배를 떠나 형제처럼 지냈다. 미아리 고개를 넘어 아리랑 고개를 돌아들어 정릉 입구에 닿는다. 이곳에도 영화로 한 시대를 꽃피웠던 영화작가들이 있다. 영화촬영 도중 헬리콥터 사고로 한강에 추락사한 이상언 감독(대표작: 형) 수백 편의 영화음악을 작곡한 이철혁 음악가.

지금도 해외촬영을 다니시는 정일성 촬영감독이 생존해 있다.

정릉 청수장 쪽으로는 여배우 김지미 씨가 오랫동안 둥지를 튼 곳이다. 그 옆으로는 우리나라 최고의 기획자이면서 영화 제작자이신 황기성 씨가 있다. 또한 파란만장한 한 시대를 산 협객 김두한 씨가 말년을 보낸 장소이기도 하다.

지금 돈암동엔 어떤 문화예술 활동을 하는 후배들이 있을까?

신기루처럼 사라진 고향 돈암동

도시를 고향으로 둔 회귀자의 숙명일까?

미아리, 아리랑 고개의 추억과 기억들….

친구들, 사랑, 아름다움, 연민, 맑게 흐르던 정릉천도 모두 사라졌다. 오직 변치 않고 묵묵히 서 있는 것은 정릉산, 북한산, 멀리 백운대. 도봉산 자운봉만이 내 젖은 시야에 그렇게 버티고 서 있다.

나를 고향 나그네라고 해도 좋다. 그래도 내 고향은 돈암동이다.

| 윤석훈 |

-한국 시나리오 작가협회 (전)상임부이사장 역임
-한국 영화인 총연합회 (현)이사, 저작권위원장

주요 영화작품

결혼반지, 흑지, 그 사랑 한이 되어, 해뜰날, 신혼소동, 갈마, 검은 휘파람, 여자는 이슬처럼 젖는다. 현해탄은 알고 있다. 실미도(2000년 초고완성), 북파공작원 HID(2000년 완고) 외 70여 작품 영화화

주요 방송작품

MBC 113 수사본부, 안개 낀 선창 외 50여편
미니리시즈(특집) 대검자(6부), 긴 강(6부), 대도전(8부), 달빛자르기(3부)
베스트셀러극장, 흑산도 갈매기 외 20작품
KBS 형사, 형사 기동대, 형사 25시, (4년간 고정집필)-400여편
TV문학관 박서방 외 12작품, 추리극장 황제의 꼬리(3부작)
SBS 여형사 8080, 여름사냥 외 5작품(1년 고정집필)

한국 영화 시나리오 걸작선 〈7〉

연산군(장한사모편)

1962. 1. 1. 개봉

원　작 | 박종화 『금삼의 피

각　색 | 임희재

감　독 | 신상옥

제　작 | 신필림

출　연 | 신영균, 김동원, 전　옥, 허장강, 신성일, 김희갑 외

수　상 | 제1회 대종상 (최우수작품상 수상)

S#1 창경궁 경춘전 뜰 (F.I)

주인 없는 빈집.
슬픔에 잠긴 빈집.
소복을 한 늙은 노비가 뜰을 쓸어 낙엽을 태우고 있다.
피어오르는 연기.
하얀 족두리에 소복단장을 한 내인 두 사람이 그 옆을 지나간다.
노비 허리를 펴며 합장을 한다.
이에 W되는 다음의 해설.

(해설) "연산 10년 갑자 4월 27일 덕종왕비시자 연산의 할머님이신 인수대비는 69세를 일기로 한 많은 이 세상을 떠나버렸다."

S#2 인정전 전경

(해설) "이제는 누구 하나 연산의 하는 일을 탄하고 간섭하는 이라고는 없게 되었다. 어머님의 원수도 갚아 드렸고 사당이며 능침도 훌륭하게 뫼시어 생전에 못 다한 자식 된 도리를 다하였다."

S#3 인정전 안

정사를 다스리는 연산
그 앞에 상감을 보필하는 여러 중신들
어전회의를 하고 있다.
영의정 유순을 비롯하여 좌의정 신수근, 우의정 김수동, 이조판서 유순정, 병조판서 임사홍, 이조참판 성희안, 예조판서 이손, 도승지 신수영, 오호도총부 도총관 유자광, 승지 김자원 기타 중신들이다.

(해설) "연산은 정사에 힘을 기우려 국가 백년대계의 원대한 계획을 여

러 중신들과 의논하였다. 도성을 넓히고 한강물을 끌어 들이어 운하를 만들어 교통을 편리케 하고 치산치수를 잘하여 백성을 부강케 하려 하였고….”

S#4 비원 숲속

한 마리의 사슴이 풀을 뜯고 있다.
저만치 숲속에서 가만 가만히 나타나는 동궁 황(15~16세)와 창녕군 성(13~14세) 양평군 인(10세) 등의 장난꾸러기들 사냥놀이를 하는 참이다.

(해설) “뿐만 아니라 선왕의 유지를 추앙하여 동산에 사슴을 길러 자손들로 하여금 옛 성현의 덕을 배우게 하였다.”

S#5 춘당대 연못가

연산이 공허한 심사로 거닐고 있다.
물 위에 지는 낙엽.
물속을 망연히 들여다보다 하늘을 우러러 보며 쓰디쓴 웃음을 짓는다.

(해설) “그러나 인생은 한마당 꿈. 그가 참된 인생을 알았을 때에는 세상 인생사는 너무나 부질없고 허무하기만 하였다. 지난날의 황홀한 계집과 술이 아니고서야 공허한 심정을 메울 수가 없었다. 이 틈을 타서 간신들의 무리는 또다시 발호하기 시작하였던 것이다.”

연산이 부질없이 웃고 있는데 뒤에서 “후후” 하고 간지럽게 웃는 여인의 교성. 연산 그쪽을 돌아보니 녹수가 요염하게 웃으며 숲속에서 나타난다.

녹수 상감마마두 혼자서 웃고 계시와요. 어서 가셔요. 상감이 아니 계시니까 여흥이 되지 않아요? 자 일어서셔요.

하며 연산의 소매를 잡아끈다.
아득히 들려오는 주악소리.

연산 녹수야!
녹수 네
연산 좀 더 신이 나서 미칠 만한 놀음이 없느냐?
녹수 왜 없어와요? 대내의 수천궁녀가 모두 상감의 것이온데….
연산 궁녀라면 신물이 난다
녹수 그러하오면….
연산 ?
녹수 팔도강산에 사람을 놓아 미녀란 미녀는 모조리 잡아 올릴깝쇼?
연산 핫하.
녹수 호호.

이때 근방에서 사슴의 비명

연산 저게 무슨 소리냐?
녹수 사슴이 우는 소리 아니와요?
연산 사슴?

S#6 숲속

왕자들이 사슴을 나무에 붙들어 매어 놓고 동궁 황이 활로 사슴을 쏘는 것을 구경하고 있다. 화살이 날아간다.
그리고 화살은 빗맞고 사슴의 애절한 비명.
황 다시 줄을 씌는데 숲을 헤치며 나타나는 연산의 무서운 얼굴.

연산 야 이놈!

벽력같이 소리친다. 왕자들 일제히 그쪽을 돌아다보더니 부왕임을 알자 숙연히 읍한다.
그들 앞으로 다가오는 연산.
참으로 두려운 광경을 본 듯 사뭇 치를 떤다.

연산 (와락 동궁의 손에서 활을 낚아채며) 동궁! 이게 무슨 짓이냐?
일동 ….

그러나 동궁은 몹시 못마땅한 듯한 표정

연산 어서 사슴을 놓아주지 못할까?

창녕군 성과 장수 사슴 앞으로 가 포박을 풀어준다.
그러나 동궁은 그 자리에 못 박힌 채 부동.

연산 동궁 듣거라! 내가 사슴을 기르는 본의는 일찍이 내 동궁시절에 선행대왕께서 동산에 사슴을 기르시어 자식으로 하여금 성인 문왕의 덕을 배우게 하신 일이 있어서 나도 그 높으신 성지를 추앙하여 선행대왕처럼 사슴을 길러 너희들에게 그 덕을 본받게 함인데 이게 무슨 고이한 짓들이냐?
동궁 아바마마! 실록단자에 아바마마께서는 사슴을 미워하시어 활로 쏘아 죽이셨다고 적히어 있기에 소자도 아바마마의 성지를 쫓아 사슴이란 짐승은 불길한 짐승인줄 아옵고 죽이려 한 것이옵니다.
연산 ?

폐부를 찌르는 아들의 말이다.
동궁이 사슴을 쏘려던 화살이 자기의 가슴을 꿰뚫는 아픔이다.

녹수 (다가와) 상감마마! 동궁께서 미쳐 성려를 분별치 못한 소치이오니 과히 허물마시고 돌아가시지요.

연산 휘청거리는 발길을 돌린다.

S#7 옥화당 대청

병조판서 임사홍이 정좌하여 녹수가 나오기를 기다리고 있는데.
합문에서 녹수가 걸어 나오며.

녹수 그래 물색 좀 해보셨어요?
사홍 예.
녹수 쓸 만한 애가 있습디까?
사홍 딱 한 여자를 보아 두었는데… 사정이 좀 난처해서….
녹수 왜요?
사홍 수년 전에 작고하신 상감의 큰아버님 되시는 월산대군의 소실로 박 씨 부인이라고 있지요. 혹 아시는지요?
녹수 아 그 동궁마마를 젖 먹여 기른 **봉보부인** 말씀이오?
사홍 예. 그분이 인물이 곱기가 천하국색이라 하오니 그분 같으면 상감의 울적한 심회를 능히 풀어 드릴만도 합니다만….
녹수 나도 소문은 들어 알고 있소만 그이가 그렇게 인물이 좋은가요?
사홍 예. 상감께서도 은근히 마음속에 두고 지내시는 눈치신데 원체 상대가 혁혁한 대신 집 규수이니만큼 함부로 할 수도 없고 난처하옵니다 그려.
녹수 혁혁한 대신이라면 직급이 무엇이관대?
사홍 아비는 병조참판이요 중추부지사 박원종 대감이 그분의 바루 동생이 아닙니까?
녹수 자식이 아비보다 벼슬이 높군요. 호호.
사홍 (동시에) 예. 하하.

S#8 박원종의 집 후원

수목이 무성한 후원

호쾌한 기합소리와 함께 부딪히는 검성
백발의 박 참판과 그의 아들 박원종이 불이 나는 검술시합을 하고 있다.
비록 늙고 기력은 아들보다 얕으나 칼을 쓰는 법은 젊고 건장한 아들이 대적할 바가 못 된다.
급기야 필승의 기합으로 달려드는 원종의 칼을 날쌔게 꺾으며 나려치는 아버지의 칼에 원종의 칼이 땅바닥에 떨어진다.
재빠르게 칼을 집으려는 원종의 목덜미 앞에 아버지의 칼이 선뜻 닿는다.
비로써 항복하고 무릎을 꿇는 원종

원종 졌습니다.
참판 (칼을 거두어 집에 넣으며) 평소에 난심(어지러운 마음)한 소치야. 그러고서야 어찌 지존을 뫼시는 중책을 다할 것인고?
원종 죄송합니다.

이때 원종의 처 민 씨가 황급히 다가와

민 씨 여보! 지금 봉보부인 댁에서 전갈이 왔는데 승지가 와서 어명이랍시고 강제로 끌어가다시피 뫼시고 들어갔다 하여요.
원종 어명이라고요?
민 씨 예. 범상한 일이 아닌 것 같은데 입궐하여 알아봄이 어떨까요?
원종 음!

무슨 불길한 예감에 짐짓 생각한다.

참판 어명이라?
민 씨 예 아버님!
원종 항간에 상감과 누님 사이에 별 해괴한 추문이 다 들리던데 혹….
참판 그 무슨 무엄한 소리냐? 그 애는 일찍이 동궁마마를 기른 사람이거늘 당키나 할 법한 소리냐? 부질없는 걱정들 말어라!

엄한 아버지의 말씀에 아들과 자부도 수긍하며 밝은 얼굴

S#9 긴 곽하 (성곽 아래)

연산이 취한 걸음으로 걸어오며 뒤에 따른 김자원에게

연산 핫하. 천하국색이라 했겠다?
자원 예 헤.
연산 만일 언제가처럼 유명무실한 계집을 가지고 짐을 농락한다면 네 목을 잘라도 좋으렸다?
자원 예 헤. 좌우간 이번만은 상감의 봉안에 꼭 드실 것이오이다.
연산 좋아. 과연 임사홍은 충신이란 말야. 하하.

이렇게 주고받으며 침전 앞에 멎는 연산
가원이 방문을 열어드리자 연산 방안으로 비칠거리며 들어선다.

S#10 침전

들어선 연산의 눈에 크로즈 업 되는 봉보부인 박 씨의 청아한 모습
상감이 듭시는 것을 보자 부복하고 만다.
연산의 몽롱한 눈에 생기가 빛난다.

연산 음 고개를 들라! 나는 그런 번잡한 예절 따위를 싫어하는 사람이야 음? 부인!
박 씨 (이윽고 서서히 고개를 들며 원망스럽게) 상감마마!

하곤 말이 막히고 만다.
순간 자기 눈을 의심하듯 아연 경악하는 연산

연산 아니 봉보부인이 어인 일이오? 음?

하며 심히 분개한다.

박 씨 ….

목이 메어 울뿐이다

연산 음.

치를 떨며 어쩔 줄을 모르다가

연산 자원아! 자원아!

하고 벽력같이 부르며 문을 박차고 나간다.

S#11 그 밖

방안을 살피며 고수한 미소를 짓고 있던 자원이 예기치 않았던 상감의 변괴에 어리둥절 하는데 연산이 뛰어나와 다짜고짜 멱살을 잡아챈다.

연산 야 이놈 하상(하필)이면 내 자식을 길러준 봉보부인을 농락하다니 이 천하에 망측한 놈 같으니.
자원 예 상감 그저 죽을 때라 잘못했습니다.
연산 이…이…. (목을 졸라맨다.)
자원 소신은 임사홍대감이 시키는 대로 심부름만 했을 뿐이옵니다. 예 상감!
연산 오냐 그 여우같은 임사홍을 불러라!
자원 예 예 그저….

연산 힘껏 내치니 저만치 엉덩방아를 찧고 나둥그는 자원.
혼비백산하여 물러간다.

S#12 편전

숙연히 부복대령하고 있는 임사홍
그리고 그 뒤에 있는 자원
연산 너무나 격하여 대뜸 말이 나오지 않다가

연산 야 이놈 사홍아!

불호령이 떨어진다.

사홍 예
연산 네 이놈! 군왕을 농락해도 유분수지. 하상이면 봉보부인을 이놈…. 음? 천하에 개만도 못한 놈 같으니. 그러다가는 네 여편네까지 갖다 바칠 것이 아니냐?
사홍 상감. 고정하시고 신의 말씀을 들으십시요.
연산 무슨 괴변이냐?
사홍 감히 인간의 가죽을 쓰고서 여짜옵기 난감한 일이옵니다.
연산 이실직고 하여라. 불연이면 네 목을 자르리라.
사홍 예. 사실인즉 봉보부인의 아비 박 참판이 일찍이 판서자리 하나를 얻어 하려고 신에게 누차 간청을 하옵더니 하루는 찾아와서 하는 말이 상감께서 봉보부인의 미모를 흠모 하고 계신다 하오니 신의 도리로서 무엇이 아까울 게 있겠오? 제발 내 여식으로 하여금 상감의 울적한 심회를 푸시게 하오면 이는 곧 신하의 도요 가문의 영광이라 하며 자진해서 여식을 바친 것이올시다.
연산 뭣이? 판서자리를 얻어 하려고 제 딸을 자진해서 바친단 말이냐?
사홍 예. 그러하옵니다.
연산 진정이렸다?
사홍 예. 신 어찌 어전에서 거짓을 고하리까? 여기 자원이도 증인으로 있사옵니다.

하며 자원을 돌아다보며 위협하는 눈초리

자원 예. 아뢰옵기 황공하오나 대감이 아뢰온 바 추호라도 거짓이 없사옴을 맹세하옵니다.

연산 그래!

사홍/자원 예.

연산 핫하. 그 늙은 것이 판서자리가 그렇게 탐이 났더란 말이냐? 아니 판서자리가 아니라 임금 자리를 준다면 제 어미라도 갔다 바칠 놈이 아니냐? 음? 하하. 야 이봐라!

사홍/자원 예.

연산 날이 밝는 대로 그 아비 놈을 잡아 대령하여라.

사홍/자원 예.

S#13 수문당 뜰

뜰아래 꿇려 앉아 있는 백발의 노 참판.
내시 김자원이 자리하였을 뿐이다.

연산 네 이놈. 판서자리가 그다지도 탐이 나더냐?

참판 예?

연산 판서자리니 망정이지 만일 이 옥좌라도 내 준다면 네 어미라도 팔 놈이 아닌가?

참판 황송하오나 신은 무슨 말씀이오신지….

연산 (불호령이 떨어진다) 이놈아! 판서자리가 탐이 나서 무엄하게도 봉보부인을 내 침전에 들여보내 놓구서 무슨 말씀이냐고?

참판 예? (아연 경악한다)

연산 내가 임금이 아니라 일개 초부일망정 제 자식까지 길러 준 아녀자를 농락할 것 같으냐? 이 천하에 개짐승만도 못한 늙은이 같으니.

참판 상감. 소신으로서는 전혀 알 수 없는 일이올시다. 판서자리를 탐내서 제 자식을 팔다니 이 늙은 것 천학이 비재(재주가 없다)하여 말직에서나마 삼 대째 지존을 뫼신 몸 이제 죽은들 무슨 여한이 있사오리까? 항차 이 늙은 신은 이도에 없는 욕심을 부려서까지 벼슬이 하고 싶은 생각은 추호도 없사옵니다.

연산 이놈. 무부면 무부답게 목이 달아날 한이 있더라도 한 일은 했다고 함이 어떤고?

참판 천지신명께서 굽어보십니다. 하늘을 두고 맹세하옵니다.

연산 만일 증인을 대면 어쩔 텐고?

참판 그 증인이 누구시온지 소신과 더불어 대질케 하여 주십시요.

연산 오냐 자원아.

자원 예.

연산 임사홍을 불러라.

자원 예. (하고 물러간다.)

이윽고 임사홍 중문에서 들어와

사홍 불러 계시옵니까?

연산 그런 사실이 없다고 하늘을 두고 맹세한다 하니 어쩐 일이냐?

사홍 박 참판 바로 엊그제 내 집을 찾아온 일이 있지요?

참판 그렇소이다.

사홍 그 자리에서 술까지 나누며 박 참판 입으로 제발 여식을 바칠 터인즉 선처해 달라고 하지 않았오?

참판 대감댁을 심방(방문)한 사실은 있으나 그런 간청을 한일은 없소이다.

사홍 여기 자원이 하며 들은 증인이 있는데도 잡아 뗄 테요?

참판 증인이라고요?

사홍 자원아 바른대로 말하여라!

자원 예. 임 판서 말씀대로인줄 아뢰오. 이 눈으로 직접 보고 들은 걸입쇼.

참판 뭣이? (치를 떤다)

사홍 박 참판은 사람이 어이 그리 비겁하오? 내 집 문턱이 닳도록 드나들며 벼슬자리를 부탁하던 때는 언제고 이제 와서 웬 딴말이오?

참판 (연산에게) 아니옵니다. 소신 이 자리에서 죽사온들 그런 일은 없사옵니다. 공연한 무고올시다.

사홍 무고라고?

참판 그렇소이다.

사홍 상감마마 황송하오나 저 늙은이가 연만(나이가 아주 많다)하여 정신이 오락가락 하는가 봅니다. 성려(임금의 염려)를 현혹케 함도 유만부득이지 비렬한 사람 같으니….

참판 비렬한 사람은 대감이오.

연산 알았다. 너같이 축생만도 못한 놈은 죽어 마땅하리라.

참판 예? (아연)

연산 물러가 차후 내 명을 기다리도록 하여라.

하곤 일어서 안으로
임사홍과 자원도 곱지 않게 참판을 노려보며 모퉁이로 사라진다.
홀로 땅바닥에 고개를 박고 움직이지 않는 참판
주위에서 여러 사람들의 조소에 찬 홍소(웃음)소리
이윽고 고개를 드는 박 참판의 눈에 억울하고 분한 두 줄기 눈물
걷기 시작한다.

#14 정원 긴 곽하

걸어오는 박 참판
저만치 앞에서 임사홍을 비롯한 여러 대신들이 가가대소하며 걸어오다 박 참판과 스치게 되자 웃음들을 딱 멎고 엄숙한 얼굴
참판의 패도를 잡은 왼손이 격분에 떤다.
대신들과 스치어 몇 발작 걸어온 참판의 등 뒤에서 또다시 노골적인 조소가 일어난다.
급기야 참을 수 없는지 박 참판 돌아서 그들과 마주한다.

참판 대감! (무섭다)

사홍 감이 뻔뻔스럽게도 어디 면상을 들고 누구를 불러 세우는고?

참판 이 교활한 놈 같으니

참고 참았던 분통이 터져 패도를 빼어 달려들어 임사홍을 친다.
임사홍의 관복의 어깨부분이 칼에 맞아 천 한 조각이 떨어져 나가면서 주르륵 흐르는 선혈. 경상이다.
재차 치려고 치켜드는 팔을 여러 대신들이 달려들어 잡아끄는 바람에 실패로 돌아가는 박 참판
그리고 여러 대신들에게 부축되어 달아나는 간신 임사홍
혹은 달아나며 쥐구멍을 찾는 대신들도 있고 이리하여 수라장의 혼잡을 이룬다.

#15 박원종의 집 외경 (밤)

방안에서 흘러나오는 통곡소리.
나무 아래 원종이 달을 보며 비분강개의 눈물을 흘리고 있다.

#16 방안

아랫목에 오히려 태연하게 눈을 감고 앉아있는 박 참판의 무인다운 모습
딸 봉보부인이 그 앞에 무릎을 꿇고 흐느껴 울고 있고 그의 부인과 자부 민 씨도 눈물짓고 있다.

참판 눈물들을 걷우어라. 상스럽지 못하다. 이거 뭐 초상난 집 같구나.
봉보부인 아버님 소녀는… 소녀는 어이하면 좋아요?
참판 사람이란 죽을 때를 잘 가리어 죽어야 하느니라. 이 애비처럼 개죽음을 해서는 안 된다.
부인 영감 미음이라도 잡수셔야지요.
참판 생각 없오. 나 좀 편히 눕게 물러들 가거라!

부인과 민 씨 나가고

봉보부인 자리를 깔아 드리지요.
참판 오냐

봉보부인 눈물을 깨물며 얌전히 자리를 깔아 드리고 절을 한 다음 조용히 문으로

#17 문밖

방안에서 나오는 봉보부인
문고리를 잡은 채 몰아쳐 치미는 슬픔에 흑! 하고 느껴 운다.
마지막으로 아버님을 뵙고 하직하는 슬픔에서다.
이때 나무 아래에 배회하고 있던 원종이

원종 누님!

하고 부른다.

봉보부인 동생인가?
원종 예.

봉보부인 눈물을 걷우고 원종 앞으로 온다.

원종 금명간에 우리 일족을 처참절목 하랍시는 전교가 나릴 것이오. 죽고 안 죽고 간에 그게 그리 크게 두려울 바는 아니나 다만 우리 가문에 씻을 수 없는 누를 남기게 된 것이 더 분하고 원통한 일이로구려. 장차 남들이 우리 일문을 가리켜 무어라 비방하고 욕을 할 것인지 아….
봉보부인 알았네.

하며 지긋이 원종을 바라보더니 홱 돌아서 걸어간다.

그의 뒷모습을 쫓는 원종의 침통한 얼굴로 대문으로 나간다.

#18 최보비의 집 대문

원종이 대문 앞에서 부른다.

원종 이리오너라.
보비 누구시오?
원종 원종이오.

보비 대문을 열고 얼굴을 내밀더니 원종을 보고 절하며

보비 대감 어서 오세요.
원종 윤무 있오?
보비 예.
원종 헴!

보비를 따라 들어간다.

#19 집 안

보비 평성군 나으리께서 오셔요.

대청에서 그의 남편 신윤무를 비롯하여 7, 8명의 젊은 선비들이 주연상을 가운데 놓고 담소하다가 대문에서 들어서는 원종을 보자 일제히 약속이나 한 듯이 조소의 묵계
당연히 인사가 있어야 할 그들의 표변한 태도에 내심 불쾌하면서도 한편 번개 같이 뇌리를 스치는 불명예스러운 가문의 이번 사건

원종 이거 불청객이 온 것 같소

윤무 아닐세. 마침 잘 왔네. 그렇잖아도 대감 얘기를 하고 있던 참이었지.

원종 그래?

하며 마루로 올라서려고 하자 좌중의 객들 한 사람 두 사람씩 자리를 일어선다.
무색해지는 원종
보비의 안타까운 얼굴

윤무 핫하. (노골적인 조소다)

원종 ? (더욱 무색하다)

윤무 앉구려.

원종 아닐세. (썩 일어난다)

윤무 술 한 잔 해야지

하며 술을 잔에 부어 원종에게 주자 거절해 버린다.

윤무 홋흐. 상종 안 하겠단 말인가?

원종 나를 농락할 셈이구나!

윤무 허긴 내손이 더럽다마는 죽마지우니 정은 정이 아니냐? 자 들고 한잔 주게.

원종 손으로 쳐서 술잔을 떨어뜨린다.
윤무의 손이 번개같이 원종의 뺨을 후려갈긴다.

윤무 이 더러운 축생만도 못한 놈 같으니.

원종 축생만도 못하다고?

윤무 오냐 딸을 팔아서 벼슬을 탐내는 그 부친에 그 자식이 축생과 다른 것이 뭐이냐?

원종 음! (절치부심 치를 떤다)

윤무 너 같은 놈을 친구로 가진 내가 얼굴이 뜨거워 다니질 못하겠다.
원종 ….

좌중들 제각기 멸시와 조소의 눈초리

원종 네가 나를 이 많은 좌중에서 능멸했겠다.
윤무 그렇다.
원종 오냐 경솔히 불문곡직하고 나를 낯발살을 줘?
윤무 왜 모자라냐?
원종 (칼을 쭉 뽑아들며) 좋다. 검으로 승부하자.
윤무 오냐.

뒤에 세워진 칼을 뽑아들고 대결한다.
그리하여 그들 사이에 치열한 공방전이 벌어진다.
양편 적수로서 우열을 가리기가 힘이 든다.
그러나 점점 몰리는 원종 급기야 위기일발의 궁지에 빠지고 만다.
윤무의 검이 원종의 목을 노린다. 눈과 눈에서 불덩이가 튄다.
이윽고 윤무 검을 걷우고 돌아서고 만다.
원종으로서는 이런 분통한 일은 없다.

원종 비겁한 놈 왜 치지 못하느냐?
윤무 너 같으면 치겠니?
원종 ….

완전히 굴복을 하고 만다.

#20 길

구름 속을 달리는 달.

원종 미친 사람처럼 걸어온다.
몇 번씩 걸음을 멈추었다간 걷곤 한다.

#21 대문 앞

원종이 걸어와 대문 기둥에 머리를 찌며 괴로워한다.
어둠속에서 다가오는 여인의 그림자. 원종의 처 민 씨다.

민 씨 여보.
원종 ?
민 씨 봉보부인께서….
원종 누님이라면 이가 갈리오. 도대체 어쨌다는 거요?
민 씨 자결하셨어요.
원종 뭣이?
민 씨 어서 들어가 보세요.
원종 (짐짓 멍청히 섰을 뿐)
민 씨 ….
원종 잘 돌아가셨오. 당연히 자살을 하셔야지. (하면서도 비통한 얼굴)

#22 방

홑이불을 덮어 놓은 봉보부인의 시체
그 옆에 엄숙히 앉아있는 박 참판 내외
방문에서 들어오는 원종
짐짓 이 참경을 응시하다가 시체 옆으로 가 꿇어앉고 이불을 벗겨본다.
아름답고 평화스러운 얼굴이 잠이 든 것 같다

원종 (끓어 오르는 오열을 꾹 참고 깨물며) 누님 저외다 원종이외다. 누님의 원수는 제가 갚아 드리리다.

하며 목이 메어 운다.
박 참판 일어서 문으로 나간다.

#23 사전 (낮)

연산 봉보부인이 자결을 하였어?
자원 예.
연산 음.
자원 이번 박 참판의 무엄한 소행은 황공하옵게도 상감마마의 성덕을 훼손케 함이 큰 줄 아오며 듣자오니 그 자식 박원종은 앙심을 품고 어디 두고 보자고 벼르고 있다 하오니 이 계제에 엄히 지죄하옴이 좋을 줄 아뢰오.
연산 뭐 두고 보자고?
자원 예.
연산 고이한 놈 같으니. 좌의정!
수근 예.
연산 영의정과 의론하여 박 참판에게 당장 사약을 내리게 하고 그 자식 원종은 삭탈관직 하여 외방에 정배(귀양) 보내게 할 것이니 그 어미와 처는 각기 관비로 박도록 하오.
수근 예.

자원과 임사홍 시선이 오고 가며 회심의 미소

#24 원종의 집 뜰

거적 위에 정좌하고 약 사발을 들은 박 참판
적의에 찬 통분한 웃음을 웃는다.

참판 핫하.

아버지의 이러한 최후를 무섭게 지켜보고 있는 원종. 그리고 참판의 부인
부인을 부액하며 눈물짓는 원종의 처 민 씨
참판 앞에는 도승지 신수영을 비롯하여 오호도총부 유자광 승지 김자원
그 밖에 여러 궁원 금부원들이 삼엄하게 서있다.

자광 무엄하다.

하며 발검을 하려고 하자 수영이 이를 제지한다.
원종과 자광 시선이 살벌하게 부딪친다.
박 참판 조용히 약사발을 들이킨다.
그 숨 막히는 시간
약그릇을 입에서 떼는 박 참판 휘청 몸을 가누지를 못한다.
원종과 참판의 부인 참판을 부액(부축)하며 방으로 인도한다.

#24A 대문 앞

말을 탄 당상관 대여섯 명의 군사를 거느리고 성화같은 재촉을 하고 있다

당상관 무엇을 하는 거냐? 갈 길이 바쁘다.

#25 방

기소로 떠나는 원종을 붙들고 호소하는 민 씨

민 씨 이 몸이 임사홍이 앞에 가서 종노릇을 할 바에야 차라리 제발 나를 죽여주고 가셔요. 여보!
원종 (가슴 아프다)
민 씨 네 여보!
원종 사는 날까지는 참고 견뎌봅시다. 무슨 도리가 있겠지.

민 씨 그럼 이 몸더러 그 원수의 앞에서 종노릇을 하란 말씀예요?
원종 좌우간 죽지만 마오.
민 씨 당신두… 이 욕된 사파에 아직도 무슨 미련이 있다고…. (하며 운다)
원종 여보. 눈물 걷우고 웃는 낮으로 보내주구려.

민 씨 눈물 어린 눈으로 남편을 우러러 본다.
원종의 가슴에 안기며 흐느낀다. 밖에서 성화같은 독촉소리

소리 빨리 나오너라. 갈 길이 바쁘다.

#26 대문 앞

원종이 나와 대기하고 있는 군사들을 둘러보며

원종 가자

원종 가마에 스스로 들어간다.
대문간에 원종의 모 민 씨에게 부축을 받으며 걸어 나온다.

부인 원종아!
원종 예. 어머님 부디 몸조심 하십시요.
부인 오냐 너두.
당상관 발정(출발)하여라!
군사들 예.

원종을 태운 가마 일행 당상관을 선두로 발정한다.
차츰 멀어져가는 그들의 일행
대문 앞에서 이를 전송하는 부인과 민 씨의 비통한 얼굴
F • O

#27 민가 (F · I)

궁궐 근처의 초가집들이 불타고 있다.
이재민들이 보퉁이와 노유(늙은이와 어린이)를 거느리고 우왕좌왕 갈 바를 모르고 기마군사들이 횃불을 들고 이들을 몰아내치며 돌아간다.

(해설) "연산은 궁궐의 위신을 세우기 위해서 인접한 민가를 강제로 불살라 없이하고…"

#28 연산의 얼굴

화염 속에 W되어 클로즈업 되는 연산의 신념에 찬 얼굴

(해설) "사방 산마루에서 왕궁이 들여다보인다 해서 궁궐의 담을 높이 쌓는 한편…"

#29 왕기지구

(해설) "사방 팔십 리 안을 왕가의 동산으로 포함시켜 그 금표 안에 든 백성들의 집은 모조리 헐어야 하고 문전옥답은 묵혀야 하였으며 조상의 산소마저 과내지 않으면 춘주사절에 성묘도 못하게 되었다."

#30 농촌

남루여대하고 집을 떠나는 농민들

(해설) "근기 백성들은 하루아침에 정든 땅과 집을 잃고 유리개걸을 하는 신세가 되었으며…"

#31 금표문

4, 5인의 노자(내수사와 궁방의 하인)들이 작당하여 엽전 꾸러미와 쌀가마를 지고 쫓겨 온다.
이들을 다우쳐 오는 포교들
노자들 문 안으로 들어가고 다우쳐 온 포교들은 수문장의 제지로 닭 쫓던 개처럼 어이없이 바라본다.
느밀느밀 웃고 있는 수문장

(해설) "교통이 막히고 물자 교역이 끊어지니 도처에서 도둑이 발호하고 백성은 금표 안 출입을 못하게 되어있는지라 왕기 백리는 공공연한 내수사 도적들의 소굴이 되어 버렸다."

#32 경회루

호화로운 잔치가 벌어졌다
수많은 궁녀들이 춤을 추며 주흥을 돋군다.
연산 녹수를 끼고 호걸스럽게 웃는다.
신수근, 신수영, 임사홍, 유자광, 김자원 등이 자리에 있었다.

(해설) "궁내에서는 하루도 잔치가 떠나지 않는 날이 없었으나 누구 한 사람 어의를 간하여 상감으로 하여금 뉘우침이 계시도록 하는 자 없었으니…"

#33 정원 1실

주조소리 들려온다.
'구시화지문 설시참신도'라고 새긴 패
이언 패를 각기 들고 침통하게 마주 앉아있는 영의정 유순 우의정 김수동

이조판서
유순정 이조참판 성희안 등의 대신들

(해설) "입은 화가 들어오는 문어귀요 혓바닥은 몸뚱이를 동강내는 칼이다 대신이하 미관말직에 이르기까지 이러한 패를 채워 누구든지 상감의 하시는 일에 꿈쩍 말라는 엄포가 나렸다."

#34 중전 신비의 방

윤 대비 비통에 젖어

윤 대비 모두가 썩었단 말이요 썩었지. 첫째는 상감을 가까이 받드는 장녹수가 죽일 년이고 둘째는 임사홍을 위시한 간신들이 죽일 놈들이오. 중전 나라가 안팎으로 이렇게 어지러워서야 어찌 종사가 위태롭지 않을 것이요.
신 비 녹수가 들어 왔을 때 벌써 상감을 그르칠 위인인 줄은 알았사오나 이것을 처치한다면 또다시 두 번 폐비의 참변을 당하고야 말테니 그저 바보처럼 참고 지내왔지요. 그것이 이제는 나라를 망쳐 먹는 화근이 되고야 말았아오니 참으로 한심한 일이옵니다.
윤 대비 이제 와서 탄식해도 소용없는 노릇 그렇다고 팔짱 끼고 보고만 있을 수도 없고. (하며 긴 한숨을 쉰다)

그들 사이에 잠시 무거운 침묵

신 비 만사지란은 있아오나 지금부터라도 상감이 마음을 잡게 하고 종사를 위기에서 구출할 분은 오직 왕실의 어른이신 어마마마 한 분밖에 없읍니다. 어마마마께서 상감을 찾아 뵙구 각성이 계시도록 간해주십시요.
윤 대비 내가?
신 비 그래두 어마마마의 말씀이라면 어렵게 아실 것이 아니겠어요.
윤 대비 글쎄요

이때 밖에서 떠들썩한 소리
상궁이 문턱에서

상궁 아뢰옵니다. 일전에 본궁 노자로서 금표 밖에 나가 백성의 재물을 겁탈한 자들을 잡아 대령하였다 하옵니다.
신 비 오냐. (결연 일어선다)

#35 밖

뜰에 언젠가 금표문 밖에서 도둑질 하던 노자들이 금부 사령에게 묶이어 꿇어 엎드렸다.
신 비와 윤 대비 대청으로 나온다.

신 비 너희들이 금표 밖에서 그 어려운 백성들의 재물을 겁탈한 놈들이냐
노자 예. 그저 죽을 때라 잘못했아와요.
신 비 (주상같이) 네 저놈들을 단박에 장살시켜라!
낭칭 예. 그놈들을 장살 시키랍신다.
사령들 예.

한 사령이 곤장을 한 다발 가져온다.

윤 대비 음. 그놈들을 되게 쳐라!

사령들 노자들에게 곤장의 세례를 기한다.

#36 편전

5, 6명의 궁녀들이 연산의 시중을 들고 있다.
부채질을 하는 사람, 안마를 하는 사람,

발을 씻기는 사람, 손톱을 깎는 사람.
한편에서는 아직도 악공들이 가야금과 비파를 뜯고 녹수는 연산에게 술잔을 권하며 교태를 부리는 등 방안은 온통 음탕한 분위기가 충만해 있다.
연산 취기가 몽롱하여 녹수가 입에 대주는 술잔을 받아 마신다.

녹수 호호

이때 상궁이 들어와 절하며

상궁 대비마마께서 듭시옵니다.
녹수 뭐 대비마마께서?

하며 곱지 않게 안색이 변한다.

상궁 대비마마께서 밖에서 기다리고 계신지 오래옵니다.
녹수 무슨 일로?
상궁 모르겠읍니다.
연산 듭시라 해라.
상궁 예.

절하고 물러간다. 이어 들어서는 윤 대비
방안의 광경을 둘러보자 심히 불쾌하고 한심한 얼굴

연산 어인 일이십니까?
윤 대비 (잠시도 멎지 않고 열심히 악기를 뜯고 있는 악공들 보며) 저걸 좀 멎게 할 수 없겠오?
연산 예. 하하. 애들아 그만 두어라!

악공들 주악을 멈춘다.

윤 대비 (너무나 어이없어 말을 못하다가) 긴히 드릴 말씀이 있는데 이 애들을 좀 물리시오.
연산 무슨 말씀이온데.
윤 대비 (한숨 끝에 탄식하듯) 한심한 일이오.

연산 불쾌한 듯 새삼스럽게 윤 대비를 본다.

윤 대비 (녹수가 곱지 않게 바라보고 있음이 몹시 마땅치 않아 궁녀들을 꾸짖는다) 무엇을 구경하고 서 있느냐? 무엄한 것들.
연산 애들아! 물러가거라!
녹수 저두요.
연산 음.

입장이 난처하다.
녹수와 궁녀들 물러간다.
연산과 윤 대비 어색한 침묵
연산 그 어색한 분위기에 압박감을 느껴 술 주전자를 들어 잔에 따르자

윤 대비 상감! 어쩌실려고 이러시오.
연산 예.

윤 대비를 돌아다보면서도
연산 따르는 술이 철철 넘쳐 떨어진다.

윤 대비 술잔이 넘소.

비로써 잔이 넘는 것을 안 연산 잔을 손에 든 채
감정은 폭발 직전과 같이 험악하다.

윤 대비 상감 술 그만 자시고 나하고 얘기 좀 합시다. 도대체 어쩌실려고 이러시오.

연산 무엇이 어쨌다는 말씀이오?

윤 대비 지금 나라 형편이 어찌 되어 가고 있으며 왕실 종사가 어찌 되어가는지나 아시오.

연산 왜요?

윤 대비 왜요라니요. 자고로 성군은 백성의 소리에 귀가 밝아야 하는 법인데 상감은 지금 백성들의 소리를 들으시기는 고사하고 못된 간신들의 아첨에 현혹되어 국사는 제쳐 놓고 매일같이 궁녀들 품안에서만 세월을 보내시니 나라 경륜은 어느 틈에 살필 것이며 옥체인들 어이 보증하시겠오. 이대로 나가다가는 사직인들….

연산 (화가 나서 말을 가로막으며) 알았오.

윤 대비 ?

연산 그 지긋지긋한 할마마마가 돌아가시더니 대신 나섰구려.

윤 대비 뭣이라구요.

연산 소자 아직은 나라를 망쳐먹을 만큼 어리석은 놈은 아닙니다. 어찌하여 소자가 하는 일은 심지어 술 마시고 궁녀들과 노는 일까지 일일이 간섭이시오.

윤 대비 상감 그런 것이 아니오.

연산 소자의 승미를 아시기요? 소자는 남이 거역하고 못하게 하면 더 기를 쓰구 하는 사람이오. 원 참 소자의 체통두 생각 안하시구 이런 데까지 찾아와서.

윤 대비 상감의 체통을 생각하기 때문에 이런 고언을 드리는 것이 아니겠어요.

연산 글쎄 듣기 싫소.

윤 대비 (눈물이 핑 돈다)

연산 (소리를 버럭 질러) 야 녹수야! 술상 다시 차려오고 궁 안의 계집이란 계집은 다 끌어 들여오너라!

녹수 (옆방에서 나오며) 호호. 상감두 대비마마께오서 걱정하시지 않사와요.

연산 (따귀를 때리며) 네가 상감이냐! 무슨 긴말이냐!

윤 대비 기가 막혀 황황히 나가버린다.

#37 뜰

윤 대비가 시녀를 거느리고 걸어온다.
기가 막히고 치가 떨리고 분하기 이를 데 없다.
눈물이 자꾸만 흘러내린다.
다시금 편전에서 들려오는 주악소리와 궁녀들의 웃음소리
F • O

#38 개성부 남문 (F • I)

'개성부'라고 쓰여진 현판

(해설) "한편 개성으로 귀양을 온 박원종은…"

#39 동헌 뜰

죄인이 된 원종이 비로 뜰을 쓸고 있다.

(해설) "온갖 굴욕을 꾹 참고 은인자중 오직 훗날에 설분을 할 기회를 노리고 있었다."

개성 유수 신수겸이 3, 4인의 빈객들과 대청으로 나오며 큰 기침 끝에 가래침을 마당으로 내뱉으며

수겸 원종아! 그래 견딜 만하냐?
원종 죄인의 몸으로 오히려 황감합니다.
수겸 거처가 매우 불편할 텐데 필요한 것은 없느냐?
원종 없습니다.
수겸 안에 들어가서 주안상 좀 마련해 내오도록 하여라.

원종 예.

안문으로 사라진다.

객 1 대감. 저자가 바루….
수겸 예전 중추부 지사 박원종이 아니오.
객 2 흣흐. 몇 년 전만 하드라도 한 번 호령하면 산천초목이 다 떨 만큼 세도가 당당하던 몸이 신세 처량하게 됐구랴.
일동 (호탕하게 웃는다)

#40 뒷뜰

원종이 땀을 흘리며 장작을 패고 있다.
장작을 패는 것이 아니라 임사홍의 해골을 뽀개는 그런 의지와 심경이다.
이때 뒤에서 "대감" 하고 부르는 소리
깜짝 놀라 돌아다보니 노비 선덕 아가씨다.

선덕 힘드시는데 그만하시고 저녁 진지 잡수세요.
원종 유수 영감 귀에 들어가면 큰일나리다. 그저 박 서방이라 부르오.
선덕 허지만 어떻게 존귀하신 어른을 함부루….
원종 죄인은 죄인이 아니겠오.
선덕 하느님두 무심하시지 허지만 언제고 날이 있겠지요.
원종 날이라니?
선덕 대감은 억울하지도 않사와요. 그 간신들을 그저 두실 작정이세요.
원종 핫하. 큰일 날 소리
선덕 (무참하고 실망해서 본다)
원종 나 같은 죄인 목숨이 붙어있는 것만두 황공무지한 일인데.
선덕 대감두. (멸시에 찬 눈으로 본다)
원종 선덕 아씨는 고향이 어디요?

선덕 한양예요.
원종 근데 어찌… .
선덕 소녀의 부친도 지난 갑자사화 때 참형을 당하시고 소녀는 이곳으로 관비로 박힌 몸이 되었지요.
원종 오 그래.
선덕 대감 나오셔요.

하고 눈치하며 장작을 한아름 안고 돌아선다.
유수 신수겸이 관원과 더불어 지나가며 이들을 유심히 본다.

수겸 무슨 객담들이냐?
원종 (허리를 굽히며) 예 대감. 나무가 생나무라 잘 쪼개지질 않는군요.
수겸 하하. 허긴 예전에 칼 잘 쓴다고 이름난 너도 별수 없는 게로구나. 하하.
관원들 핫하.

#41 원종의 방 앞 (밤)

죄인이 거처하는 초옥
달이 휘황히 밝다.

#42 그 방안

흙으로 된 굴 같은 방
책을 읽고 있던 원종 고개를 들고 창밖의 달을 본다.

#43 임사홍의 집 후원

원종의 처 민 씨 달을 보며 눈물짓고 있다.
안에서는 잔치가 벌어진 듯 장고소리와 기생들의 노랫소리

그리고 취객들의 호탕한 웃음소리

#44 대청

임사홍 여러 대신들과 술잔을 들며 허파 빠진 사람처럼 웃는다.
한편에서는 기녀들의 춤과 노래가 다채롭고

사홍 훗흐 여봐라! 그 도도하기가 백두산꼭대기 같다는 그 계집은 어찌 되었느냐? 여러 대감들께서 눈이 빠지도록 기다리고 계시지 않느냐?
자광 여봐라! 전자에는 정 이품 직품에 하늘같이 높은 대감의 귀하신 규방이었을지라도 오늘날은 일게 관비의 몸이니 부끄러 말고 어서 와서 새 술 한 잔 부으라고 하여라.
일동 하하.

노비 굽실거리며 물러간다.

#45 주 방

찬모가 쟁반에 술 주전자를 받쳐 들고 민 씨에게 들려주며 등을 밀다시피 하며

찬모 으이구 괘니 남까지 장벼락 맞게 하지말구 어서 들어가보우 응.
민 씨 ….
노비 (찬모의 소매를 들고 구석으로 가며) 이거 나두 술 한 잔 주우. 빌어먹을 것 인심두 어찌 고약한지 술 한 잔 먹어보라구 주는 사람이 없구랴.
찬모 호호. 내 주지. 이리 오우.

그들이 이런 얘기를 하는 동안에 민 씨는 젖가슴에서 약봉지를 꺼내어 주전자 속에다 털어 넣는다.
눈깔을 뒤집어 까고 술 사발을 들이키는 노비

민 씨 쟁반을 들고 문으로 나간다.

#46 뜰

민 씨가 걸어온다.
대청 위에서는 일제히 웃음을 머금고 민 씨가 걸어오는 곳을 주목한다.
대감들 서로 시선을 주고받으며 각기 호기심과 회심의 미소
민 씨 대청 위로 올라가 무릎 꿇는다.

대감 1 이거 수고가 많구료.
대감 2 대감 소식 좀 듣소?
자광 대감들 그런 객담 마시오. 파흥이 되는데. 어서 그새 술 한 잔씩 썩 부어 드려라.
사홍 자 이쪽에서부터 죽 부어 드려라. 철철 넘치게 응. 하하.
일동 하하.

민 씨 대감들에게 술을 차례로 부으며 돌아간다.
마침내 임사홍의 잔에 술을 따르고 옮겨간다.
깡그리 술잔을 받고 다시금 민 씨를 조소하듯 바라보는 대감들

자광 이거 이런 진귀한 술을 권주가 한마디 없이 마시다니 되겠오이까?
대감 1 그건 너무 과하지 않소.
기생 제가 부르지요.

기생이 권주가를 부른다.
사홍 은저(은젓가락)로 술을 저으며 호낙낙 해서 기생과 민 씨의 얼굴을 번갈아본다.
막 술을 마시려고 입으로 잔을 가져가던 사홍
무슨 추각에서인지 안색이 싹 변하면서 술을 젔던 은저 끝을 본다.

그 끝이 새까맣게 변색되지 않았는가?
민 씨 사홍의 시선을 받고 움찔한다.

사홍 (잔을 마시려는 대감들에게) 대감들 잠간만 잔을 멈추시요.
대감 1 왜요?
사홍 그 술을 드시기 전에 기상천외의 좋은 구경을 시켜 드리겠오이다.

일동 잔을 놓고 사홍을 주목한다.

자광 아니 기상천외의 구경이라니요?

무섭게 노려보며 오히려 태연자약한 민 씨.
모든 것을 이미 각오한 태도다.

사홍 야 이년! 이리 가까이 오너라! 안 올 테냐?
민 씨 ….

민 씨 깜짝 않고 상대방을 응시하고 있다.

사홍 너 이년 이리 와서 이 술을 마시지 못할까? 만일 내 앞에서 이 술잔을 안 마시는 때는 네년은 내 손에 능지처참을 하고 말리라! 어서!
민 씨 좋소. 그 잔을 이리 보내시오. 치사한 목숨 내 일찍이 죽지 못해 한이었거늘 제발 그 잔을 이리 보내시오.
사홍 온 저런 순 악독한 계집을 보았나?
자광 (민 씨 앞으로 잔을 들고 가며) 오냐. 내가 먹여주마! 자!

하며 잔을 입에 대어준다.
민 씨 잔을 받아 든다.
일동 지긋이 흥분을 누르고 주시한다.

사홍 (갑자기 표변하여 달려가 민 씨가 마시려는 잔을 쳐서 엎지르며) 아니다. 네년을 그렇게 쉽사리 죽여줄 줄 아느냐? 그저 이런 년은 두고두고 혹사를 해설랑 피를 말려 죽여야 해. 야, 이보아라!
노비들 예.
사홍 이년을 뒈지지 않을 만큼 물볼기를 쳐라!
노비 예.

F · O

#47 정원 뜰 (F · I)

당상에 병조판서에 채홍준사를 겸임한 위세 당당한 임사홍 20여 명의 채홍사, 채청사, 채은사들에게 '승명패'를 나누어 주고 있다.
한 사람 한사람씩 나와 정중히 받들어 받아 가지고 물러가는 특사들.

(해설) "그에 탕아로 윤락하고야 만 연산은 척흥공신 임사홍에게 병조판서에 채홍준사라는 벼슬 하나를 더 내렸다. 조선팔도 삼천리 방방곡곡의 어여쁜 미인과 살찐 말과 금은보화를 모아 바치는 벼슬이다."

특사들 절하고 기세 좋게 흩어져 간다.

(해설) "채홍준사 임사홍은 다시 팔도 삼백 여주에 채홍사, 채청사, 채은사를 헤쳐 보냈다."

#48 선인문

말 탄 채홍사가 사령들을 시켜 30여 명의 창기들을 줄지어 데리고 들어간다.

(해설) "채홍사는 창기 중에서도 고운 계집을 뽑아 받치는 벼슬이오."

#49 선인문

채청사가 사령들을 시켜 20여 명의 어린 계집아이들을 줄지어 데리고 들어간다.

(해설) "채청사라 함은 장래 미인이 될 소질을 지닌 어린 계집아이를 뽑아 바치는 벼슬이오."

#50 선인문

채준사가 사령들을 시켜 10여 필의 준마를 몰고 들어간다.

(해설) "채준사라 함은 살찐 말을 뽑아 바치는 벼슬이며…"

#51 선인문

채은사가 사령을 시켜 역도들에게 큼직한 궷짝을 지워 가지고 들어가고 있다.

(해설) "채은사라 함은 은덩어리를 모아서 바치는 벼슬이오."

#52 촌락의 어느 길목

어린애들과 부녀들이 쫓기어 온다.
그 뒤를 말을 탄 채홍사령들이 달려온다.

(해설) "이 명패를 가지고 가는 사령은 대신도 감히 그 길을 막지 못하였다."

#53 최보비의 집 대문 앞

3, 4인의 채홍사령들이 성화같이 독촉한다.

사령 1 빨리 나오너라!
사령 2 무슨 이별이 이리 기노?
시녀 (대문에서 나오며) 사령님들 나 같은 불쌍한 사람이나 데려가실 일이지 서방님까지 계신 우리 마님을 데려가시면 어찌 하셔요?
사령 3 아서라 말어라! 너 같은 건 내가 궁뎅이로 메주를 비벼서 만들어도 너보담 낫게 만들겠다. 하하.
일동 하하.

#54 방안

옷을 갈아입은 최보비 남편 신윤무 가슴에 매어 달려 눈물로 호소한다.

보비 못가겠어요. 나를 먼저 죽여 주셔요. 나랏님 아니라 옥황상제가 부른다 해도 내사, 내사 못가겠어요.

눈을 감고 아내의 몸부림치며 호소하는 것을 지긋이 견디고 있던 윤무 비로서 눈을 조며

윤무 네 정과 내 정이야 바다가 오히려 얕다마는 네가 만일 안 가고 죽는 날이면 온 집안이 멸문지화다. 양편 부모님들을 위해서 못 이기는 척 하고 들어가거라.
보비 나더러 들어가라구요?
윤무 보비야!
보비 못 가요 못 가요! 나는 못 가요! 으흐.
윤무 ….
보비 아이구 하느님 이런 법도 있오? 나랏님은 백성의 부모라면서….

#55 마당

사령들 들어오며 소리친다.

사령 1 아니 방구석에서 뭣들 하는 거야?
사령 2 입궐하면 호의호식에 호강은 느려지고 상감의 승은만 받는 날에는 팔자를 고치는 판인데 이런 자리 놓칠세라 어서 나오지 않구 무얼 하느냐?

#56 방안

윤무의 가슴에서 물러나는 보비의 얼굴에 체념의 비장한 결의

보비 가지요. 당신을 위해서라도 가지요.
윤무 ….
보비 허지만 몸은 더럽힐지언정 내 마음은 청백이요. 나를 잊어버리지 마세요. 나 들어간 뒤에 더러운 년이라 욕하지 마세요. 이 자리에서 곧 죽을 것이지만 당신을 위해서 들어가겠어요. 그러나 상감 앞에서 웃지는 않으리다. 마음마저 빼앗기지 않은 증거로 당신 앞에서 웃던 그 웃음만은 배가 갈라지고 살이 떨어져 나갈지언정 두 번 다른 사람에게는 바치지 아니하리다.
윤무 아! 보비야! (힘껏 포옹한다)
윤무 부디 네 혼만은 살아다오. 네 정신만 깨끗해다오. 나는 죽기까지 네가 다시 돌아오는 날을 기다리고 있으마. 아니 꼭 돌아오게 만드마.

밖에서 성화같은 독촉소리

사령 1 (E) 어서 나오너라!
사령 2 (E) 갈 길이 바쁘다.

보비 비로서 윤무의 품에서 떨어져 눈물을 닦고 윤무 앞에 나붓이 절을 한다.

#57 침전

절을 하고 고개를 드는 보비
문에서 취기에 비틀거리며 들어오던 연산
보비를 보더니 그의 미모에 정신이 번쩍 드는 듯 보비 일어나려고 하자

연산 그냥 앉아 있거라! 어디 보자!

하며 보비의 손목을 잡아 앉히고 이모저모로 뜯어본다.

보비 ….
연산 왜 부끄러우냐?

하며 뺨을 꼬집어본다.
보비의 얼굴에는 살짝 찬바람이 이는 듯하다.
연산 벽에 기대 놓은 가야금을 가져다가 보비에게 주며

연산 자. 어디 한번 뜯어보아라.
보비 (부동)
연산 어서!

보비 단정히 앉아 가야금을 뜯기 시작한다. 과연 높은 솜씨다.
황홀하게 보고 있는 연산 안절부절 어쩔 줄을 모른다.

연산 과연 명수로다. 어찌 너를 이제야 만났단 말이냐 보비야!

하며 욕정을 참을 길 없는 듯 허리를 끌어안는다.
보비는 역시 반응이 없다.
도리어 더욱 차고 쌀쌀하다.

연산의 눈이 매섭게 변한다.
요것이 구정을 못 어기어 이러나보다 하는 생각에서다

연산 (그러나 다시 부드럽게) 얘! 말 좀 해보려무나. 벙어리냐?
보비 ….
연산 (더욱 애가 달아) 얘 그러지 말고 방긋 좀 웃어보려무나.

하며 보비의 겨드랑이에 손을 넣고 살짝 간지럽힌다.
보비 간지러운 듯 잠간 몸을 꼬았다.
그러나 얼굴에는 아무런 표정도 없이 여전히 싸늘하다.

연산 (미칠 듯 허리를 껴안고 조이며) 집에 가고 싶으냐?
보비 ….
연산 얘! 내가 너한테 청이다. 한 번만 생긋 웃어주려무나. 네 청은 무엇이든지 내가 다 들어주마.
보비 (마이동풍이다)
연산 그럼 내가 보기 싫으냐?
보비 ….

연산은 더 참을 수 없는 듯 보비의 저고리를 벗기고 치마끈을 풀기 시작한다.
그 치마끈이 잘 풀리지 않아 와락 잡아당기어 끊어버린다.
그러나 역시 보비는 눈을 감은 채 무저항이다.

#58 보비의 집 후원

전장 보비의 얼굴에서 W되어 윤무의 괴로운 얼굴.
달이 밝다. 노송 아래 윤무가 미칠 것 같은 괴로움에 설레고 있다.
낙엽이 진다.

#59 침전

얼마가 지난 후 모든 것은 끝났다.
어둠속에서 보비를 팔에 눕히고 다정스럽게 말을 거는 연산.
보비는 처연한 모양이다.

연산 참 정말 네가 벙어린가보다. 말 좀 해보아라! 이것도 다 상생 연분이로구나. 너하고 나하고 인연을 맺은 바에야 말 못할 것이 무엇이냐?
보비 ….
연산 그럼 말 대신 웃음이라도 웃어보렴!
보비 ….
연산 보비야! 사나이 간장을 그만 좀 녹여주려므나 응! 네가 돌부처가 아닌 다음에야 한번 몸까지 허락한 다음에 이렇게 애걸하다시피 해도 웃지도 않고 말조차 없으니 내 마음이 답답하구나.
보비 ….
연산 (울화가 터지는 것을 꾹 참고) 옛 서방이 그리우냐? (하며 꼬집는다)
보비 아야.
연산 아프냐? 그럼 생끗 웃어보아라! 안 웃으면 또 꼬집을 테다.
보비 나랏님! 불을 켜 줍쇼. 저는 천성이 웃을 줄을 모릅니다.
연산 아 어렵다. 네 말 한마디. 진작 한마디 하지.

하며 일어나 불을 밝힌다.
보비는 부시시 일어나 가야금을 뜯기 시작한다.
처량한 곡조 단장의 느낌이다. 점점 보비의 눈에 눈물이 고인다.
이를 놓치지 않고 보고 있던 연산 얼굴에 갑자기 무서운 투기가 일며

연산 음. 오냐 알았다. 분명 옛 사내가 그리운 게로구나.
보비 (경악하며) 아니어요.
연산 (창을 득 열며) 이리 오너라!

창 밖에 자원이가 바짝 얼굴을 내밀며

자원 예. 불러 계시오니까?
연산 신윤무란 잡놈을 잡아다가 일위청에 내려 가두어라!
자원 예.

하고 사라진다.

보비 (표변해서) 호호. 상감마마두 그 까짓것은 잡아다가 무연 하옵니까?
연산 보고 싶어 하는데 너 소원을 풀어 한 번 만나게 해주마!
보비 어떻게 모가지를 잘라서요. 호호.
연산 (농락하는 느낌에 무섭게 본다)
보비 (일어나 창가로 가며) 상감마마! 신첩이 박복하와 한 사나이를 섬기지는 못하였을망정 오늘날 상감의 옥체를 가까이 뫼신 몸으로서 창가에 웃음을 파는 계집이 아닌 담에야 어찌 옛 사내를 다시 만나라 하시오. 먼저 제 목을 베어주셔요. 만일 상감께서 아니 죽이신다면 상감 앞에 신첩은 자결하오리다.

하며 허리에 두른 긴 명주 띠를 푼다.

연산 얘 그만 두어라! 이게 무슨 짓이냐?
보비 아니어요. 아니어요.
연산 보비야 내가 농이 과했다. 신윤무가 들어오거던 벼슬을 주어 놓아보내마. 응 보비야.

하며 미칠 듯이 포옹

#60 편 전

뜰에 신윤무가 오라를 지고 꿇려있다.

연산 도승지 신수영과 자원을 거느리고 걸어 나온다.

자원 상감 저 자가 바로 그 신윤무란 잡놈이올시다. 예.
연산 그래. (짐짓 보다가) 신윤무야 고개를 들어라!

윤무 고개를 든다.

연산 네 죄를 알겠느냐?
윤무 예. 을묘년에 무과에 급제하였으나 벼슬길에 나가지 못하옵고 야인으로 있으면서 글 읽고 있는 죄밖에 없는 줄 아뢰오.
연산 또 있을 터인데?
윤무 성질이 포악하여 마음에 맞지 않는 자를 곧잘 때려눕히고 술 잘 먹고 여색을 좋아한 죄인 줄 아뢰오.
연산 핫하 고이한 놈이로고. 음 여보아라. 그 오라를 풀러 주어라. 그리고 (도승지에게) 드물게 보는 인재니 훈련대장으로 등용시키도록 하오.
수영 예.

무슨 영문인지 어리둥절 하는 윤무

#61 최보비의 집 (밤)

훈련대장의 위풍도 당당하게 벼락출세를 한 신윤무가 대문에서 들어온다.
시녀가 나와 주인을 맞이하려다가 이를 보자 소스라치듯 놀란다.

시녀 아이구머니! 서방님 아니세요?

윤무 대구도 없이 대청으로 하여 방으로

#62 방

들어와 방안을 둘러보는 윤무
사랑하던 보비는 없고 다만 애첩이 사용하던 세간과 유물들이 주인 없는 방안을 지키고 있다. 보비가 벗어 걸고 간 헌옷들.
윤무 그 옷을 벗기어 보비를 대하듯이 만져 본다.
문뜩 체경에 자신의 모습이 비친다.
그 앞에 넋 없이 꿇어 앉아 거울 속을 들여다보는 윤무.
참으로 으리으리한 복장으로 성장한 가슴 앞에는 지난날 애첩의 때와 체취가 묻어있는 보비의 헌 옷.
자신의 얼굴이 이처럼 비굴하고 미울 수가 없다.

윤무 보비야!

보비의 옷을 와락 가슴에 끌어안고 목메어 불러보는 윤무의 비통한 얼굴.
이때 밖에서 요란하게 대문을 두들기며 부르는 소리

(E) 이리오너라!
(E) 이 댁이 훈련대장 댁이렸다.
(E) 훈련대장 계시냐?

윤무의 얼굴이 무섭게 굳어진다.

#63 마당

윤무와 허물없이 즐기던 포의(벼슬이 없는 선비가 입는 옷)의 친구며 지사들 5, 6명 왁자지껄하며 들어온다.

지사 1 대감 계슈?

지사 2 윤무야 나오너라! 이놈 벼락출세를 했으면 인사가 있어야 할 것이 아니냐?
지사 3 옛키 이사람. 감히 훈련대장 대감더러 그게 무슨 말버릇인가?
일동 (홍소)

방안에서 나오다가 이들과 딱 마주친 윤무, 아찔하다.

지사 1 요. 이거 대감 절하고 뵈야겠오이다 그려.
지사 2 암. 절하고 뵈야지. 자 모두들 대감께 국궁 배례.

하자 지사들 가가대소하며 너부죽히 땅에 엎드린다.

윤무 여보게들 이건 너무 과하지 않은가?

지사들 벌떡 일어나 잡아먹을 듯이 노려본다.

지사 3 뭐 너무 과해? (침을 뱉으며) 더러운 자식 같으니.
지사 1 야 이놈아! 너 언젠가 박원종이가 제 누이를 상감께 진상했다고 면전능멸을 하고 의절까지 한 생각 안 나느냐? 네놈은 네 애첩을 바치고 벼락출세를 했으니 네놈은 박원종이 보다 더 치사한 놈이야!
지사 2 백이숙제처럼 수양산 고사리는 못 꺾어 먹을망정 벼슬을 해. 어디 얼마나 잘해먹고 사나 두고 보지.
지사 3 가세! 개자식을 탓했자 우리 입이나 더러워지지 별 수 있나!
지사 4 대감 소인들은 물러갑니다.

하며 절을 너부죽히 하자
일동도 따라서

일동 대감 평안히 주무십시요.

하고 절을 하고 나서 가가대소하며 대문으로 나간다.
지금까지 친구들의 굴욕을 꾹 참고 당하고만 있던 윤무
기둥에 이마를 찧어 고민한다.

#64 내전 1실

보비가 가야금을 타고 있다.
모든 것을 생명까지도 체념한
고요하고 차거운 얼굴에 넘쳐흐르는 눈물.
슬픈 감정은 끓어올라 급기야 가야금을 멎고
퍽 쓰러지며 소리를 죽여 단장의 오열.

#65 편전 (낮)

자원이가 황황이 걸어와 대청으로 올라가 상감 앞에 부복하며

자원 상감마마! 최보비가 최보비가 녹음대 뒤 우거진 숲속에서 목을 매어 자결을 하였오이다.
연산 (벌떡 일어나 앉으며) 무어? 보비가 죽다니?
자원 예.

연산 허둥지둥 문으로

#66 숲속

연산이 미친 듯이 걸어온다.
아침 이슬에 옷자락이 흠신 젖었다.
문뜩 노송사이로 쩍 늘어져 있는
소복한 여인의 하반신 최보비다.

연산 (무섭게 천천히 다가와 짐짓 넋을 보고만 있다) 보비야! 네가 정말… 정말 죽었냐? 영영 내 품을 싫다하고 매서운 년 같으니

하며 눈물이 글썽글썽하다.

연산 (자원에게) 제 옛 사내에게 돌려보내고 후하게 장사지내 주어라!

한마디 남기고 천천히 발길을 옮긴다.

#67 영화당

연산 제안대군과 술잔을 기우리며 비감에 젖어

연산 숙부! 미인을 위하여 글을 한수 지어 조상케 하여주어.
제안 히히. (술잔을 받아 마신 다음) 그럽시다 그려.

필연을 당기어 글을 짓는다.

宮(궁)門(문)深(심)鎖(쇄)月(월)黃(황)昏(혼)
十(십)二(이)鍾(종)聲(성)到(도)夜(야)分(분)
何(하)歲(세)青(청)山(산)理(리)玉(옥)骨(골)
秋(추)風(풍)落(낙)葉(엽)不(불)老(노)聞(문)

제안(E) (시위에 W되어)

깊고 깊은 대궐 문 잠겨졌는데 밤은 스스름 월황혼이라
열두 번 울려오는 쇠북 소리는 소리소리 한밤중 알리어 주네
어느 곳 푸른 뫼에 옥 같은 뼈 묻히시고
가을바람 지는 잎을 차마 듣기 어려워라

연산의 굳게 감은 눈

제안 히히 어떻습니까?
연산 (눈을 뜨고 어색하게) 아주 훌륭하구려.
제안 히히. 상감! 우리 옛날처럼 투호 놀이나 한번 합시다. 자! 일어나십시요.

연산 제안을 따라 일어나 당하로 내려간다.

#68 나무 아래

투호 통이 마련되어 있는 고목 아래
그 옛날 연산이 동궁 시절에 제안과 더불어 투호놀이를 하며 놀던 곳이다.
연산과 제안이 나란히 걸어와 멎는다.

제안 히히 상감! 옛날 동궁시절 생각 안 나시오?
연산 바로 엊그제 같구료!
제안 (살대를 집어 다섯 개씩 나누어 가지며) 자! 상감 먼저 하십시요.
연산 오늘은 숙부가 먼저 하오.
제안 히히 그럼 제가 먼저 던집니다.

하며 살대를 던지기 시작 한다.
살대는 다섯 개가 모조리 보기 좋게 적중되어 통 속으로 들어간다.

제안 어떻소이까?
연산 과연 용하시오.
제안 상감 차례올시다.
연산 어디

하며 옷깃과 마음을 가다듬고 살대를 던지기 시작한다.

그러나 던지는 살대는 한 개 한 개가
모조리 벗어나 통 밖으로 떨어진다.
연산의 이마에 땀방울이 솟고
어떠한 초조와 불안한 그림자가 지배한다.

제안 히히 왠일이시오? 옛날엔 상감께서 오중이었는데.
연산 숙부는 사부중 일중이었지 아마?
제안 히히 상감도 기억하시는구료. 또 던질까요?
연산 그만두겠오.

그들 잠시 말이 없다.

연산 숙부!
제안 예.
연산 나 참 몹쓸 놈이지요?
제안 예?
연산 그렇지요?
제안 원 그 무슨 말씀이오?
연산 바른대로 말씀해주구료. 나는 인간도 아니지요?
제안 히히 그 무슨 말씀을.
연산 (그 괴상한 웃음을 몹시 못마땅하게 뚫어지듯 노려보다가) 숙부의 그 웃음 속에는 나를 저주하는 비수가 숨겨 있음을 나는 알고 있오. 그래서 때로는 숙부를 죽여 버리려고까지 생각하였오.
제안 ?
연산 숙부?
제안 예.
연산 숙부는 왜 솔직히 말씀을 안 하시오? 글으면 글코 미우면 미웁다고 왜 뺨이라도 쳐주지 않소? 숙부만은 남달리 알고 믿어 왔오만 숙부두 결국은 임금 앞에 장벽을 쌓고 경원하고 사람 대접을 해주지 않으십니다 그려.

제안 (엄숙히) 그럼 사람 대접을 해드리게 됐오?

연산 (너무나 의외여서)

제안 소위 아무리 못난 인사일망정 자기 숙부가 데리고 사는 계집을 데려다가 농락을 하고 사람대접을 안 해준다고요?

연산 그 무슨 말씀이오?

제안 장녹수 말이오.

연산 아니 그럼 녹수가 숙부의?

제안 그걸 여태 모르시고 계셨단 말씀이오?

연산 ?

제안 그뿐이 아니오. 상감은 지금까지 당신이 해 오신 일들을 잘 생각해 보시오. 얼마나 많은 신하의 피를 흘렸으며 무고한 백성의 피눈물을 짜아 냈는가? 지금 대궐 안이 상감이 거처하는 지엄한 자리요? 궁궐이 아니라 창가지요. 창가!

연산 (처음에는 가슴에 찔리다가 너무나 당돌하게 통박을 하는 바람에 양심을 죽이고 와락 화를 내며) 아니 궁궐이 창가라면 소위 임금인 나를 잡놈이란 말이오? 나를 능멸해도 유분수지 무엄하오! 다시 한 번 그따위 소리를 해보시오. 내 손에 죽고 남지 못 할 것이오.

제안 백번이라도 하리다.

연산 뭣이?

하며 칼을 빼어 제안을 치려고 하자
제안은 태연자약하게 오히려 엄히 쏘아 볼뿐이다.
잠시 동안 그들의 시선에서 불똥이 튀는 험악한 대결
그러나 연산은 차마 치지를 못 한다. 힘없이 나리는 칼
제안 썩 돌아서 태연히 걸어간다.
지금까지 보지 못했던 그 너무나 당돌하고 으젓한
제안의 사라져가는 뒷모습을 지긋이 바라보고 있는 연산.
비로소 그의 내부에서 용솟음치는 양심의 소리가 들리는 듯
노송에 이마를 대고 잇발을 깨문다.

#69 길

훈련대장 신윤무가 말을 타고 온다. 지나가는 선비들이 비웃으며

선비 1 자식 계집이 자결까지 했으면 벼슬을 내놓아야 할게 아냐? 쓸개 빠진 놈 같으니

선비 2 허긴 벼슬이 좋긴 좋은 거야.

선비 3 그러다간 제 어미까지도 바칠게 아닌가? 하하

일동 하하

들은 둥 만 둥 마상에 흔들려가는 신윤무
F • O

#70 정자 (F • I)

반정의거의 통문 (왕제 이역 옹립)
박원종 우국지사 7, 8명과 그 통문을 놓고 모의를 하고 있다.

(해설) "폭군 연산을 폐위시켜라! 연산을 내 몰아라! 은인자중 참고 견뎌온 백성들의 분노는 마침내 폭발하기 시작하였다. 때는 병인 팔월 스무 닷샛날 박원종은 비밀단 통문을 뜻있는 우국지사에게 띄웠다."

#71 몽따쥬

통문과 달리는 말과 지사들의 모임과 움직임이 W되어 중복된다.

(해설) "왕이 포악무도하여 부왕의 후궁은 매질해 죽이고 옹주와 왕자를 내치어 죽이고 말하는 대신을 귀양 보내어 목 베어 죽여 욕보이고 어질고 충성스런 이를 상하고 대롭게 하여 아비와 자식과 형과 아우가 연좌되니 진나라법보다도 오히려 심하지 아니한가? 사람의 무덤을 파내니 화는 마

른 해골에까지 미쳤으며 마디를 끊는 형벌과 뼈다귀를 갈리는 법은 이것이 무슨 형벌인가? 남의 아내와 첩을 빼앗아 음욕을 방자히 하고 백성의 집과 집을 뭉기어 동산을 넓혀 버렸으니 선왕의 능침은 모두 토끼와 여우의 마당이 되었으며 성인의 사당은 곰과 호랑이의 우리간이 되었도다. 또한 그뿐이랴?"

#72 원종의 방 앞 (심야)

주위를 살피어 방문 앞에 착 붙은 영인의 그림자가 선덕낭자다.
문을 가만히 두들긴다.

원종 누구요?
선덕 저에요.

하며 방문을 열고 안으로 사라진다.

#73 원종의 방

원종 (반가이 마즈며) 오! 어찌되었오?
선덕 (품안에서 패물과 조그만 한 봇다리를 꺼내 주며) 이거 돌아가신 제 어머님께서 혼수로 만들어주신 패물이온데 가지고 가서 써주세요. 그리고 이건 떡이오니 산속에서 잡수시도록 하세요.
원종 (감격하여 선뜻 받지 못한다)
선덕 말은 저 뒷문 앞에 준비해 놓았아오니 날이 밝기 전에 어서 떠나세요.
원종 이 공을 무엇으로 갚아야 될지.
선덕 그런 말씀 마세요. 중하신 몸 부디 조심하시고 바라옵건데 제 부모님 원수를 기필코 갚아 주시오면 소녀는 죽어도 한이 없아옵니다.
원종 (포옹하며) 고맙소. 기필코 낭자의 숙원을 풀어드리리다.
선덕 (원종의 가슴에 안기어 눈물을 흘리다가) 그럼 어서. (하며 물러선다)

#74 나무 아래

매어 있는 말. 어둠속에서 원종과 선덕이 걸어와 멎는다.
말이 운다. 질색을 하는 그들

원종 그럼 몸 부중하고 밝은 세상에 다시 만납시다.
선덕 그날이 오기를 축수고대 하겠어요.

원종 말에 올라탄다. 차마 떠나지 못하는 원종
그를 놓치지 않고 주시하고 있는 선덕의 매끈한 얼굴
이때 저만치 순라꾼이 두 사람 지나가다 이들을 발견하고

순라 1 누구냐?

마침내 들키고 만 그들
원종 재빨리 말을 달려 어둠속으로 사라지고 선덕은 이어 달려온 순라꾼에 붙들리고 만다.

순라 2 지금 그 자가 누구냐?
선덕 ….
순라 1 박원종이지?
선덕 ….
순라 2 야 요년 간뎅이두 크다. 가자

와락 잡아끈다.

#75 산속 (새벽)

산마루에 치닫는 원종의 말

동이 트는 하늘가를 굽어보는 원종의 착잡한 얼굴
말구비를 돌린다.

#76 사간원

사간원 현판을 잡아뗀다.

(해설) “한편 연산은 바른말 잘하는 사간원을 혁파시키고…”

#77 홍문관 현판

홍문관 현판이 도끼에 찍히어 두 쪽이 난다.

(해설) “홍문관을 폐하고…”

#78 교리옥당

텅 비어있는 교리옥당

(해설) “교리옥당과 독서당을 폐하니 선비들은 흩어지고 글 읽는 소리는 끊어졌다.”

#79 편전

녹수가 황황히 들어와 절을 하고는 흐느껴 운다.

연산 (**흥청들** 과 장난을 치다가) 어인 일이냐?
녹수 상감마마! 신첩 억울하와 못살겠어요.
연산 왜 그래?

녹수 이것을 보시와요. 온 세상에 공연한 사람을 가지고 못 잡아먹어서 이따위 익명서를 대문에 붙혀 놓은 자가 있아오니 어찌 상감 앞에 부지하겠읍니까?

하며 언문으로 도니 익명서를 꺼내 바친다. 그것을 받아 읽어보는 연산

(해설) "장녹수는 일찍이 제안대군의 집 일개 시비였던 천한 몸으로 구미호같이 상감을 잘 농락하여 혼천동지 하는 권세를 가졌으니 국정은 장녹수의 손아귀에서 놀고…"

연산 (격노하여) 이게 어느 놈의 소위란 말이냐? 사실해 잡아다가 원수를 갚아 주마.

녹수 아이구 상감마마 놈이 무엇이오니까?

연산 그러면?

녹수 감히 이런 짓을 할 사람은 단 한 분밖에 더 있어요? 그러니 상감마마의 높고 넓으신 은총 풀 맺아 은혜를 갚사오면서 만세전에 바치려 하였더니 이러다가는 신첩은 와석종신도 못할 것 아니와요? 상감마마 부디 만수무강 하옵소서. 신첩은 영영 하직하옵니다.

이렇게 목메어 아뢴 다음 절을 하고 물러서자 연산 녹수의 손목을 잡아 앉히며

연산 이게 무슨 짓이냐? 나를 버리고 네가 가다니 말이 되느냐?

녹수 아니와요. 신첩을 놓아주셔요.

연산 어서 말을 하여라! 대체 그게 누구란 말이냐?

녹수 섣불리 아뢰었다가 펄쩍 뛰시면 저 먼저 결단이게요.

연산 누구냐 말이다. 말을 해라!

녹수 ….

연산 이제는 내게 너 하나밖에 더 있느냐? 다른 사람 천을 주고 바꾸라 해도 너 하나만은 내놓을 수 없다.

녹수 상감마마 정말이어요?
연산 오냐. 내 어찌 빈말을 할까보냐?
녹수 그럼 고름 맺기 내기 하셔요.

하며 교태를 부려 바싹 다가앉는다.

연산 그래라. 고름보다 더 한 것이라도 맺아주마!
녹수 그러하오면 잠시 주위를 물려주십시요.
연산 (**흥청들** 에게) 너희들은 그만 물러가거라.
흥청들 예.

하고 물러간다.

연산 이제는 말하여라! 누구냐? 제안대군이냐?
녹수 상감! 놀라지 마셔요. 곤전(중전)마마밖에 더 있아옵니까?
연산 뭣이? 곤전이?

#80 곤전 대청 1방

신 비 그 익명서를 들고 합문 밖의 신수근의 공초를 듣고 있다.
신수근 황송하게 앉아

수근 예. 이 사실을 상감께 아뢰었다가는 또 어떠한 참화가 버러질런지 두렵사와 우선 마마께서 대내 여내 사실하여 보신 연후에 조처하오심이 좋을듯하여 바치는 것이오이다.
신 비 소위는 괘씸하나 사실 이 익명서가 전연 황당무괘한 것은 아니오. 대감 생각해보시오. 지존을 뫼시는 중신으로서 이렇듯 팔짱 끼고 보고만 있어야 되겠오?
수근 황공하옵니다.

신 비 참으로 한심한 일이오. 대신들의 책임이 큰 줄 아오.

이때 밖에서

대전상궁 (E) 상감마마 듭시오.

당황하는 수근과 신 비.
연산이 격노해서 불쑥 들어오며

연산 오. 좌의정도 마침 잘되었오.

신 비가 감추려는 익명서를 눈고리로 본 연산

연산 그게 무엇이오?
신 비 아무것도 아니옵니다.
연산 아무것두 아닌데 왜 감추오? 다 알고 있오. 어서 이리 내오!
신 비 아니 무엇을 다 알고 계시다는 말씀이시온지….
연산 (익명서를 낚아채며) 중전이 그런 인물인 줄은 몰랐오.
신 비 네?

연산 익명서를 펴보더니 자기가 가지고 온 익명서와 똑같은 것임을 알고

연산 과연 중전의 짓이로구나. 중전! 내가 그렇게 보기 싫소? 내가 후궁 하나쯤 귀여워 하기로소니 그것이 그렇게 배가 아프고 보기 싫소? 내가 국사를 그릇치고 잔인하다구? 음 고얀지고.

신 비는 너무나 기가 막혀 말문이 막힌다.

수근 상감마마! 그것은 전연 곡해올시다. 중전마마께서 상감과 장숙원을 비방하

시다니 천부당만부당한 일이올시다.
연산 너두 같은 동기라고 중전을 두둔하는 것이냐? 모두 한통이 돼서 엉뚱한 계교를 꾸미고 있는 줄을 내 다 알고 있다. 괘씸한 사람들 같으니.

신비 폭폭 해서 울어버린다.

연산 일국의 국모로서 실덕이 큰 줄 아오!
신 비 (울며 호소한다) 상감! 상감은 동궁 때 일을 잊으셨어요? 그처럼 어지시고 총명하시던 성품은 어디로 가고 이렇듯 거칠고 의심이 많아시졌어요?
연산 뭣이?
신 비 애매한 누명을 쓰고 이 몸이 죽사온들 두려울 바 아니오나 단지 상감께서 이 몸을 그만한 사람으로밖에 몰라주시는 것이 지원지통하오며 장차 이 나라와 상감의 앞날이 두렵고 한심스럴 따름입니다. 상감! 정신을 차리세요. 봉안을 똑바로 뜨시고 정사를 살피시고 원성이 자자한 백성들의 아우성을 친히 들으셔요. 어쩌시려고 이러십니까? 상감!

연산 가슴에 찔리는 듯 괴롭다.

신 비 예? 상감….
연산 듣기 싫소. 이거 중전이 나를 이렇게 능멸할 줄이야 꿈에도 몰랐오. 국모가 국왕을 이렇듯 능멸하는데 그 어찌 아랫것들이 국왕을 대수롭게 여기겠오?
신 비 능멸을 하다니요?
연산 그만두오. 만일 이 익명서의 장본인이 들어나지 않는 경우에는 중전의 죄는 벗을 길이 없는 줄 아오.
연산 (다시 수근에게) 당장에 이 장본인을 잡아들여라!
수근 예.

연산 거칠게 나간다.
슬픔과 안타까움에 쓰러져 통곡하는 신 비

#81 옥 사

빼욱히 가쳐 있는 양민들
그 앞으로 군사들에게 끌리어 오는 애매한 양민들

(해설) "도성의 사대문을 닫아버리고 범인이 도망하지 못하게까지 하여 수색을 해보았으나 진범인은 들어나지 않으니 애매한 사람만 자꾸 붙들려 올 수 밖에…"

#82 사대문의 일문

굳게 닫힌 대문
그 앞에 수많은 군중들이 아우성을 치고 포교들이 곤봉을 휘두르며 군중을 물리친다.
개중에는 기아에 쓰러진 사람들이 군중의 발굽에 짓밟힌다.

(해설) "사대문은 굳게 닫혀 버렸으니 문안의 가난한 사람들은 나무와 양식이 끊어져 기아에 직면하게 되자 모두 몰려나와 문을 열라고 아우성을 쳤다."

#83 방 문

방문이 나붙은 곳에 비탄에 젖어 이를 보고 있는 군중들

(해설) "연산은 마침내 다음과 같은 언문 전교를 나라 방방곡곡에 반포하였으니…"

방 문 ----

(해설) "언문을 쓰는 사람은 기훼제서율(1504년(연산군 10)에 공포된 한글사용금지법)로 논단하여 처형하게 하고 언문으로 된 책과 구결은 이것을 모두 불태워 버리라. 만일 이것을 은익하는 자가 있다면 다음과 같은 율로서 형벌하리라. 다만 한어를 번역한 책만은 금하지 아니한다."

#84 수문당 뜰 (밤)

산더미처럼 쌓인 언문 서적이 불에 타고 있다.

(해설) "이리하여 온 나라는 빛 없는 세계가 되었으니 세종대왕께서 당신의 백성과 나라를 위하여 일평생을 바쳐 이룩해 오신 성업이 하루아침에 재덤이로 화해버렸다."

#85 XX 당 1실

초라한 방
시름없이 눈물짓고 있는 신 비

(해설) "마침내 진범인은 갈데없이 곤전 앞으로 멀어져 지엄한 전교는 나리어 곤전은 내전에서 쫓겨나는 신세가 되었다."
F • O

#86 임사홍의 집 대문 (F • I)

큼직한 방립을 깊숙히 눌러 쓴 중이 목탁을 치며 염불을 외고 있다.
대문에서 노비가 나오며

노비 어느 대감댁인줄 알구 감이! 딴 집이나 가보오.

중 예. 소승이 어찌 모르겠오이까? 이 댁 대감께서는 미녀를 널리 구하신다는 소문을 듣고 쓸 만한 미녀를 몇 마리 데리고 왔는데 시주나 후히 주시고 들여놓으시지요. 나무아미타불 관세음보살.

그러고 보니 중의 뒤에는 미녀가 20여 명이 따랐다.

노비 야 이놈! 뭐 이 댁이 계집을 사고파는 기방인줄 아느냐?
중 예. 아따 이 댁 대감께서 팔도미녀를 잡아들이는 채홍준사가 아니오?
노비 이 미친놈! 소위 중놈이 돼가지구 계집을 팔러 다니다니 에라 이놈 맛 좀 봐라.

하더니 작대기를 들고 덤빈다.

#87 그 안 대청

임사홍과 유자광 몇몇 대신들과 바둑을 두고 있는데 밖에서 왁짜지껄 하는 소리

임사홍 여봐라! 밖이 왜 이리 소란스러우냐?
노비 2 (중문에서 들어오며) 예. 웬 미친 중놈이 미녀를 팔러왔다 하옵니다.
임사홍 미녀를 팔러 왔어?
노비 2 예.
임사홍 거 재미 이는 중놈이로구나. 그래 계집들은 이쁘더냐?
노비 2 예. 뭐 이쁜 것 같기도 하옵고 이쁘지 않은 것 같기도 하옵고.
지광 대감 그 어디 구경이나 좀 해봅시다.
임사홍 핫하 대감두. 그 중놈을 들여보내라.
노비 예.

하고 나간다. 부엌 앞에 멍히 서있는 민 씨 부인

이윽고 노비 중과 미녀를 데리고 들어온다.

임사홍 네가 중이냐? 장사꾼이냐? 중 황송하오나 나릿님께서 미녀를 널리 구하신다는 소문을 듣고 소승 일찍이 팔도강산 방방곡곡을 순례하자니 빼어난 인물이 더러 있기에 임 향한 충정에서 데리고 온 것 이온즉 시주나 후히 주시고 들여놓시면 사행으로 알겠오이다. 나무아미타불 관세음보살.

임사홍 응 그래?

자광 제법인걸요. 흐흐

임사홍 어디 좀 보자!

중 (미녀들에게) 절하고 뵈어라.

미녀들 계하(섬돌의 아래)에서 일제히 절을 한다.

임사홍 (하나하나 보더니 매우 만족한 듯) 음 됐어.

임사홍 여보아라

노비 예.

임사홍 이 대사에게 시주 후히 드리고 시장할 터이니 밥도 한상 차려 드려라.

노비 예. 대사 이리 오시오.

중 노비를 따라가며

중 나무아미타불 관세음보살.

#88 쪽마루

중이 앉아있다.
노비 엽전을 한꾸러미 주며

노비 이거면 되겠오?

중 예. 나무아미타불 관세음보살.

하고 합장하며 받아 바랑(배낭)에 간직한다.

노비 헤헤. 곧 밥상이 나올 테니 자시고 가시오.

하며 옆문으로
이윽고 민 씨가 밥상을 들고 온다.
민 씨를 보는 중의 날카로운 눈. 그는 다름 아닌 박원종이다.
민 씨도 그의 시선에서 이상한 것을 느끼는 듯 안색이 싹 변한다.

중 아이구 이런.

하며 밥상을 받다가 민 씨와 시선이 부딪치자 당황한다.

민 씨 (남편임을 알아차리고) 아니 여보! 당신 아니오?

이때 노비가 술병을 들고 나타나자
원종 얼렁뚱땅 밥상을 잘못 받아 땅에 엎어버린다.

노비 아! 저년이!

민 씨를 잡아먹을 듯 달려와 머리를 쥐박는다.

중 괜찮소. 소승이 박복한 탓이오. 먹은 배나 진배없으니 과이 나무래지 마시오. 그럼 소승은 절로 갑니다.

하고 일어서 대문으로 나가며

중 나무아미타불 관세음보살.

#89 대문 앞

걸어 나오는 원종
민 씨 따라 나와 안타까이 본다. 원종 의미 있는 시선을 남기고 사라져 간다.

#90 보비의 집안

대청에서 용도(윤무의 칼)를 손질하고 있던 윤무 대문에서 들어오는 중을 보고

윤무 웬 자가 무료하게 인사도 없이 들어 오냐?
원종 대감 출세 했구랴?
윤무 ?
원종 (당돌하게 마루에 걸터앉으며) 과연 벼슬이 좋긴 좋은 거로군. 아 언젠가 박원종이 아비가 제 딸을 나랏님께 팔아서 벼슬을 했다고 원종이를 면전에서 능멸하고 의절까지 하더니 대감은 애첩을 팔아서 벼슬을 했다니 말이오.
윤무 ?
원종 아 그렇게 청렴한 체 하시던 분이라면 당신 애첩이 목매달아 죽었으면 벼슬도 내 놓아야 되지 않겠오? 그리고 보면 대감은 원종이보다 더 더러운 사람이요.
윤무 대체 네가 누구냐?
원종 지나가는 중이올시다. 시주나 좀 하시요.
윤무 괴이하다. 방입을 벗고 네 정체를 보여라.
원종 핫하. (방입을 벗는다)
윤무 ….
원종 알겠느냐? 오래간만이다.
윤무 아니 원종이?

원종 그렇다. 에이 더러운 자식! (면전에 침을 배앝는다)

윤무 음. (격분하여 어쩔 줄을 모른다)

원종 분하거든 칼을 들어라!

윤무 (칼을 들고 일어선다) 오냐!

선뜻 땅으로 뛰어내리며 감추었던 칼을 빼어든다.
이리하여 그들 간의 일대 접전이 버러진다.
막상막하의 박중전이다.
그러나 차츰 원종의 칼에 몰리는 윤무
급기야 원종의 칼에 윤무 칼을 땅에 놓쳐버린다.
순간 윤무의 목에 원종의 칼이 닿는다.
윤무 꼼짝 못하고 무섭게 원종을 노려볼 뿐 참으로 분할 노릇이다.

원종 (쓰게 웃더니) 쓸게 빠진 자식!

윤무 왜 치지 않느냐?

원종 너 같으면 치겠니?

지난날 윤무가 자기에게 한 그 말이다.
윤무 고개를 떨어뜨린다.
눈물이 핑 돈다.
원종 칼을 들고 대문으로 나간다.

#91 고목이 우거진 길

원종이 걸어간다.
뒤에서 부리는 소리 (E) 원종아!
돌아다보니 윤무가 다가온다.

윤무 할 말이 있다.

원종 윤무를 따라 고목나무 밑으로 간다. 잠시 말이 없다.

원종 무슨 일이냐?
윤무 네 말이 옳다. 나는 사람도 아니다. 비렬한이다. 벌써 보비를 잃었을 때 자결을 하든가 너처럼 입산을 했어야 될 놈이다. 그러나 그렇게 못하고 오늘날까지 훈련대장이란 벼슬을 지켜온 데는 한 가지 이유가 있다.
원종 뭣이냐?
윤무 먼저 네게 사과한다. 나는 너의 어르신께서 억울한 죽음을 당하신 그 당시의 모든 진실을 알았고.
원종 그래서?
윤무 ….
원종 이유란 뭣이냐?
윤무 (머뭇거리다가) 너는 이 나라가 이렇게 망해가는 데도 오물관어로 수수방관할 작정이냐? 저 포악무도한 상감의 행실이며 그 밑에 간신들의 날뛰는 것을 그저 보고만 있을 작정이냐? 너라면 생각이 있을 게 아니냐? 내가 오늘날까지 그 좋은 친구들한테 갖은 멸시를 받아가면서도 꾹 참고 훈련대장의 자리를 지켜온 것도 여기에 이유가 있는 것이다. 내게는 수천의 병사가 있다.
원종 핫하. 큰일 날 소릴.
윤무 ? (원종의 발언에 아연실망)
원종 모반대역을 꿈꾸고 있고나?
윤무 원종아!
원종 그래서.
윤무 (무섭게 꾸짖는다) 네이 정말 썩어빠진 놈 같으니….
원종 (엄숙히) 윤무!
윤무 ?
원종 (손목을 힘차게 움켜잡으며) 장하다! 과연 친구야 이 나라를 구할 사람은 바로 우리다.
윤무 원종아!

목이 메어 힘껏 끌어안는다. 원종도 윤무를 얼싸 안고 감격의 눈물

#92 춘당대 연못가

연못가에 홀로 앉아서 물속을 들여다보고 있는 연산
실신한 사람 같기도 하고 폐인 같기도 하고 허탈한 모습이기도 하다.
낙엽이 물 위에 진다.
낙엽이 지는 하늘을 보며 부질없이 웃어댄다.
녹수가 교태를 부려 웃으며 다가온다.

녹수 후후 무엇을 보시고 웃고 계시와요?
연산 낙엽이 지누나.
녹수 그것이 그리 웃읍사와요?
연산 녹수야!
녹수 네.
연산 내가 이대로 가다간 미치구 말지.
녹수 호호. 그럼 저도 상감하고 같이 미치구 싶사와요.
연산 그럼 잘 됐다. 어디 오늘은 신이 나서 미칠만한 놀음이나 해보자.
녹수 무슨 놀음?
연산 그 임사홍이가 새로 물색해온 계집들이 얼굴도 반반하니 엉덩이도 크고 물건들이더라. 오늘은 그것들을 빨가벗기어 비둘기 놀음을 시켜보면 어떠냐? 하하.
녹수 비둘기 놀음이라니요?
연산 하하. 비둘기가 콩을 좋아하지 않던? 비둘기 콩 줍는 놀이 말이다.
녹수 호호. 상감도.

#93 1 실

음란한 분위기가 충만한 방
원종이 잡아다 바친 미녀들이 연산과 녹수 앞에서 옷을 하나하나씩 벗다

손을 몇고 말을 안 듣는다.

연산 핫하. 상관있느냐! 어서 벗어라!

그러나 미녀들은 의연 불응한다.

녹수 왜들 어명을 거역하느냐? 어서들 벗어라.
연산 모두 벗구서 우리 비둘기 놀음이나 하구 놀자꾸나. 음 하하. 느이들 한번 맛드리면 좋아서 미쳐 죽을라 하하.

미녀들은 한 모양이다.

녹수 아니? 얘들아!
연산 고이얀년들이로고. 안 벗을 테냐?

그래도 미녀들은 부동이다.
연산 버럭 화가 치밀어 달려가 한 미녀의 속옷을 북 찢어버린다.
순간 방바닥에 떨어지는 조그마한 비수
아연 놀라는 연산과 녹수의 얼굴
미녀는 여자가 아닌 남자이기 때문이다.

연산 이…이…이년들이 모두 사내들이었구나. 이…임사홍을 불러라!

#94 편 전

계하(계단 아래)에 부복한 임사홍에게 연산의 불호령이 떨어진다.

연산 그렇다면 너 만일 이 달 안으로 그 중놈을 잡아들이지 못하면 대신 네 목을 자를 터인즉 그리 알아라!

사홍 예. (다시 머리를 조아린다)

#95 골목길 A

사령들이 중을 잡아가지고 온다.

승려 1 아니 소승이 무슨 죄가 있다고 불문곡직 이렇게 끌어가는 거요.
사령 1 잔말 말고 가보면 알게 아냐?

#96 골목길 B

여기서도 사령들이 7, 8명의 중을 잡아 가지고 온다.

#97 골목길

여기서는 20여 명의 중이 붙들려온다.
개중에는 어린 동승과 여승까지 끼어 있다.

#98 임사홍의 집안

마당에 그득히 붙들려 온 중들
대청에는 임사홍이 사색이 되어, 머리에 수건을 동이고,
허둥지둥 중들을 굽어보더니 호령한다.

임사홍 이 천치 바보 같은 놈들아. 그 중놈 하나를 못 잡고 어디서 저런 것들만 잡아 온단 말이냐? 어서 나가서 잡아 들여라!
사령들 예.

중들 일제히 나무아미타불 하며 목탁을 치고 염불을 윈다.
미칠 것만 같은 임사홍

임사홍 이…이 저놈들을 당장 내치지 못하겠느냐?

F・O

#99 보비의 집 외경 (심야) (F ・ I)

대문 앞에 허술한 선비
한사람이 오락가락 망을 보고 있다.

(해설) "박원종, 신윤무를 중심으로 한 반정 의거의 거사는 착착 진행되어 갔다."

#100 집 안 일실

박원종을 비롯하여 신윤무 이조판서 유순정, 전이조참판 성희안, 군무첨정 박수문 이밖에 평소에 원종과 윤무를 능멸하고 의절한 초야의 친구들 그리고 무사 이심 등의 장사 수 명이 의거의 모의를 하고 있다.

원종 여러분! 성사는 재천이요 모사는 재인이라고 나중에 되고 안 되는 것은 하늘의 일이거니와 사전에 일일 탈로 된다는 것은 오로지 우리의 입부리에 달려있는 것이요. 여러분…

하며 환도를 빼서 책상에 꽂으며

원종 우리는 대금 대의를 위해서 역모를 한 사람들이오. 이 자리에 앉은 사람은 누구누구 할 것 없이 탄로만 나는 날이면 이 칼과 운명을 같이 할 것이오. 팔도의 우국지사들이 이미 도성 안에 잠입하여 일각이 여삼추로 거사하기만 혈안이 되어 대기하고 있는 것이오. 이제는 오직 거사할 날자와 시만 결정하면 되오.
윤무 일은 급히 서두르는 게 상책인줄 아오.

희안 알아본즉 내일 위에서는 장단 석벽으로 벗 놀이를 가신답니다.

원종 좋소. 하늘이 주시는 좋은 기회요.

윤무 내일 밤 술시가 어떻겠오?

희안 술시가 좋겠오.

원종 좋소. 여러분은 어떻소?

일동 좋소.

원종 그럼 내일 밤, 술시에 각자는 예정한 부서를 훈련원으로 모이게 하오. 그리고 성 참판은 거사하기 한 시각 전에 무사들을 구종 복색을 시켜가지고 영의정 유순, 우의정 김수동, 좌참판 김감 등을 찾아보시오. 만일 말을 안 듣는 사람이 있거든 그 자리에서 요정(결판을 내어 끝을 마침)을 내버리시오.

희안 예.

원종 이심 자네는 훈련대장께서 편지를 써 줄 테니 밤을 드와 개성을 내려가게. 그래서 개성유수 신수겸을 만나보게. 편지는 공연한 헛말을 적어 놀 테니 편지 보는 틈에 요정을 짓게.

이심 예.

#101 경회루 (낮)

큰 잔치가 벌어졌다.
자순대왕비 윤 씨를 비롯하여 6, 7명의 왕후 그리고 정경부인 신 씨도 참여했고 한편에는 문무백관들이 그 마즌편에는 외명부 귀부인들이 각기 가슴에 정 몇 품 아무개의 처 모 씨라고 뚜렷히 써 달고 참석했다.
물론 신윤무도 참여했음은 두말할 것도 없다.
중앙 용상에는 연산의 취한 모습 그 옆에 녹수를 비롯하여 많은 후궁들
다만 신 비만이 빠졌다. 홍청들의 군무가 한창이다.

(해설) "마침내 숙명적인 의거의 날은 왔다. 연산은 장단 석벽의 행차를 중지하고 궁 안에서 큰 잔치를 베풀었다. 마침내 연산의 타오르는 본능의 불길은 당당한 조정대신의 정실부인에게까지 널름거렸다."

#102 XX 당 1실

아련히 들려오는 주악 소리. 창가에 홀로 시름에 눈물짓고 있는 신 비

#103 경회루

늙은 상궁이 연산의 옆으로 와 소근 댄다.
상감의 눈에 박힌 저편 외명부 중의 한 사람
'판서 윤구 처 이 씨'라고 패를 붙인 부인이다.

연산 흥! 제 까짓게 효녀구 열녀면 몇 푼어치나 되나 어디 보자.

상궁 사라지고 연산 자리를 일어선다.
상궁 이 씨 부인 옆으로 와 무릎을 괴고 속삭인다.

상궁 정경부인 머리 쪽이 삐뚤어졌읍니다. 흉해서 쓰겠어요?
이 씨 (질색을 하며) 어머나 그래요?
상궁 저를 따라 오십시요. 고쳐드릴게.
이 씨 예.

따라 일어선다.

#104 대청

강화 화문석이 깔려있는 대청을 상궁을 딸아 걸어오는 이 씨 부인

#105 긴 마루

상궁을 따라오는 이 씨. 마루를 접어 돈다.

#106 긴 마루

걸어오는 그들 골방 앞에 멎는다.

#107 골 방

방문을 열고 들어오는 상궁. 이어 따라 들어오는 이 씨
상궁 마즌편 문으로 나가고 이 씨 그 뒤를 따른다.

#108 골 방

들어오는 그들
다시 마즌편 문으로 나간다.

#109 방

패화 빛 휘장을 저치고 들어오는 상궁
이어 이 씨가 따라 들어온다.

상궁 들어오세요.

순간 으리으리한 체경 속에 비치는 이 씨의 모습
한편 아랫목에 원앙금침이 깔려 홍공단 천의가 펼쳐있지 않은가?

이 씨 (비로소 의아하여) 항아님 여기가 뉘 처소요?
상궁 지밀나인의 처소에요. 앉으세요.

이 씨 앉는다. 상궁 이 씨의 뒤로 돌아가 머리의 비녀를 빼니
화관이 방바닥에 떨어져 구르며 검은 머리가 수루룩 풀려 내린다.

이 씨 (질겁을 하며) 아니?

이때다. 문이 열리며 누가 들어오는 것 같은 소리에
얼른 돌아다보니 연산이 비칠거리며 썩 들어서는 것이 아닌가?
이 씨 당황하여 어쩔 줄을 모르다가 부복한다.

연산 정경부인! 일어나오!

하며 다가와 팔목을 잡는다.
움칠하며 들어온 문으로 달아나려고 하니
상궁은 간데없고 문은 잠겨있다.

이 씨 아니? (물러난다)
연산 하하. 정경부인! 나 상감두 아니구 아무것도 아니오. 단지 못된 사람이오. 그렇게 무서워 할 거 없이 자. 이리 오시오.
이 씨 상감마마 (하며 뿌리친다)
연산 상감이 아니래두.

와락 잡아끌어 안자 이 씨 반항하는 바람에 원앙금침 위에 제대로 한 덩어리가 되어 뒹굴게 마련이다.

#110 숲길 A

이심이 말을 달려 질주한다.

#111 숲길 B

신윤무가 말을 달려온다.

#112 숲속

원종을 비롯한 거사 주모자들이 숨 막히게 기다리고 있다.
윤무의 말이 달려온다.

희안 오십니다.

일동 일제히 일어나 전방을 본다.

윤무 (말에서 내려 다가오며) 모두 모이셨군.
원종 상감은 거동했오?
윤무 오늘 거사는 중지함이 좋을 줄 아오.
원종 뭣이?
윤무 오늘 오시에 상감이 장단 석벽으로 거동하는 것을 중지하였으니 말이오.

일동 놀라며 실망한다.

희안 우리들의 거사하려는 것을 상감이 알아차린 건 아닐까요?
윤무 그런 것 같지는 않지만….
순정 오늘 일은 중지하고 다음 기회를 봄이 좋을 줄 아오.

이에 4, 5명의 지사들의 동의한다.
잠시 동요의 면면들

원종 여러분 일이 탄로 나거나 안 나거나 위에서 거동을 했거나 안 했거나 우리들의 목숨은 오늘 밤뿐이오. 개성유수 신수겸의 머리는 벌서 이심의 손에 녹았을 것이니 말이오. 우리의 살 길은 오늘 밤을 놓치지 말고 약조한 대로 거사하는 길밖에 없오. 만약 어기는 이가 있다면 이 칼로 목을 베어 군법을 알릴 테요.

일동 숙연해진다.

#113 길 (밤)

밤길을 달려오는 마상의 이심.

#114 골목길 A

검은 사나이들이 급히 걸어간다.

#115 골목실 B

여기도
그들 옆을 질주하는 이심의 말

#116 길

여기도
그들 옆을 질주하는 이심의 말

#117 길

많은 사람들이 몰려간다. 이심의 말이 달려간다.

#118 훈련장 뜰

수많은 의병들
장태(장수의 우두머리)에 박원종
그리고 그 아래에 여러 간부보 지사들의 면면

원종 (휘하 의병들에게 열변을 토한다) 이것뿐이랴? 남의 아내와 첩을 빼앗아 음욕을 방자히 하고 백성의 집을 뭉기어 동산을 넓혀 토끼와 여우를 기르고 또한 빼앗고 거둠이 끝이 없으니 백성은 에오라지 살수가 없다. 그뿐이랴? 거상 삼년은 온 세상 법이거늘 그 제도를 끊어버렸으며 부모의 기일 또한 폐해버리니 인륜은 이미 패해 버렸고 인도는 멸망되었다. 그 밖에 토목 역사와 생색을 좋아함과 연못 파고 대 짓고 사냥하고 노는 것이며 금수화시 좋아하는 따위는 이루 다 벌여서 들 수가 없으니 하늘에 찬 죄는 걸주보다 더하다. 여러분! 성종께서 스물여섯 해 동안 중의를 북돋아 기르신 것은 정히 오늘을 위한 것이니 진성대군은 성종의 친아드님이시며 어질고 덕이 있어 안팎이 총망한즉 폭군 연산을 폐위하고 진성대군으로 하여금 국기를 바로 잡고 선정을 베풀어 백성을 구함에 있어 마지막 한 사람까지 목숨을 바쳐 싸울 것을 맹서합시다.

군중의 함성이 일어난다. 군중 속에서
(E) 개성 갔던 이심 장사가 돌아와요.
간부들 일제히 한곳을 주목한다.
거기서 말을 달려 들어오는 이심
이심 말에서 내려 원종 앞으로 가 신수겸의 머리를 바치며

이심 신수겸의 두상이오.
원종 음 수고가 많았오.

군중의 함성이 일어난다.
(E) 우의정 김수동 대감 행차시오.
간부들 그 바람에 (E) 김수동 대감?
하며 서로 놀라운 얼굴
성희안의 인도로 말에서 내리는 김수동 급히 다가온다.

원종 대감!
김수동 진성대군의 안부가 어떠하시며 시위를 보내 용저를 호위케 하였오?

원종 아직 창황하여 못하였소.
김수동 아직이라니 제공들이 역적의 소리를 면치 못하오.

(하며 호령한다)

원종 그러면 윤형로는 진성대군의 용저로 달려가 사유를 고하고 운산군 무사 50명을 거느리고 진성대군의 용저를 옹휘하오.
윤형로/운산군 예.
원종 그러면 지금부터 여러 장사들은 각기 흩어져 숙연히 대궐 돈화문으로 앞으로 다시 모이오.
일동 예.

#119 길

검은 사나이들이 급히 걸어간다. 선두에 마상의 박원종 모습

#120 신수영의 집 대문

내시로 변장한 한 장사가 대문에서 나오자 신수영이 따라 나온다.
대문 밖에 잠복했던 장사의 칼에 맞아 쓰러진다.

#121 길

검은 사나이들이 급히 몰려간다.
신윤무의 용안

#122 신수근의 방

방문이 나가 떨어지며 썩 들어서는 장사들.

수근 엄숙히 앉아 이들을 호령한다.

수근 어인 놈들이냐?

장사 1 폭군 연산을 폐위시키고 진성대군을 바뜰고자 하는 의거 오이다. 대감께서 진성대군을 도와주시오.

수근 무슨 수작이냐! 한 몸으로 두 임금을 섬기란 말이냐? 무엄하다.

순간 장사의 내리치는 칼에
맞아 쓰러지는 수근.

#123 길

대궐을 향하여 몰려가는 장사들
군마가 정여목을 달려간다.

#124 유자광의 집 대문 앞

유자광의 칼에 맞아 쓰러지는 장사
그 근방에는 4, 5명의 장사들이 희생당하여 쓰러져 있다.
마지막 이심과 대결하는 유자광
일진일퇴의 혈투가 버러진다.
이심 위기의 궁지에 몰린다.
바로 이때 회오리바람처럼 달려오는 한필의 군마.
마상의 원종 이심을 가로 막고 통쾌하게 자광을 쳐 무찌른다.

#125 길

빼욱히 밀려가는 장사들

#126 임사홍의 집 대청

사홍 뭣이? 그 중놈이 계집을 팔러 또 왔단 말이지?

노비 예. 바로 그 중놈입니다.

사홍 됐다. 그놈을 끌어들여 대문을 쳐 닫고 잡도록 하여라.

노비 예.

사라진다.
이윽고 마당으로 들어오는 원종

원종 대갑 계집을 사시오.

사홍 오! 대사 어서 들어오시오. 그렇지 않아두 기다렸오.

원종 기다렸을 것이오.

사홍 근데 계집들은?

원종 바로 여깄오.

하며 번쩍 칼을 빼어드는 원종
질겁을 하며 놀라 소스라치는 사홍
방포(승려가 입는 네모난 가사)를 벗는 원종을 보고 비로소 알아차리고

사홍 아니 박원종이….

원종 그렇소.

사홍 아…아…아니 이게 웬일이오? 그 칼을 놓시오. 칼을 놓세요.

원종 우리 일가를 송두리째 망치고 아니 온 나라를 망쳐 먹은 이 간신 천벌임을 알아라!

사홍 대…감….

순간 원종의 한칼에 윽 하고 쓰러지는 사홍.
이때 집 모퉁이에서 무섭게 지켜보고 있던 민 씨 그 앞으로 달려오며

민 씨 여보!

원종 아!

부인을 얼싸안는다.
원종의 품에서 느껴 우는 민 씨

#127 대궐 앞

선두에서 지휘하는 박원종
파수 보던 수문장과 파수병들이 장사들의 칼에 맞아 쓰러진다.
장사들 대궐 담을 뛰어 넘는다.

#128 돈화문 안

전날 미기(아름다운 기생)로 가장하여 입궐했던 소년들이 군사들과 접전하며 대문을 열기에 애를 쓴다.

#129 그 밖

대문이 열리며 노도와 같이 밀려들어가는 장사들
(미녀들, 소년) 원종 앞으로 달려와 반기며 "대감님"

원종 오냐 수고했다. (하며 앞으로)

#130 궁궐 안

노도와 같이 몰려드는 장사들.
횃불의 소용돌이
이곳저곳에서 입직 군사들과 교전이 버러진다.

어영대장 (칼을 빼어들고 뛰어나오며) 무엇들이냐? 물러가지 못할까?

원종 단칼에 어영대장을 쳐 눕히고 앞으로

#131 긴 마루

내시, 노비, 궁녀들이 잠옷 바람으로 우왕좌왕 수라장을 이루고 있다.

#132 뜰

방안에 쏟아져 나오는 미녀 흥청들
장사들이 들이 닥치며 또한 수라장을 이룬다.

#133 옥사

옥문이 요절나며 쏟아져 나오는 무고한 백성들

#134 편전 대청

김자원과 3, 4인의 승지들이 황급히 횡단한다.

#135 침전

녹수와 3, 4인의 후궁을 거느리고 자고 있던 연산
침전 밖에 나타난 승지들에게

연산 누그들이란 말이냐? (고함쳐 묻자)
자원 글세올시다. 도무지 알 길이 없아옵니다.
승지 1 속히 피하옵소서. 위급하옵니다.

연산 나더러 피하라고? 어서 나가서 자상히 알아보고 오너라!
일동 예.

급히 물러간다.

녹수 상감 어쩌면 좋아요?

하며 안절부절 어찌 할 바를 모른다.
뒷문으로 옷을 든 채 달아나는 후궁들
녹수 아니 너희들 상감은 어쩌고 달아난단 말이냐?
후궁 1 밖을 살피고 오겠어요.

하곤 급히 빠져 나간다.
묵묵히 조금도 동요의 빛이 없이 태연자약한 연산
부들부들 떠는 녹수

연산 흥! 너두 무서우냐?
녹수 아…아니와요. 허지만 이러구 계실 때가 아니 옵니다. 어서 피하시와요.

그러나 연산은 움직이질 않는다.

녹수 (슬쩍 옷을 들고 뒷문으로 향하며) 좌우간 어찌 된 일인지 바깥일을 살피고 오겠어요.

하며 문으로 빠져 나간다.

#136 수구

승지들 수구로 파고 들어간다.

마지막 김자원이 파고 들어가려고 하는데 장사들이 밀려와 목덜미를 잡아 낚군다. 살려 달라고 싹싹 비는 김자원
장사의 단칼에 쓰러진다.

#137 후원

장사들에게 붙들려 질질 끌려오는 후궁들과 녹수

#138 인정전

몰려드는 의병장사들
원종을 선두로 전상(정전위)으로 올라간다.

#139 침전

눈을 감고 묵묵히 앉아있는 연산의 태연한 모습
그 앞에는 어보가 놓여있다.
문을 열고 나타나는 박원종과 신윤무 그 밖에 여러 간부들

연산 오! 박원종이 아니냐? 훈련대장 신윤무도 한패였더냐? 핫하. 너희들이 오늘 이럴 줄은 내가 꿈에도 생각지를 못했구나.
원종 (비로서 부복하며) 황공하오이다. 그러하오나 천명이 진성대군에게로 돌아갔오이다.
연산 오! 진성.
원종 예.
연산 그거 대단히 좋은 일이다. 나는 네가 참람한 뜻을 먹을 줄 알았구나.

잠시 살벌하고 숨 막히는 침묵

연산 핫하. 내가 내 죄를 잘 안다. 그러나 임금으로서 죄는 지었을망정 연산 나 개인으로서는 통쾌한 일이다. 허되 이 자리는 내주마 원종아! 네가 지금 이 인둥이를 탐내어 왔구나?

하며 어보 궤를 가리킨다.

원종 당연히 내 놓으셔야지요.
연산 내줄 수는 없다.
원종 ? (험악한 시선)
연산 내 목이 네 손에 끊어질지언정 네 손에 이 인둥이를 넘겨 줄 수는 없다.
원종 ? (더욱 험악한 시선)
연산 자순왕대비를 모셔오너라! 진성이 왕위에 나갔다하니 종실의 어른이신 왕대비 손을 거쳐서 어보를 진성에게 전해주마!

약간 안도되는 분위기
이때 밖에서
(E) 왕대비마마 듭시오.
이어 황황히 들어오는 윤 대비

윤 대비 상감!

외마디 부르곤 목이 메어 운다.

연산 (가슴 아프다)
윤 대비 상감! 늙은것이 일찍이 죽지 못하고 차마 이 꼴을 보옵니다 그려.
연산 어마마마! 눈물을 걷우시오. 어려서부터 이 몸을 길러주시느라고 속도 많이 썩이셨소. 단 한 번도 자식 된 도리도 못하고….
윤 대비 무슨 말씀이오? 어미로서 말 뿐이지 무어 하나 따뜻이 보양해 드리지도 못하와 황공할 따름이오.

연산 어마마마! 이 어보를 받으시오. 진성에게 전해주시고 밝은 임금되라 하오. 자 옛오!
윤 대비 상감!

받지 못하고 더욱 느껴 운다.

연산 (눈물 속에 허탈한 웃음) 핫…하….
연산 어서 받으시오. 이러시면 연산은 지난날의 허물을 벗지 못 할 것이 아니오? 어마마마! 소자처럼 이렇게 웃으시며 받으시오. 하하.

윤 대비 어보를 받는다.
어보를 받고 연산 앞에 쓰러져 호곡(소리 내어 슬피운다)하는 윤 대비
연산의 감은 눈에서 눈물이 배어나온다.

#140 진성대군

부복하여 있는 의병장사들
진성이 성희안과 대문에서 나와 련(가마)에 오른다.
련이 뜨니 뭇 중신들, 장사들 그 뒤를 용위한다.

#141 길 (새벽)

련이 온다. 길에 쏟아져 나오는 관민들
신왕 만세를 부르며 소용두리친다.
숙연히 군중을 헤치고 가는 련

#142 침전

홀로 앉아있는 연산

허탈한 쓴 웃음을 자주 웃는다.
신 비가 문에서 들어온다.

신 비 상감!

외마디 부르고 연산 앞에 쓰러져 호곡한다.

연산 여보! 성스럽지 못하게 웬 눈물이오.
신 비 예전에 제가 몇 번이고 마음을 돌리시도록 여쭈었거늘 후궁과 간신들의 말만 듣고 마음을 돌리시지 않으시더니 그예 이런 일을 당하는구료. 그 어전에서 알랑거리던 후궁들이며 신하들은 다 어디 갔어요?
연산 ….
신 비 이제 와서 누구를 탓하고 원망하리까? 오직 죄 없는 어린자식들이 불쌍할 뿐이옵니다.
연산 듣기 싫소.

하며 펄쩍 일어나 문으로 나가버린다.
아득히 들려오는 군중들의 환호성.

#143 편전

연산이 미친 듯이 들어온다. 주위를 살펴본다.
모두가 지난날 영화와 향락을 누리는데 부족함이 없던 물건들이다.
군중들의 환호성은 더욱 가까이 들려온다.
한참 동안 그 소리를 들으며 넋 없이 서 있는 연산.
신비가 들어온다.
연산과 신비의 시선이 한참 동안 부딪친 대로 움직이지 않는다.
급기야 신비를 힘껏 안는 연산.

연산 결국 내게 마지막 남은 것은 당신밖에 없구료. 이 미치괭이를 그래도 남편이라고 당신은 끝까지….

목이 메어 말을 못 한다.

신 비 상감! 하늘이 정해주신 배필. 미우나 고우나 내 낭군이리는 말도 있지 않사옵니까?
연산 나를 용서하겠오?
신 비 용서라니 웬 말이오? 상감은 악했아오나 당신은 결코 악하지 않으심을 저만은 잘 알고 있어요. 악하고 못된 것은 이 궁중궁궐에 잡초처럼 뿌리박힌 인습과 간신들이었지요. 상감! 기운을 차리시고 옥체를 보중하세요.

연산 고개를 좌우로 흔들며 새삼스럽게 신 비를 본다.
신 비를 다시금 힘껏 포옹한다.

#144 근정전

신왕이 백관의 조하(조정에 나아가 임금에게 하례하는 일)를 받으며 조칙을 낭독한다.

진성 전왕을 강봉하여 연산군을 삼아 강화도 교동에 안치케 하고 전 중전 신 씨는 징첩궁으로 내보내고 폐세자 황은 정선으로 귀양 보내게 하고 장녹수의 소생 영수는 우봉으로 보내고 장녹수 전 비 김 귀비 등의 후궁과 그들의 친족은 모조리 처참 적몰시킬지어다.

폐왕 연산의 가마가 온다. 내인 4명과 내궁 2명 부억떼기 1명 그리고 당상관이 7, 8명의 군사를 거느리고 호위로 따랐으며 신 비가 여기까지 배웅으로 따라 나왔다. 유유히 흐르는 장강
목선 한 척이 강가에 대어있다.

가마가 멎고 연산이 나린다.

신 비 여보!

하며 연산에게 매달려 호곡한다.

연산 갈 길만 늦어지오. 그만 돌아가구려.
신 비 못 가요. 이대루 돌아갈 수는 없어요. 저두 따라 뫼시겠어요.
당상관 아니됩니다.

떼어 밀친다.

신 비 아내로서 지아비를 따라 운명을 같이함이 무에 아니 되며 죄가 된단 말이냐?
당상관 어명을 거역친 못하십니다.
신 비 어명이라구? 천륜을 어기는 어명이 어디 있단 말이냐! 차라리 나를 이 자리에서 죽이고 보내려무나. 못 떠난다, 못 떠나!

군사들 강제로 끌어 만류한다.
연산 배에 오르자 배는 곧 미끄러져 나간다. 몸부림치며 호곡하는 신 비
연산은 눈을 감은 채 무념
이때 일기(한 마리 말)가 달려오며 소리친다.
(E) 잠시 배를 멈추어라!
제안이 말을 달려와 나루터에 멎는다.
배는 이미 저만치 멀어져 가고 있다.

제안 연산! (소리쳐 부른다)
연산 (제안을 보자 반기며) 오! 숙부!

하면서 목이 메어 말을 못하고 손만 흔든다.

제안 연산! 부디 몸 보중하시오.

연산 예. 숙부두….

제안 예.

연산 (거침없이 눈물이 흐른다)

제안 연산 우시오! 연산답지 않게….

연산 (눈물이 넘쳐흐르면서도) 천만에요. 울다니요 내 평생에 무슨 회한이 있다고 이렇게 웃고 있지 않소. 핫하.

제안 히히.

제안의 눈에도 눈물이 글썽글썽하다.

신 비 여보!

목 놓아 부른다. 그러나 연산은 대답이 없다.
석양 하늘에 멀리 사라져가는 배
언제까지나 이를 바라보고 있는 신 비와 제안.
아랑곳없이 한 줄기 역사처럼 유유히 흘러가는 장강
F • O

| 특집 | 부산국제영화제 제2회 한중 시나리오 포럼

일시 : 2018.10.5(금) 11:00~13:00
장소 : 부산영상산업센터 11층 컨퍼런스룸
주최 : (재)한중문화센터, (사)부산국제영화제
주관 : (사)한국시나리오작가협회, (사)한국시나리오작가조합, 중국영화문학학회
후원 : 쿤츠픽쳐스, KCENT Ent., 실크로드중국영화관

2018년 10월 5일, 제2회 한중 시나리오 포럼이 부산영상산업센터에서 전양준 부산국제영화제 집행위원장의 개회사로 열렸다.

전양준 부산국제영화제 집행위원장

부산국제영화제가 중시하는 세션에 중국 영화가 모두 포진해 있습니다. 부산에 한중의 영화산업의 리더를 초청해 공동제작의 지름길을 찾으려 노력하고 있습니다. 시나리오는 영화 창작의 근간이 되는 것입니다. 한중 시나리오 포럼의 시나리오 발굴이 부산국제영화제가 추구하는 한중 합작의 방향과 궤를 같이 한다고 생각합니다.

노재헌 한중문화센터 원장

쉽지 않은 행사를 준비하기 위해 한중 양국에서 많은 도움을 주었습니다. 1회는 어려운 상황에서 씨를 뿌려 놓았고, 올해는 작지만 실제 시나리오 수상자를 배출했다는 데 큰 의의가 있다고 생각합니다.

허성수 한국시나리오작가협회 이사장 대행

한중 시나리오 포럼으로 양국 간 교류가 다양하고 폭넓게 이뤄져 아시아를 넘어, 세계적인 시나리오 포럼으로 자리잡길 기원합니다.

왕하이린 중국영화문학학회 부회장

중국영화문학학회는 1983년에 설립된 단체로 중국의 유일한 영화 시나리오 협회입니다. 많은 영화인과 교육자가 소속되어 있습니다.
한국은 시나리오 작가 단체를 시나리오 협회/작가조합이라고 보통 부르지만 중국은 영화문학협회라고 합니다. 저는 영화 시나리오를 문학이라고 생각합니다. 노벨 문학상을 수상한 모옌도 이곳 소속이고, 저는 중국 박스오피스 신기록을 세운 전랑, 전랑2 제작에 참여하였고, 현재는 다큐 제작도 하고 있습니다.
현재 중국은 저작권 관련 새로운 법을 만들고 있습니다. 현재 업계 현황에 맞지 않는 실정인데 한국과 마찬가지로 시나리오 작가들의 권익을 찾기 위한 노력을 작가들이 주체적으로 움직이고 있습니다.
중국에서 시나리오라는 분야를 짧게 설명드리자면 (중국의 국영 제작팀, 전문 시나리오 작가만 포함-국가에서 공무원처럼 월급 받음) 현재는 중국사기업이 생겨나기 시작하면서 프리랜서 작가들이 등장하였습니다. 하지만 시나리오 작가를 업으로 삼는 사람의 수는 적었습니다. 그러나 최근 몇 년 동안 전문적인 시나리오 작가가 증가하고 있는 추세입니다. 그러므로 더욱 전문적으로 그들을 양성해야 한다고 생각합니다. 중국의 시나리오

전문 작가는 현재 100만 위안 가까운 보수를 받을 수 있습니다.

이곤 쿤츠픽쳐스 대표

쿤츠픽쳐스는 한국 영화 제작사와 협력, 교류를 해오고 있습니다.
이번 포럼과 병행하게 되는 공모전을 통해 한중 양국의 우수한 작품을 발굴해냈습니다.
이 자리가 한중 양국의 영화 발전에 큰 도움이 될 것입니다.

짱췬 따디필름 대표

나는 한국 영화를 매우 좋아합니다. 소재와 관련 없이 표현이 세밀하고 깊다고 느꼈습니다. 주요 원인은 한국 시장에서 검증 받은 시나리오들 덕분입니다. 영화 창작 과정에서 더 많은 협력의 여지를 만들면 좋을 것 같습니다.

이화정

이화정 씨네21 취재팀장 : 모더레이터(moderator)

지금까지 양국 간 합작을 되돌아보면 한국의 감독과, 기술 스태프, 자본 등의 교류를 통해서 합작이 이루어져 왔습니다. 먼저 이 단계의 합작을 선결한 후, 다음 스텝으로 현지화에 맞는 각본 작업이 이루어졌는데요. 그 과정에서 양국의 문화 차이, 타깃(target), 관객층의 기호, 취향 등의 차이로 인해 좁혀지지 않는 지점들이 튀어나오기 시작했습니다.

각본은 영화의 바탕이자, 첫 단추인데 그 부분이 제대로 끼워지지 않음으로써 최종 결과 역시 양측에, 또 관객에게까지 제대로 어필하지 못하고 실패 사례가 나오지 않았나 싶습니다. 이 같은 지점에 대해 그간 각 대표들이 체감한 문제지점이 있었을 텐데요. 먼저 각자의 의견을 들어보면 좋을 것 같습니다.

우다오

우다오 완다미디어 총경리

모옌 작가가 노벨문학상을 받을 수 있었던 것은 번역이 잘 되었기 때문입니다. 어쩌면 한국인이 완벽히 이해할 순 없었겠지만 언어와 감정의 전달과 그 표현법이 매우 중요하다 생각합니다. 저는 〈황해〉라는 작품, 〈강철비〉라는 한국 작품을 재미있게 봤습니다. 그런데 중국인이 나오는데, 안에서 나오는 중국어들이 정확하지 않았습니다. 언어의 전달이 굉장히 중요하다는 걸 다시 한번 강조하고 싶습니다. 언어의 장벽은 합작을 할 때 반드시 해결되어야 하는 문제입니다. 한국 감독이 시나리오를 줄 때, 그 시나리오가 좋은 건 알지만 여태껏 본 시나리오 속 표현들은 명확하지 않았습니다. 번역의 문제가 클 것입니다. 소통의 벽을 넘어야 합니다.

리우닝 완메이세계 부총재

완메이세계의 전신은 게임회사입니다. 10년 가까이 게임을 만들며 영화 산업에도 진출했습니다. 게임에서는 중국과 한국의 협력이 성공적이었지만 영화는 그런 경험이 없었다고 생각합니다. 저는 제작자로써 많은 시나리오를 보고 있습니다. 그 과정에서 언어라는 큰 장벽이 있습니다. 중국 영화도 한국에서 성공하길 바라고, 윈윈 하길 바랍니다.

이화정

한중 시나리오 협력에 있어서, 지난 성공, 실패 사례들이 결국 앞으로 한중 합작이 나아갈 방향을 제시해 줄 수 있다고 보는데요. 현지에 맞게 디테일 한 부분을 각색하는 게 생각처럼 쉽지 않았고, 많은 부분이 수정되면서 겪는 마찰도 컸습니다. 매력적인 IP 기획과 개발을 위해서 시나리오 협력이 가지는 중요성을 어떻게 보고 있는지 말씀 부탁드립니다.

왕하이린 중국협회 부회장

왕하이린

문화의 차이는 한국과 중국의 스토리 전환 시 생활 패턴이나 문화적 배경이 다를 때 발생합니다.
홍콩/대만 시장이 중국 시장과 또 다르듯 말입니다. 펑샤오강은 대륙에서는 환영 받지만 홍콩/대만에서는 환영 받지 못하고 있습니다. 한중은 격차가 더 심할 것입니다. 예로 고전극 〈무미랑전기〉가 인기였습니다. 그 드라마는 양안에 좋은 호응을 이끌어 냈습니다. 당대의 아름다움을 극대화하기 위해 애썼기 때문입니다. 좋은 시나리오는 한국 중국을 넘어서 환영 받을 것입니다. 모두가 좋은 시나리오에 대한 갈증이 크기 때문입니다. 스토리 구성의 측면에서 봤을 때 좋은 스토리는 인물 관계에서 기인합니다.

특히 극작품의 경우 문화적 성분을 잘 분석한 작품이 흥행합니다.
그러나 영화의 스토리는 사람의 이야기를 다룹니다. 사람의 정서나 환경을 다루는 것은 각국의 문화가 다르기 때문에 그런 점을 전달하는 것이 힘들다고 생각합니다.
중국에서 최근에 일본 작품 리메이크가 많았습니다. 〈동경여자도감〉을 〈상해여자도감〉으로 바꿔 촬영했었는데, 한국식으로 바꾸면 어떨까?
완전히 똑같이 리메이크하면 반드시 망할 것입니다. 중국 영화업계는 한국의 성숙된 영화 산업이나 시스템을 배워야 합니다. 그러나 스토리 측면에서 보면 무엇보다 시나리오 작가들끼리 교류가 강화되어야 한다고 생각합니다. 서로 경험을 배우고 공유하는 게 가장 중요합니다.
촬영 단계에서야 양국 문화에 대한 충분한 이해가 부족하다는 걸 깨닫는데 결론은 시나리오 작업 단계에서 섬세하게 해야 문제를 사전에 예방할 수 있다고 생각합니다.

김병인

김병인 한국시나리오작가조합 대표

중국에서 그랬듯 영화에 시나리오가 필요 없다는 주장이 한국에서도 제기 됐었습니다.
그러나 지금은 시나리오를 배제할 수 없음을 다들 인식하고 있습니다. 무엇보다 시나리오가 좋았을 때 좋은 연출, 좋은 배우를 만나 성공할 가능성이 높다는 것이 실증되었기 때문입니다.
시나리오가 필요 없다는 인식이 퍼졌던 시절로 인해 시나리오 작가들의 수가 많이 줄었습니다. 하지만 현재 시나리오 협회/시나리오 조합이 함께 작가의 처우개선에 힘쓰고 있습니다. 한국과 중국의 문화 차이가 존재합니다.
디테일 하게 들어가면 차이가 매우 크다고 생각됩니다.

영화 성공 판가름은 디테일에서 비롯됩니다.
그런데 우리는 할리우드 영화가 전 세계적으로 큰 매출을 내는 이유도 살펴보아야 합니다. 그들은 우리와 문화적 접점이 더욱 없는데도 이런 결과를 내는 것을 볼 때 단순히 문화적 차이 때문에 합작이 실패한다고는 볼 수 없습니다.
엉성한데도 성공을 하는 영화가 있습니다. 영화를 만든 작가와 연출의 진심과 열정이 작품에 녹아 들었을 때 기술적 완성도가 떨어져도 그 진심을 관객은 느끼기 마련입니다. 이게 지금 세상에 너무 필요한 이야기니까 반드시 이야길 들어줬으면 좋겠다는 강력한 동기를 기반으로 창작해야 합니다. 제작자들은 돈을 벌기 위해 유명원작을 기반으로 하려고 합니다. 그러나 그런 것은 작가에게 진정한 창작의 동기 부여가 되지 않습니다. 이건 반드시 이야기해야겠다고 느끼는 주제의식이 있고 그를 토대로 창작했을 때 비로소 성공할 수 있습니다.

최평호 쏠레어파트너스(유) 대표

최평호

투자자 관점에서 보는 사항들에 대해 논의를 나눠보고 싶습니다. 제작자는 "무엇을, 어떻게 만들 것이냐?"는 관점에서 소재와 아이디어 발굴에 중점을 둔다면 투자자는 기본적으로 "왜 투자하나?" "투자 수익기대가 가능한가?" 관점에서 시나리오와 소재, 작품 검토와 픽업을 하게 됩니다.
그러므로 시장과 메인 타깃 층에 대한 시장조사와 관객의 니즈(needs) 파악이 가장 중요하다고 생각합니다. 과거에 한중 합작영화 사례를 보면, 대부분의 합작영화들이 중국 시장을 타깃으로 하면서도 중국 영화 시장의 구조와 특성, 고객의 니즈를 파악하고 이를 반영하는 데 미흡하여 흥행에서 기대 이하의 실적을 낸 작품들이 많이 있습니다.

왜 미흡했는지를 보면, 공동 제작시에 한국 제작자(작가, 감독, 제작)의 시선으로 스토리와 콘셉트(concept), 연출을 주도하다 보니 중국인의 관점에서 보는 시선과 중국 문화 차이에 대한 이해도가 미흡했던 부분이 많았다고 생각합니다. 중국 영화 시장은 전체 관람가 영화만 상영이 가능하며 검열이 엄격하여서 시나리오 단계에서부터 10가지 금지 사항과 편집 단계에서도 9가지 검열 사항 등 광전총국에서의 모든 관리 사항들을 준수해야 하는 영화 정책이 존재합니다. 그렇기 때문에 공동제작과 공동 투자 등 합작 프로젝트를 진행할 때에는 제작과 투자에 다른 관점이 많이 존재하며 따라서 투자자와 제작자 사이에 많은 정보 교류와 협의, 관점의 공유가 필요 하다고 생각합니다.

이화정

창작을 할 때는 언어가 더욱 선결되어야 한다는 말씀이었고, 한국의 IP를 중국 현지에 어떻게 맞춰서 제작해야 하는지 고민해봐야 할 거 같습니다. 한국의 IP를 중국 현지 상황에 맞게 개발하는 방식에서 벗어나, 이제 중국시장에 맞는 오리지널 IP를 발굴해 좋은 콘텐츠(contents)를 만드는 것에 대한 요구가 대두되고 있는데요. 이 부분이 한중 시나리오 협력이 지향하는 지점이기도 할 텐데요. 각 패널들이 보는 중국에서 어필할 수 있는 IP의 선결 조건은 무엇이라고 보는지 말씀 부탁드립니다.

왕하이린

중국에서는 IP 이야기하는 걸 꺼립니다. 시나리오 작가에게 오리지널 작품을 쓰게 하는 게 좋습니다. 게임 등의 IP를 각색하는 것은 시나리오 작가들이 원치 않습니다. 예술가의 내면을 강조하는 작품이 중요한데, 예술가가 스스로 표현하고 싶은 게 없고 단순히 시장성만을 쫓는다면 망한다고 생각합니다.

성공여부는 사람들의 마음을 얼마나 움직였느냐에 달려 있습니다.
〈나는 약신이 아니다〉는 사실 큰 사건은 아니었습니다. 그러나 이 사건을 소재로 삼아 콘텐츠화한 태국, 인도영화가 중국에서 한국보다 더 성공했는데 이유가 뭘까요? (본인도 궁금하다고 함)

김병인

할리우드 영화계는 슈퍼히어로물 위주로 산업구조가 재편되었습니다.
만화, IP를 기반으로 어떻게 세계를 사로잡았을까요? 처음엔 IP가 유명하니까 상업 영화감독을 붙이면 성공하겠지 했지만 많이들 실패했습니다. 그 돌파구를 오히려 독립영화 감독에게 블록버스터 영화를 맡기면서 찾았습니다. IP의 명성에만 기대는 것이 아니라 인간의 내면과 본질을 포착하고 표현하는 데 능숙한 감독을 고용해 큰 영화의 창작을 맡긴 겁니다. IP를 보고 그 본질을 꿰뚫어 보는 것이 필요합니다.
사실 그 작품 안에서 슈퍼히어로가 갖는 인간적 고뇌를 잘 표현하는 것이 성공의 비결이라고 할 수 있습니다. 즉, 주인공의 내면을 어떻게 포착, 공감하게 표현하느냐에 달려있는데, 그런 점에 있어 제작자 역할이 중요하다고 생각합니다. 그걸 제일 잘 표현할 작가, 감독을 선별해서 작품과 매칭하는 것이 제작자들의 중요한 역할입니다.

최평호

예술과 산업을 구분해서 얘기를 나눌 필요가 있다고 생각합니다. 예술은 아이디어와 경험이 중요하다고 하면 산업 측면에서는 시장을 타깃으로 하는 영화를 만들어야 하고 외부 투자자 유치가 반드시 수반되어야 하므로 투자 수익성을 기대할 수 있는 상업화 된 콘셉트의 장르와 소재의 시나리오 작업이 중요합니다. 창작자의 아이디어를 보석에 비유한다면 가공되지 않은 원석이라고 볼 수 있습니다. 이 원석을 가지고 귀고리나, 목거리, 반지 등 용도에 따라 다르게 가공해야 하듯이 창작 소재나 아이디어도 어떤 시장에, 어떤 관객을 타깃으로 하느냐에 따라 맞춤형으로 재가공 하느냐가 아주 중요하다고 생각합니다.

이화정

기획단계에서 중국제작사들이 중국인들이 매력을 느낄만한 영화의 소재, 원안, 원작을 찾되, 그것을 대본으로 쓰는 작업을 한국 작가에게 맡겨보는 방식에 대해 어떻게 생각하시는지요? 그렇게 된다면, 양국의 문화 차이에서 오는 갭을 기획 초기에 잡고 갈 수 있다는 이점이 있을 수 있고, 개발의 소요시간이나 만족도도 높아질 수 있다고 보는데 이 지점에 대한 의견을 들어보고 싶습니다.

김병인

한국 드라마는 중국에서 잘 되는데 왜 한국 영화는 잘 안될까요? 드라마는 전 연령층을 타깃으로 스토리를 창작합니다. 기본적으로 아무나 TV를 켜고 방송을 볼 수 있기 때문이죠. 한국 영화는 주로 성인을 타깃으로 삼습니다. 이렇게 어른들끼리 이해하고 즐기는 스토리를 창작하다 보면 특정한 표현 방식이나 소재의 선택이 따를 수 밖에 없습니다. 그런데 중국의 영화는 모두 '전연령관람가'이므로 그런 영화의 소재와 문법에 익숙한 중국 관객들에게 한국 영화는 이질적으로 느껴지는 것 같습니다.

이화정

한국의 IP를 중국 현지 상황에 맞게 개발하는 방식에서 벗어나, 이제 중국 시장에 맞는 오리지널 IP를 발굴해 좋은 콘텐츠를 만드는 것에 대한 요구가 대두되고 있는데요.
이 부분이 한중 시나리오 협력이 지향하는 지점이기도 할 텐데요.

각 패널들이 보는 중국에서 어필할 수 있는 IP의 선결 조건은 무엇이라고 보는지 말씀 부탁드립니다.

리우닝

스토리가 좋은지 볼 것입니다. 좋은 스토리여도 투자자가 없으면 불가합니다. 성급에서의 텔레비전 드라마가 성공적이었습니다. 소설 애독자를 모아놓고 시청자에게 Q&A를 주고 토론했습니다. 인물의 특징이 감동적이었다는 공통된 의견을 받았습니다. 검증의 과정을 거친 것입니다. 새로운 관객층을 개발하는 것이 IP 창작의 근간입니다.

우다오

1998년부터 2001년까지 한국 영화가 상당히 성장했습니다. 지금 영화가 그때보다 좋다는 생각은 안 듭니다. 한중 양국의 협력이 너무 한두 가지 프로젝트에 한정되어선 안되고 그 경험이 꾸준히 공유되어야 합니다. 박스오피스 참패를 해도 함께 배우고 경험을 나누고, 서로 전달하는 것이 중요합니다. 최근 2년간 중국 IP 값이 올랐습니다. 〈전랑〉, 〈나는 약신이 아니다〉 모두 IP 기반 작품이 아닙니다. 인도, 태국 영화도 박스오피스 수익이 높은데 결국 잘 쓴 오리지널 시나리오가 성공합니다. 살인의 추억, 변호인, 써니 같은 영화들이 중국에서 촬영된다면 좋은 박스오피스 수익을 낼 수 있었을 거라 생각합니다. 개인적으로 그때 당시 영화를 더 선호하기 때문입니다.

왕하이린

중국서 유명한 이야기가 있는데 욕이 포함돼 있습니다. 큰 IP 작품에 아이돌을 꽂으면 저급한 작품이 나옵니다. 관객이 보장되는 아이돌을 섭외했음에도 대패를 했습니다.

이화정

이 과정에서 한국 작가와 중국 작가진의 협력 구도도 생각해 볼 수 있을 것 같습니다. 한국 작가들이 캐릭터를 설정하고 플롯을 구성하여 뼈대를 세우 작업을 하고 후에 중국 작가가 좀 더 중국의 느낌이 잘 녹아 들도록 윤색을 하는 팀플레이의 방식도 고려해 볼 수 있을 것 같은데, 이 같은 방안의 실효성에 대해서 의견 부탁드립니다.

단, 한국 작가가 뼈대를 세워갈 때 중국 제작사의 기획팀과 긴밀하게 협의하여 중국 사정에 대해 확인을 해가면서 작업을 진행한다면 중국인들에게 이질감이 없는 뼈대를 세울 수 있을 것으로 생각되는데요. 어떤 논의 절차와 과정이 필요하다고 보시는지요.

최평호

중국 시장을 타깃으로 한 블록버스터 영화인 〈바운트헌스〉 사례를 얘기드린다면 한국, 중국, 홍콩 3국 간 합작인 공동 제작과 공동 투자 방식으로 진행된 영화이며 원래 중국 시장을 타깃으로 하여 홍콩 제작자가 초기 시나리오를 개발하였으며, 이후 한국에서 주관하여 홍콩, 중국 투자자와 함께 4개월간의 시나리오 수정과 각색 작업을 통해서 중국 시장에서 차별화된 액션 코미디 장르의 시나리오를 완성하였고, 각색 단계에서 한국의 신태라 감독이 참여하고 중국 시장과 중화권에서 인지도가 높은 이민호, 중국 탑 배우인 종한량과 탕옌을 캐스팅하였습니다. 한, 중, 홍콩 3국 간 합작 방식이며 제작 주체는 한국서 주도하고 신태라 감독에게 연출 전권을 부여하여 촬영도 90% 이상을 한국에서 촬영토록 투자 계약하였으며 특히 기존 대부분의 한중 합작 영화들이 제작 완료 후에 배급사와 배급조건을 협의하는 방식이 아닌 영화 촬영 시작 단계에서 중국 내 메이저 배급사를 확정하였으며 배급 방식도 기존 방식이 아닌 극장 박스 오피스를 미니멈 개런티 형태로 담보하는 계약을 하여, 총제작비 300억 원인 블록버스트급 영화의 리스크를 사전에 헷지(총제작비+알파수익) 하는 방식을 한중 합작 영화로는 처음으로 도입하였습니다. 이렇게 함으로써 중국 배급사도 영화 제작단계에서 극장과 위성, OTT채널 등 전 유통 플랫폼에 마케팅과 홍보 전략을 사전에 계획하고 실행하여 투자자와 제작자, 배급사가 모두 수익을 창출해 낸 성공 사례로 볼 수 있습니다.

이화정

결국 콘텐츠 생산자인 시나리오 작가의 교류가 선결되어야 할 텐데요. 한국 시나리오 작가조합에서 다양한 장르의 작품들을 개발할 수 있는 작가진을 중국측과 긴밀하게 연결하고 교류하는 채널을 제공할 수 있다는 점이 중요한데요. 그 창구를 어떻게 가져가는 것이 합리적이고 효과적인 방법이 될지 시나리오 작가조합의 의견도 말씀 부탁드립니다.

김병인

중국을 나가려면 전연령을 타깃으로 하는 시나리오가 창작돼야 합니다. 작가조합에서는 2년 전부터 실험을 해보았습니다. 회원들에게 중국에서 통할 법한 시놉시스를 제출하라고 했고, 기준을 세워 5작품 선정했습니다. 그것들을 북경에서 중국 제작자 150여 명이 모인 자리에서 작가가 직접 소개하는 행사를 진행했습니다. 좋은 결과가 나오진 않았습니다. 참여한 중국 제작자들의 의견은 한국 작가는 시나리오를 잘 만드는 것은 인정하지만 제안한 소재들이 중국에서 될 것 같지 않더라고 합니다. 중국의 대중적 정서를 잘 모르는 한국 작가가 중국에서 통할 소재를 찾아 스토리를 만들어 낸다는 것 자체가 한계가 있는 것이라 생각합니다. 중국인들이 좋아할 법한 소재는 중국 제작사가 발굴하고 그 소재에 이야기 뼈대와 근육은 한국 작가가 설계하고, 살갗에 해당하는 부분은 중국 작가가 마무리 짓는 방식으로 시나리오를 창작해가는 방식을 염두에 두고 있습니다.

물론 이 과정에서도 언어의 문제가 발생할 것입니다. 미국 작가와 협업해 본 경험이 있었는데 처음엔 미국 작가가 작품의 본질을 제대로 이해하지 못한 상태에서 각색을 해오니 전혀 엉뚱한 글이 나왔습니다. 그래서 회의실에서 둘이 앉아서 Scene by scene(각 씬 마다 검토하는 행위)을 14시간 가까이 했습니다. 그렇게 이해가 이뤄진 후에는 작업이 수월해졌습니다. 통역의 벽을 넘으려면 작가 간에 서로 충분히 이해하는 과정과 시간이 필요합니다.

이화정

이미 데뷔한 작가진 뿐만 아니라 각종 공모전을 통해 지속적으로 작가진을 배출한다거나, 한국 작가들의 현지 상황 습득의 기회 제공, 혹은 지속적인 작가의 협력 방안 시스템을 마련하는 것들도 고려해 볼만한데요. 어떤 방법들을 고민하고 있는지 말씀 부탁드립니다.

왕하이린

중국에는 60여 개의 시나리오 회사가 있습니다.

자본력을 가진 회사까지 하면 200여 곳이 넘습니다. 시나리오 공동작업(집단제작)은 어렵습니다. 시나리오 공동제작으로 영국의 한 회사와 협력한 경험이 있습니다. 성룡의 영화에는 10여 명의 시나리오 작가가 있습니다. 영화에 10여 명의 시나리오 작가가 필요하다면 그 영화 자체가 시나리오가 필요 없는 영화가 아닐까 하고 생각합니다.

마지막 코멘트

이화정

향후, 한중 협력을 통해 우수한 영화 제작을 위해서 오늘 논의뿐만 아니라 이런 자리가 지속적으로 마련되어야 하지 않나, 오늘 자리는 그 첫 번째 문을 연 자리라는 생각이 드는데요. 이 같은 논의의 자리의 지속적인 마련에 대해서 계획을 말씀해주신다면? 가령 한국에서의 포럼 이후 중국에서 같은 형태의 포럼이 마련되는 것도 생각해 볼 수 있을 것 같습니다.

최평호

MCN, OTT 측면에서도 논의해 볼 기회가 많았으면 좋겠습니다.

김병인

시나리오 작가는 한중 무관하게 같은 생각을 하고 있구나 깨달은 의미 있는 자리였습니다.

왕하이린

시나리오 포럼이 베이징에서도 열리면 좋겠습니다. 정치적인 문제도 해결돼 영화인이 함께 논의할 수 있는 자리가 있었으면 합니다."

리우닝

시나리오 작가가 양국의 문화를 완벽하게 이해할 순 없다고 생각합니다. 현지화에 더 신경 써야 합니다. 더욱 더 심도 있는 현지화가 되어야 합니다. 시장에서 할리우드 작품 역시 대작만이 수출되고 있습니다. 문화가 다른 건 정상적입니다. 예술적인 부분의 공감이 부족해서가 아니라 그냥 생활이 다르기 때문입니다. 드라마는 희로애락을 다 담고 있어 관객들의 공감을 끌 수 있습니다. 영화는 예술입니다. 일상적인 이야기를 담은 드라마와 성질이 다르다고 할 수 있습니다.

2018 제2회 한중시나리오포럼

중국영화문학학회(中国电影文学学会) 소개

1983년 1월 16일에 중국 당대 최고 권위의 극작가인 하연(夏衍) 선생 주도로 창립되었음. 중국 유일한 영화 작가 사단 조직으로 현재 780명 회원을 보유하고 있으며 작가와 시나리오 작품의 권익 보호, 업계 자율에 힘을 기울이고 있음. 학회명예회장 모옌(1955년 생), 중국 당대 유명 작가로 제12회 전국정치협상위원회 회원, 영화 〈붉은 수수밭(红高粱)〉 시나리오 작가 중 한 명이며 1987년 베를린 영화제 금곰상을 수상하였음.

패널소개 (讨论嘉宾介绍)

MODERATOR - 이화정

영화 주간지 <씨네21> 취재팀장

경기영상위원회 자문위원

저서로 인터뷰집 <뉴욕에서 온 남자 도쿄에서 온 여자>, 여행 에세이 <시간 수집가의 빈티지 여행> <언젠가 시간이 되는 것들> 등

사회자 - 성지혜

(현) 부산국제영화제 아시아영화프로그래머(중화권영화 선정 담당)

영화감독

서울대인류학과

서울대신문학과(대학원)

프랑스 파리 8대학 영화학 박사
2016.9~2018.6 중국 북경전영학원 방문학자

패널 - 김병인

(현) 한국시나리오작가조합 대표
(전) 대성창업투자 문화콘텐츠투자팀 이사
(전) CJ엔터테인먼트 해외사업본부 미주공동제작담당 부장
[주요 작품]
- 투자: '몽정기', '오! 프라더스', '범죄의 재구성, '내 머리 속의 지우개', '화려한 휴가'
- 제작: '태왕사신기(김종학 연출, 배용준 주연)'의 Co-Producer
- 집필: '마이웨이(강제규 연출, 장동건, 오다기리 조 주연)'의 각본

패널 - 최평호

제작자, 투자자
(현) 쏠레어파트너스(유) 대표
(전) ㈜싸이더스 FNH(KT그룹) 대표
(전) CJ엔터테인먼트㈜ 상무
[주요 작품]
- 국내(150): <아가씨> <형> <옥자> <설국열차> <인천상륙작전> <하녀> <살인의 추억> <공동경비구역 JSA>
- 한중합작(11): <바운티헌터스> <이별계약> <미스터고> <레인보우루비> <슈퍼윙즈>
- 한미합작(120: <프리스테이트존스> <위트인우드> <라스트나잇> <스크릿인데어아이즈> <이퀄즈>

패널 - 刘宁(Liu Ning)

(현) 완미월드그룹(完美世界影视) 영유연동(影游联动 영상, 게임 연동) 부총재, 완미월드 픽쳐스 부총재, 유녕 스튜디오 총경리

2004년에 영국 레스터 대학교(경제학 학사), 2006년(이학금융학 석사)
2007년 완미월드에 입사, 그룹투자& BD부사장, 총감, 완미월드상하이 부총재를 역임
대형 게임 <불멸온라인(Divine spirit legend, 한국에도 출시)>, <강룡의 검Dragon Excalibur)>, <신귀의 세계(Empire of the Immortals)> 등 우수 게임을 성공적으로 주도
완미월드픽쳐스의 초기 셋팅 업무에도 함께 동참하고 추진하여 첫 영화 <비상완미(非常完美, Sophie's Revenge)>를 성공적으로 출시. 2018년에 63부작 고대 신화 멜로 대작 <향밀침침진여상(Ashes of Love)>을 출시해 총 프로듀서 역임
现任完美世界集团影游联动副总裁、完美世界影视副总裁、刘宁工作室总经理。2004年毕业于英国莱斯特大学，获得理学经济学学士学位，并在2006年获得理学金融学硕士学位。
2007年加入完美世界，曾历任集团投资&BD部经理、总监、完美世界上海副总裁，成功主导并推出大型游戏《神鬼传奇(Divine spirit legend，在韩国也推出)》、《降龙之剑(Dragon Excalibur》《神鬼世界(Empire of the Immortals)》等优秀游戏作品。同时参与和推动完美世界影视早期业务建立工作，成功推出首部电影《非常完美》。2018成功推出了63集古代神话爱情巨制《香蜜沉沉烬如霜》，任总制片人。

패널 - 吴涛(Wu Tao)

완다 픽쳐스 유한회사 제3스튜디오 총경리. 북경영화아카데미 문학과 작가감독 전공 출신
영화 <부자웅병(父子雄兵, Father and Son)>프로듀서, 영화 <좋은놈들(好家伙, THE GOOD FELLAS)> 프로듀서, 영화 <서역렬왕기(西域列王纪)> 프로듀서, 영화 <국가행동지사냥꾼(国家行动之猎狐)>프로듀서, 영화 <전병협(煎饼侠, A HERO OR NOT)> 기획.
万达影视传媒有限公司第三工作室总经理，北京电影学院文学系编导专业毕业。电影《父子雄兵》制片人，电影《好家伙》制片人；电影《西域列王纪》制片人，电影《国家行动之猎狐》制片人，电影《煎饼侠》策划。

패널 – 汪海林(Wang Hailin)

작가, 프로듀서, 중국영화문학학회 부회장 겸 사무총장.
작가 대표작으로는 영화 <설호불분수(说好不分手)>, <Two Stupid Eggs>, <동작대(铜雀台, Bronze Swallow Terrace)>가 있음
드라마 <애국자(爱国者)>, <초한전기(楚汉传奇, Legend of Chu and Han)>, <철치동아기효람(铁齿铜牙纪晓岚The Bronze Teeth)> <신의희래락(神医喜来乐)> <지하지상(地下地上)>외 다수.
<와신상담(卧薪尝胆，The Great Revival, 서울드라마어워즈 최우수장극상 수상)
编剧、制片人，中国电影文学学会副会长兼秘书长
编剧代表作有电影作品《说好不分手》、《大电影之两个傻瓜的荒唐事》、《铜雀台》
电视剧《爱国者》、《楚汉传奇》、《铁齿铜牙纪晓岚》系列、《神医喜来乐》系列、《地下地上》、《明星制造》、《真情告别》、《娱乐没有圈》、《都是天使惹的祸》、《一起来看流星雨》系列，《卧薪尝胆》(首尔国际电视节最佳长剧奖)。
同时，也是《娱乐没有圈》、《爱国者》、《大侦破》、《步步惊魂》、《龙非龙凤非凤》等剧的出品人、制片人。

| 임서영 |

차이나랩 콘텐츠팀 에디터

시나리오로 보는 영화 〈7〉

암수살인

2018.10.03. 개봉

각　　본 | 곽경택, 김태균

감　　독 | 김태균

출　　연 | 김윤석, 주지훈, 진선규, 정종군, 허　진, 김중기, 김영웅, 장기섭 외

수　　상 | 제38회 한국영화평론가 협회상(각본상 수상)
제39회 청룡영화상(각본상 수상)

암수살인 暗數殺人

: 실제 사건은 발생했지만 수사 기관이 인지하지 못하고 있는 살인 사건

이 이야기는 부산에서 일어난 실화를 바탕으로 재구성한 것입니다.

1. EXT. 자갈치 시장 – DAY

뿌연 비안개 속.
멀리 영도다리가 보이고 카메라가 천천히 내려오면
부산 자갈치 시장의 북적대는 모습.
비닐 천막을 덮은 파라솔 아래에서
장바구니를 든 행인들과 고함을 치는 상인들.
나무 상자를 실은 리어커들 사이로 부릉부릉~ 지나는 오토바이.
시장바닥에 파닥거리는 생선들 너머로
세련된 운동화와 낡은 쪼리가 지나가고.
우산 속에 머리를 넣은 채, 사람들 사이를 헤집으며 걷는 두 사람.
어깨가 다 젖은 재킷 차림의 형민(40대)과
마치 해골처럼 깡마른 정봉(30대).

형민 누가 죽였다는데?
정봉 (절래절래) 그런 말은 안 했어예.
형민 내한테는 말 한다드나?
정봉 그랄 가능성이 있으니까 보자는 거 아입니까?

2. INT. 칼국수 집 – DAY

좁은 칼국수 집 안으로 들어서는 형민과 정봉.
주방의 끓는 물 때문에 좁은 공간에 수증기가 가득하고
힘겹게 덜거덕거리는 선풍기 아래로 가 앉는 두 사람.
바로 옆방 좌식 테이블에서 밀가루 반죽을 말아 칼질을 하는 아줌마.

아줌마 곱빼기? 아이믄 보통?

정봉이 퀭한 눈으로 쳐다보며

정봉 있다가 한 사람 더 올 낀데.
아줌마 이가 커피숍이가? 보이까 많이 무야 되겠구만. (주방에다) 곱빼기 셋~

정봉이 별 상관없다는 듯 쓱 눈길을 돌리다

정봉 아, 오네.

드르득 미닫이문이 열리자 힐끔 돌아보는 형민.
흠뻑 비에 젖은 태오(30대),
정봉에게 쓱 손을 들어 아는 체를 한다.
추리한 용모를 한 채 주섬주섬 형민 쪽으로 다가오는 태오.
더벅머리에 뿌연 성에가 낀 안경 때문에 멍해 보이는 얼굴로 꾸벅 인사하며

태오 강태옵니다….
형민 어, 그래. 앉아라.

CUT TO

후루룩 쩝쩝 칼국수를 먹는 세 사람.
김치를 집어 먹던 형민이 흘끗 눈길을 들어 쳐다보면
태오의 손등에 태양을 상징하는 남미 스타일의 문신이 보인다.

형민 무슨 말이고? 시체를 옮겼다는 기.

근처 테이블의 중년 남녀가 힐끔 고개를 돌려 쳐다보지만
태오는 무심한 척 계속 칼국수를 먹으며

태오 아~ 한 육칠 년 전에 산에다가 시커먼 비닐 봉다리 하나를 묻은 적이 있거던예. 그란데….

태오가 면발을 삼키다 말이 끊기자

형민 그란데? 그기 사람 같드나?
태오 예. 묵직하고 물컹거리가 던질라고 딱 잡는데, 이게 (각질로 허연 자신의 발꿈치를 잡으며) 이게가 딱 잡히는 거 같더라고예.

쓱 서로를 쳐다보는 형민과 정봉.
형민이 미간을 찌푸리며

형민 몸이 접히가?
태오 아니예. 토막예….
형민 뭐?

옆 테이블 손님들이 그만 젓가락질을 멈추고.
본능적으로 눈에 힘이 들어가는 형민.

형민 혼자 옮깄나?
태오 예.
형민 무거벘을낀데….
태오 무거벘지예.
형민 와 니가 버렸는데…?
태오 그때 노름빚이 좀 있어가 돈 준다캐서….
형민 시킨 놈은 누군데?

문득 젓가락질을 멈추는 태오.
자꾸 끼는 서리가 귀찮은지 안경을 벗자 어딘가 섬뜩함이 드러나는 눈빛.

그 눈빛을 예의주시하는 형민.

태오 에이~ 아무리 그래도 저 믿고 일 준 사람을 우째 팔아 묵습니까?
형민 10년 지났다매? 묻은 장소는 어데고?

안경을 닦던 태오

태오 (대뜸) 골프 친다면서요?

쓱 눈길을 돌려 정봉을 쳐다보는 형민.
화들짝 놀란 정봉이 고개를 젓는다.
다시 태오를 쳐다보는 형민.

형민 그래. 와?
태오 혹시… 돈 좀 있습니까?
형민 얼마나?
태오 (다시 안경을 끼며) 그야, 행님이 알아서….

후루룩 칼국수를 마저 먹고 젓가락을 놓는 형민.
지갑에서 꺼낸 십만 원 수표와 명함을 함께 주며

형민 마, 니 몸에서 젖국 냄새 난다. 목욕 좀 하고, 말하고 싶을 때 연락해라.

화면 가득 수표와 형민의 명함이 보이고.
순간, 안색이 싹 굳는 태오.
돈을 받지 않은 채 딴 곳을 쳐다보며

태오 아~ 이걸로 말이 나옵니까?
형민 (기가 차서) 그라믄? 얼마를 주야 니 주디가….

그때, 오토바이 헬멧을 쓰고 배달을 하던 남자가 갑자기 확 태오를 덮친다.
태오 순간, 헬멧의 남자를 떨궈 내면,
우당탕 상이 넘어지고 사타구니에 칼국수 국물을 뒤집어쓰는 정봉.
뒤에서 나타난 덩치 사내가 태클을 하듯 태오를 옆방으로 밀고 들어간다.
방에 있던 아줌마가 놀라 소리치며 달아나고.
방안 냉장고에 부딪히는 덩치와 태오.
득달같이 달려든 다른 사내들이 태오를 덮치고 들어 메친다.
쾅! 작업대 상 위에 넘어지는 태오와 사내들.
발악을 하며 태오 바닥에 떨어진 식칼을 집어 들고 손을 뻗는데.
순간, 태오의 손에 철컥 채워지는 수갑.
한 형사(30대 후반)가 팔을 비틀어 수갑을 채우며

한 형사 강태오. 허수진의 살해 및 사체 유기 혐의로 체포한다. 묵비권을 행사할 수 있고 변호사를 선임할 권리가 있다. 알았나?
태오 (고통스러운 듯) 아아. 좆을 까네… 씨바….

옆에 서서 허탈한 표정으로 보고 있는 형민.
다른 형사가 태오를 끌고나가자 한 형사가 바닥에서 수표와 명함을 집어 툭툭 털어주며

한 형사 마수대 계십니까?
형민 예. (턱짓하며) 뭐요?
한 형사 작년부터 쫓아 댕겼습니다.

3. EXT. 주차장 - DAY

주차장 처마 밑으로 낙수 물이 똑똑 떨어지고.
주차장에 세워진 최신형 그랜저 승용차로 다가오는 형민.
그 뒤를 따르며 휴지로 사타구니를 닦는 정봉.

삐빅~ 형민의 차가 노란색 불빛을 깜빡이자 눈이 동그래진 정봉.

정봉 형님~ 또 차 바깠습니까?

열 받은 형민이 돌아서 확 손을 치켜들며

형민 콱~ 마….
정봉 (본능적인 상단 막기) 아~ 진짜~ 내도 몰랐다니까요….

형민이 녀석의 정강이를 차 버리자 그냥 힘없이 풀썩 쓰러지는 정봉.

정봉 아아~ 빼 뿌아지믄 책임 질랑교? 우리는 억수로 빼가 약한데….

형민이 다시 발로 녀석의 옆구리를 차려 하며

형민 니가 내 골프 친다고 씨부렸지?

미리 아~악~거리며 엄살을 떠는 정봉.
형민이 그만 포기하고 그랜저에 오르며

형민 하이고~ 뽕쟁이 말을 믿은 내가 빙신이지….

4. EXT. 골프장 전경 - DAY

푸른 잔디로 탁 트인 골프장의 모습 위로 자막. 〈3개월 후〉

아버지(VO) 인간이 울매나 이기적이고? 엉?

아버지(70대), 형, 형수와 함께 카트를 타고 가는 형민.

앞자리에 앉아 잔뜩 쉰 목소리로 투덜대는 아버지.

아버지 그래 귀찮고 불편하기만 하믄, 와 애초부터 남자캉 여자캉 다 따로 맹글어졌겠냐고?

뒷좌석에서 갑갑한 표정으로 형을 쳐다보는 형민.
형이 그만 아버지를 말리려는 듯

형민 형 예, 예. 인자 선도 보고 할 거랍니다….

뒷좌석에서 갑갑한 표정으로 형을 쳐다보는 형민.
하지만 계속 잔소리를 해대는 아버지.

아버지 조상들이 나 살아 보이까, 안 하는 거 보다는 하는 기 좋고, 그래가 다 새끼도 낳아서 대도 잇고, 엉? 그래 사는 기지….

이때, 띠리리릭~ 전화벨이 울려 퍼지자 잘됐다는 듯 얼른 전화를 받는 형민.

형민 예. 여보세요….
태오(VO/F) 형님, 접니다.
형민 누고?
태오(VO/F) 몇 달 전에 칼국수 집에서 잡히 갈 때 봤다 아입니까? 강태오라꼬….
형민 (황당해서) 뭐고? 니 어디서 전화하노?
태오(VO/F) 요게 부산 구치솝니다.

형민, 가족들 눈치를 보다가 카트에서 내린다.
형민 형이 쳐다보면 먼저 가라고 손짓을 하며

형민 참 내. 와?

태오(VO/F) 전화해라 했다 아입니까?

형민 벌써 잡히갔다 아이가? 딴 놈들한테….

태오(VO/F) 형님이 접견 좀 와 주이소. 수진이 말고 다른 기 더 있어가….

형민 (전화를 끊으려 하며) 관심 없다.

태오(VO/F) 일곱 명….

형민 뭐?

태오(VO/F) 총 일곱 명 입니다. 제가 직인 사람들예….

형민 무슨 소리고?

태오(VO/F) 암매장도 하고 또 광안대교 위에서도 버리고 그랬습니다. 그 말씀 좀 드릴라고 일부러 전화 드린 긴데….

미간에 주름진 형민, 뒤를 돌아보면 저 멀리 카트에서 내린 가족들이 필드로 걸어간다.

형민 진짜가?

태오(VO/F) 예.

형민 언제?

태오(VO/F) 인자 좀 관심이 생깁니까?

형민 니 담당 형사한테 말 하지 와?

태오(VO/F) 에이~ 그 새끼들은 하는 짓들이 하도 추접어서… 싹 다 접견 기피 신청을 해 놨습니다.

5. INT. 동부 경찰서 형사과 - DAY

형민과 마주앉은 한 형사, 어이없다는 듯 웃으며

한 형사 와 예? 지가 사람을 토막 내가 광안대교에서 버렸다 카든교?

형민의 눈에 보이는 사건 파일 속 사진들.
사체 발견 당시의 사진들과 현장검증을 하는 태오의 무심한 얼굴 등.
한 형사가 뻔한 수작이라는 듯이

한 형사 일주일 동안 입을 딱 닫고 있다가 피해자 혈흔이 발견 되가 빼도 박도 못하게 되니까 고마 딱 잔치를 해 뿌더라고. 지가 직인 놈이 세 놈이 더 있다나….

INSERT – 〈회상〉 숲속에서 사체를 찾아 헤매는 형사들과 과학수사 대원들의 모습이 보이고

한 형사(VO) 금정산, 황령산, 광안대교 앞바다….
에이~ 시파. 좆뺑이만 치고….

피곤한 표정으로 말을 잇는 한 형사.

한 형사 사체는 코빼기도 못 찾고, 검찰에 송치할 시간은 시간대로 다 까 묵고 그 새끼 때매 우리만 뺑뺑이 돌았다 아입니까. 참~나.

그 말에 고개를 끄덕이지만 여전히 형민의 머릿속을 맴도는 이미지.

INSERT – 뿌옇게 성에 낀 안경을 벗자 광기가 드러나는 태오 눈의 클로즈업.

6. INT. 구치소 접견실 – DAY

여기저기서 접견을 하고 있어 소란스러운 접견실 안.
그 중 책상 하나를 차지한 채 우두커니 앉아있는 형민.
잠시 후, 철문이 열리는 소리에 고개를 돌리자 머리를 짧게 민 태오가 모습을 드러낸다.

형민에게 눈길도 주지 않고 정수기 앞으로 가는 태오.
형민, 태오가 하는 꼴을 지켜보는데.
정수기에서 물을 한 잔 따라 마시다 씩 웃으며 형민을 내려다보는 태오.

CUT TO

약간 짝 다리를 짚는 걸음으로 다가와 형민과 마주 앉으며

태오 (대뜸) 요새도 증거를 조작하는 경찰이 있습니까?
형민 무슨 증거?
태오 형사들이 특진에 눈이 멀어가, 제가 수진이를 직일 때 썼던 증거들을 싹 다 조작했다 이 말입니다.
형민 니가 안 죽였단 말이가?

그 말에 칵 하고 코를 삼키는 태오, 나름 억울하단 표정을 지으며

태오 내가 직인 거는 맞습니다. 그란데 형사들이 제출한 옷하고 테이프는 전부 가짭니다.

잠시 태오의 얼굴을 노려보던 형민이 쓱 일어서며

형민 느그 변호사랑 이야기해라.

그러자 갑자기 펜으로 종이 위에 뭔가를 쓱쓱 그리기 시작하는 태오.
서서 잠시 태오가 하는 꼴을 지켜보는 형민.
쓱 다 그린 약도를 형민에게 내밀며

태오 이게 함 가 보이소. 거기 수진이 옷하고 팔 다리를 묶었던 청 테이프가 다 있을 겁니다.

형민 내가 와?

태오 (눈을 동그랗게 뜨고) 나머지 여섯 명! 그기 궁금해서 찾아 온 거 아입니까?

주름진 눈으로 태오를 내려다보는 형민.
태오가 마치 무슨 내기라도 걸려는 듯

태오 사람이 일곱 토막 납니까, 안 납니까?

형민 뭐?

그러자 또 다른 종이 위에 뭔가를 쓱쓱 그리는 태오.
형민이 종이를 내려다보면 대충 그린 사람의 몸에다 선을 찍찍 긋는 태오.

태오 이래, 이래… 안 잘라 본 사람은 모른다니까요.

머리, 팔 두 개, 몸통, 다리 두 개. 여섯 토막뿐이다.
형민이 눈으로 세어보며

형민 여섯 개네.

그러자 무릎과 배꼽 사이를 스윽 긋는 태오.
자신의 뒤쪽 꼬리뼈를 가리키며

태오 요게 감자는… 칼 손잡이로 탁탁 치믄 쑥 빠집니다.

미간을 찌푸린 채 태오를 노려보던 형민.
못이기는 척 도로 자리에 앉으며

형민 그란데? 허수진이는 와 토막을 안 냈노?

그 말에 인상을 잔뜩 찌푸리는 태오

태오 처음에 팔을 자르고 있는데, 가시나 눈깔이가 내를 빤히 쳐다보는 기라요. 와~ 고마 비는 억수로 내리지… 가시나 그기 하도 반항이 심해가 나도 많이 지쳤지… (고개를 절레절레) 갑자기 만사가 다 귀찮아지면서 내가 와 그런 빙신 같은 짓을 했는지…. 참 내.
형민 죽인 거를 후회 한단 말이가?
태오 아니이~ 고마 하던 대로 했어야 한다 이 말이죠!

자신도 모르게 목젖이 크게 움직이는 형민.

태오 정확한 테크닉! 예? 완벽한 마무리! 예? 그거를 어기는 바람에 내가 20년을 법자로 살게 생깄다 아입니까? 씨발 거.

잠시 종이의 일곱 토막 그림을 바라보던 형민.

형민 좋다. 그라믄 나머지는 누구누구고?
태오 (엄하게) 인자, 궁금하죠?
형민 그래. 궁금하다.

태오가 손으로 자신의 무릎을 툭툭 털며

태오 그라믄 뭐… 나도 좀 혜택이 있어야지.

7. EXT. 성지곡 수원지 – DAY

와글와글 알록달록한 등산복 차림으로 산행을 나온 중년의 남녀들.
잡상인들로 붐비는 공원 입구 천막에선 119대원이 인형에 올라타 열심히 심폐소생술 시범을 보이고 그 앞에서 함 보고 가입시다~ 야! 고마 가자~

로 실랑이를 벌이는 아줌마 아저씨들.
그들 사이로 멀리 차에서 내리는 형민의 모습.
주머니에서 꺼낸 약도를 확인하고 쓱 맞은편 산을 올려다본다.

8. EXT. 등산로 옆 숲 – DAY

호호호호~ 중년 여자들의 교태가 섞인 웃음소리가 들려오는 등산로의 부감 샷.
카메라가 붐 다운하면, 등산로 옆 숲속에서 모습을 드러내는 형민.
설마 이런 데…하는 표정으로 약도와 뒤쪽 등산로를 번갈아 쳐다보는 형민.
하지만 약도에 그려진 조그만 개울과 형민의 눈앞에 실제로 보이는 개울.
긴가민가 하는 표정으로 개울을 향해 걸어가는 형민.
풀쩍 개울을 건너 약도에 표시된 보폭만큼 걸어가 본다.
숲속 중간에 우뚝 멈추는 형민.
굵은 소나무 중간에 낡은 인공 새집이 보인다.
주변에서 긴 나무 가지 하나를 찾아 새집을 툭툭 건드리는 형민.
열린 틈으로 여자의 속옷 자락 같은 것이 보이자 어? 하고 인상을 쓰는 형민.
새집 문을 더 열어젖히자 드러나는 여자의 속옷과 빛바랜 청 테이프 묶음.
후우.
한숨을 내쉬며 주변을 둘러보는 형민.

9. INT. 고등법원 재판정 – DAY

세 명의 판사들이 앉아있는 법정.
방청석에서 한 형사와 다른 형사들이 지켜보는 가운데 뚜벅뚜벅 증인석으로 걸어가는 형민.
검사석에 앉은 30대의 젊은 여자 검사.

불편한 얼굴로 형민을 보며 옆에 앉은 사람과 슬쩍 귓속말을 한다.

CUT TO

소등이 된 재판정.
스크린 위에 선명하게 보이는 형민이 찾은 청 테이프와 속옷의 사진.
변호인이 하나를 가리키며

변호인 김형민 형사님. 이 물건들에 대해 알고 계십니까?

힐끗 한 형사와 눈이 마주친 형민.
하지만 이미 마음을 정한 듯

형민 예. 제가 피고인 강태오의 진술을 토대로 찾아낸 피해자의 옷가지하고 사체를 유기할 때 사용했다고 주장하는 테이픕니다.

여자 검사의 미간이 찌푸려지고 동시에 웅성거리는 방청석.

변호인 예. 보시는 바와 같이 이미 저희 쪽이 제출한 국과수 감정서에 따르면 이 옷과 테이프에서 검출된 혈흔이 피해자의 것과 일치하는 것으로 나와 있습니다.

변호인이 이번에는 실물 화상기 위에 다른 사진을 올린다.
스크린 위에 좀 전 사진과는 확연히 구분되는 속옷과 청 테이프 사진이 뜬다.

변호인 반면, 이 쪽은 검찰 측이 증거로 제출한 피해자의 옷가지와 청 테이프로… 한눈에 봐도 분명히 급조한 흔적이 보입니다.

자신도 모르게 씨발~이라고 뇌까리는 한 형사.

CUT TO

환하게 밝아진 재판정.
애써 담담한 얼굴을 유지하고 있는 형민.

변호인 존경하는 재판장님! 누구보다 엄격하게 법을 준수하고 법과 원칙에 따라 수사를 해야 하는 사법경찰관들이 오히려 증거를 조작했습니다.

피고인석의 태오와 눈이 마주치는 형민.
태오, 형민에게 엄지손가락을 치켜세운다. 그 위로

피고인 강태오는 이번 기회를 통해 잘못된 수사 관행을 바로 잡고….

10. INT. 법원 복도 - DAY

몹시 화가 난 허수진의 유족인 듯한 아줌마가 한 형사 무리에게 따지고 있다.

아줌마 도대체 왜 감형이 된 겁니까? 뭐가 잘못된 거요? 예! 말 좀 해 보소.

아무런 대꾸도 못하는 한 형사와 동부서 형사들.
잠시 후, 재판정에서 형민이 나오자 한 형사와 동부서 형사들이 우르르 다가와

한 형사 당신. 형사 맞나?

열 받은 형사 하나가 확 형민에게 달려들며

동부형사1 돈이라도 받아 처묵었소? 어?

다급히 이를 저지하는 다른 형사들.
입을 꾹 다문 채 그냥 복도를 걸어 나가는 형민, 멀리서 자신을 쳐다보고 있는 여자 검사와 힐끗 눈이 마주친다.

11. INT. 교도소 수사 접견실 - DAY

주절거리는 태오의 목소리가 들려오는 가운데 화면 가득 잡히는 글씨의 클로즈업.

1. 어릴 때 50대 남성 살해 후 숲속에 유기.

태오 한 몇 년 오징어 배 좀 타다가 나중에는 원양어선까지 탔다 아입니까.

마치 주관식 시험의 답을 쓰듯 열심히 써 내려가는 태오.

2. 서원택시 할 때 연산동 나이트 클럽에서 만난 여성.
살해 후 여기 저기 나누어 버림.

태오 에콰도르에서 배 수리한다고 한 달쯤 있을 때, 클럽 가수… 라냐… (쓱 손등 문신을 보이며) 라냐 오빠가 해 준 거요. 아~ 가수나 그거 잘 있는가 모르겠네.

팔짱을 낀 채 써지는 글자와 태오의 표정을 살피는 형민.

3. 사상 하우스에서 알던 꽁지 박 사장. 광안대교 바다에 버림.

이번에는 태오가 볼펜 뒤 끝으로 종이를 탁탁 치며 생각을 하더니

태오 이거는 어디서 태았더라. 아… 맞다.

다시 써지는 글씨.

4. 택시 할 때 교대 앞 20대 후반의 여자 살해 후 여기 저기 나누어 버림.

이번에는 태오가 다른 회상을 하듯 기분 나쁜 표정을 지으며

태오 아~ 가수나 이거는 사는 기 불쌍해가… 씨바.

5. 사상 택시 할 때 여자 손님. 밤 1시경. 살해 후 토막 내가 산속 무덤 인근 암 매장.

다시 사건을 생각하듯 허공을 보다가 힐끗 형민을 쳐다보는 태오.

태오 원래 사람을 직이고 나믄 정신이 확 더 맑아지요.

6. 30대 남자 .시비 끝에 흉기 사용하여 살해 후 계단에 밀어 떨춤.

여기까지 쓴 스스로가 좀 대견스러운 표정의 태오.
쓱 눈길을 들어 형민을 쳐다보며

태오 수진이 거도 쓰까요?
형민 (팔짱을 풀며) 그래 뭐… 기왕 쓰는 거.

다시 써 내려가는 태오.

태오 에이~ 러키세븐에 딱 잡혔뿟네.

7. 충무동, 수진 말다툼 속에 무시하여 엉겁결에 살해 유기.

태오가 숙제를 마친 듯 볼펜을 탁 놓자 쓱 종이를 집어 드는 형민.
눈으로 한번 읽어내려 가더니

형민 수진이랑은 와 말다툼 했노?
태오 아~ 가스나가 오일 체인지 한다고 미리 말을 하던가.
형민 오일 체인지?
태오 있다 아이요? 여자들 달거리 하는 거. 여행가자 해놓고 오만 핑계를 다 대고.

형민이 좀 입맛이 쓴 표정으로 다시 종이를 보더니

형민 처음 50대 남자. 이거는 니가 몇 살 때고?
태오 어릴 때요.
형민 몇 살?
태오 안 하요.
형민 뭐를?
태오 더 이상 안 갈카 준다고.
형민 (인상을 쓰며) 와 이라노 갑자기?
태오 머를 와 이래? 나머지는 형님이 풀어야지.
형민 장난치나?
태오 그렇다 아이요~ 서로 주고받는 기 있어야지.
형민 큰 거 받았다 아이가? 5년이나 줄었는데.
태오 에이~ 그거 갖고.
형민 그라믄 뭐? 임마.
태오 색깔 변하는 안경 있지요?
형민 안경?
태오 실내에서는 고마 유린데, 밖에 나가가 햇빛 보믄 썬글라스처럼 변하는 거.
도수 없는 거로 하나만 갖다 주이소.

형민 머하구로?

태오가 그만 자리에서 툭툭 일어서며

태오 하아~ 참. 사람을 일곱이나 직있는데도 안에서 별로 안 묵어 준다 아이요. 영치금도 좀 두둑이 넣어 주시고, 레깅스랑 빤스도 좀 사다 주이소. 필라거로.

기가 찬 형민이 팍 인상을 쓰며

형민 앉아라.

그냥 몸을 돌려 접견실을 나가는 태오가 딴청을 피우듯

태오 아~ 대가리 터질라 한다.
형민 앉으라니까!

순간, 팍 돌아서는 태오.

태오 야 이, 씨발 거야~

놀라서 움찔하는 형민.
태오가 마치 죽일 듯이 노려보며

태오 사람 죽이는 기 싫나? 어?
형민 뭐?
태오 (고함을 치며) 사람 죽이는 기 싫냐고! 그때 생각하믄 나도 힘들어 죽겠는데~ 와 계속 물어보노, 엉?

하지만 꿈쩍 않고 차가운 눈으로 태오를 노려보는 형민.

형민 미쳤나 이 새끼가.

한동안 핏대 선 눈으로 형민을 노려보던 태오.
문득 손으로 머리를 감싸고 쥐어뜯으며

태오 아~ 아. 내가 이라믄 안 되는데… 미안하요. 형님.

잠시 생각하던 형민이 그만 종이를 접어 넣더니 의자를 밀치고 일어서 그만 접견실을 나가버린다.
혼자 남은 태오가 천정을 보며 후~ 하고 한숨을 쉬며

태오 아아~ 니기미야. 니기미야.

12. EXT. 광안대교 - NIGHT

교각 너머로 어른어른 스쳐 지나는 가로등 불빛들.
핸들을 잡은 채 묵묵히 그랜저를 모는 형민.
잠시 후, 그랜저가 광안리 앞바다를 가로 지른 대교 위로 들어선다.

CUT TO

대교의 상판 갓길에 차를 멈추는 형민.
차에서 내려 이리저리 주변을 살펴보다가 문득 아래를 보면 시커먼 바닷물이 넘실거린다.
잠시 후, 스피커를 통해 흘러나오는 목소리

스피커(VO/F) 3570 차량~ 거기 정차하면 안 됩니다! 빨리 이동하세요~

형민이 쓱 눈길을 돌려 보면 스피커 옆에 설치된 CCTV 위로 어떤 남자의 목소리.

관리인(VO) 그 전에는 감시용이었습니다. 감시용.

13. INT. 대교 시설 관리소 - NIGHT

형민에게 믹스 커피 한 잔을 내 놓는 관리인.

관리인 진짜 벼라 별 놈이 다 있거든예. 자살 할라는 놈, 쓰레기 버리러 오는 놈, 술 취해가 오줌 싸고 똥 싸는 놈….

대교 구석구석을 비추고 있는 모니터를 바라보고 있는 형민.

형민 옛날에는 녹화가 안 됐다고요?
관리인 예. 녹화 장치 해 놓은 기 불과 얼마 전입니다.
형민 좀 황당하다 그지요?
관리인 관에서 하는 일이 좀 그렇다 아입니까? 그래 예산이 차이 나는 것도 아인데. 우리도 쫌 의아합니다.

14. INT.EXT. 수사 몽타주 - DAY/NIGHT

연산동 로터리의 유흥가 전경.
길가에 세워 진 택시들 사이로 택시 기사 하나가 호객을 하고 있다.

택시기사마산, 창원 만 원. 한 명만 더 타믄 출발합니다. 자, 마산 창원 만 원!

그 옆으로 모습을 드러낸 형민.
취객들이 비틀거리고, 싸우고, 난장판인 골목 안으로 발걸음을 옮긴다.

CUT TO

전봇대에 너덜거리며 벽에 붙어 있는 '사람을 찾습니다' 전단지.
그 속 20대 여자의 사진에서 앵글이 이동하면 여관 입간판을 붙잡고 웩웩 거리며 구토를 하는 여자.
그 모습을 낄낄대며 지켜보는 술 취한 사내들.
물끄러미 그 모습을 쳐다보는 형민.

CUT TO

경찰청 인트라넷으로 실종 발생보고 자료들을 확인하는 형민.
마우스의 스크롤을 올리는 형민의 손가락.
다양한 남녀 실종자들의 사진과 발생 보고가 화면에 스쳐 지나간다.

CUT TO

뽁 하고 입에 문 사인펜의 뚜껑을 여는 형민.
부산 시내 지도 위에 5군데 택시 회사의 차고지를 표시한다.

형민 전부 강서 쪽이네.

15. INT. 마수대 사무실 - DAY

책상에서 소지품을 챙겨 백팩 안에 담는 형민을 걱정스럽게 쳐다보는 마수대장(40대).
손에 든 태오의 진술서를 팔랑팔랑 흔들며

마수대장 꼴랑 이거 하나 믿고 형사과로 전출을 간단 말이가?
형민 재밌다 아입니까? 희한한 놈인데….
마수대장 야 임마, 우리도 바빠 죽겠는데….

주변을 살피던 마수대장.

마수대장 (나지막이) 형민아! 우리 동기 중에 진급 몬 한 거는 너밖에 없다. 아무리 못 나가도 말똥가리 하나는 달고 있는데….

형민이 마수대장 손에서 진술서를 낚아채며

형민 싹 다 암수 사건일 가능성이 많다.

백팩을 둘러메고 나가는 형민.
그 뒤를 따라가며

마수대장 뭐?
형민 피해자가 누군지도 모르고 신고도 없어가 경찰에서도 아무 수사를 안 하는 사건. 한 해에 몇이나 되는지 아나?
마수대장 몇이나 되는데?
형민 최소 이백 건은 넘는다.
마수대장 (놀라며) 그래 많다고?
형민 맨날 사고나 치고 골치 아픈 인간들, 고마 가출해가 어디서 잘 살고 있겠지… 생각하고, 몇 년 동안 연락이 없어도 신고를 안 하지.
마수대장 미친 놈 말을 우째 믿는 다 말이고?
형민 (확신에 찬 눈빛으로) 사람 잘라 본 놈 맞다. 안 그라믄 그래 구체적으로 진술 몬 해.

16. INT. 경찰서 형사과 사무실/형사과장 집무실 - DAY

형사들과 잡범들로 바글대는 형사과.
트렌치코트에 백팩을 맨 형민이 들어서자 힐끔힐끔 곱지 않은 눈길로 쳐다보는 다른 형사들.
그 가운데 호기심 어린 눈으로 형민을 쳐다보는 젊은 형사 한 사람(조 형사).

조 형사 어떻게 오셨습니까?

대꾸도 안 하고 형민이 형사과장 집무실로 향하자 이를 보고 있던 맞은 편 형사 하나가

형사 마수대 지방청! 마수대 아이가?
조 형사 (픽 웃으며) 아~하. 완전 놀러 왔네. 놀러.

CUT TO

접힌 뱃살에 인슐린 주사 바늘을 꼽아 넣는 형사과장(50대 초반).

형사과장 이미 다 판결이 난 사건을 또 들추믄, 누가 좋아한단 말이고? 또 언론에서는 경찰이 수사를 잘 했니 못 했니 그런 소리나 해 쌀 낀데. 결국 지 손가락으로 지 눈까리나 찌르는 기지.

형사과장이 주사 바늘을 뽑아 쓰레기통에 버리는 모습을 보는 형민.

형민 인슐린 주사를 평생 맞아야 됩니까?

형사과장이 벽에 붙은 범인 검거실적을 턱짓하며

형사과장 봐라. 이미 잡힌 놈 죄 하나 더 밝히는 거 보다, 새로 한 놈 더 잡아넣는 기 훨씬 고과 점수도 높다. 니가 범인 많이 잡아가 내 혈당 좀 낮차 봐라.

형민 참 내. 진급하믄 당뇨병도 낫는 갑네.

팍 째려보는 형사과장.

형사과장 니 목에 개 줄 찰라고?
형민 예?
형사과장 니 글마가 각본 쓰는 거 모르겠어?
형민 무슨 각본요?
형사과장 내 니처럼 유령 같은 사건 쫓아 댕기다가 패가망신한 형사들 몇 명 봤다. (사이) 니 혹시 송경수라고 아나?
형민 누구요? 송경수? 아, 금정서에 있던 분.
형사과장 그래 임마. 글마가 몇 년 전에 범죄꾼 한 놈한테 잘못 엮이가, 집 팔고 차 팔아가메 수사하다가 결국 마누라캉도 이혼하고 지금은 자갈치에서 주차관리한다 아이가. 혹시 글마가 돈 부탁 같은 거 안 하드나?

형사과장의 말에 잠시 대꾸를 잃은 형민.
찝찝한 얼굴로 벽에 붙은 검거실적 그래프를 쳐다보는 모습 위로

형민(VO) 강태오 처음에 우째 알았노?

17. EXT. 사설 노름방 인근 도로 - DAY

운전 중인 형민의 옆자리에 앉아 주절대는 정봉.

정봉 김욱철이라고 남포동 설렁탕 아들내미!

노름 해가 즈그 가게 다 팔아 묵고…. 와 모릅니까? 글마가 태오를 소개시켜 주드라고예.

형민 글마도 약쟁이가?

정봉 (당연하다는 듯) 노름, 뽕… 서로 다 친구 아잉교? (쓱 표정을 바꿔) 야~ 행님. 저한테 명예 형사증 같은 거 하나 안 줍니까? 계속 이래 옆에서 형님을 보필하는데.

대답하기도 귀찮은 것 같은 형민의 표정.

18. EXT. 사설 노름방 앞 - DAY

침침한 골목 입구에 멈추는 차에서 덜컥 문을 열고 내리는 형민.
조수석에서 빼꼼 창문을 내리는 정봉.

정봉 절대로 저한테 들었다 하믄 안 됩니다.

쓱 녹슨 철조망 담장 넘어 건물을 올려다보는 형민.

19. INT. 사설 노름방 계단 - DAY

터벅터벅 계단을 올라오는 형민.
문 앞에 앉아 있던 덩치가 쓱 일어서며

덩치 뭡니까?

형민 느그 꽁지 중에 박 사장이라고 있나?

형민의 포스에 조금 기가 눌린 덩치.
형민을 아래위로 쓱 훑어보며

덩치 뭐 하시는 분입니까?

형민 형사하시는 분이다.

20. INT. 사설 노름방/사무실 - DAY

담배 연기가 가득한 노름방 소굴.
덩치와 함께 좀비처럼 노름에 빠진 인간들 사이를 지나가는 형민.

CUT TO

머리가 벗겨진 30대 후반의 사내가 실없이 웃으며

박 사장 그 새끼가 내를 직있다 카든교?

형민 혹시 다른 박 사장은 없었소? 옛날에.

박 사장 하이고~ 글마 입에서 나오는 말 중에 9할은 다 뻥캅니다. 하하하.

형민 서로 알기는 아는 가베?

박 사장 한 십 년 전쯤인가? 그 새끼가 한번은 일본도를 들고 찾아 왔다가 내한테 완전 개 작살이 났습니다. 그 또라이 말 믿지 마이소.

형민 믿고 안 믿고는 내가 알아서 할 거고. 그 전에 다른 박 사장은 없었냐고?

박 사장 예, 최소한 저는 모릅니다.

형민이 일어서서 명함 한 장을 꺼내주며

형민 혹시라도 듣는 소리 있거든 연락 좀 주고. (씩 턱짓을 하며) 노름만 해라.

뜨끔한 표정으로 스윽 팔에 나 있는 주사 맞은 자리를 가리는 박 사장.

21. EXT. 산동네 언덕길 - DAY

녹슨 철문 앞에서 초인종을 누르고 있는 형민.
인기척을 확인하느라 쓱 안을 들여다보는데 뒤에서 들려오는 소리.

영감(VO) 그 집 아무도 없소~ 일 나가고.

돌아보면 커다란 볼록렌즈 돋보기안경을 낀 영감이 다가온다.

22. EXT. 영도 중학교 정문 - DAY

묵묵히 운전을 하며 중학교 안으로 들어가는 형민의 얼굴 위로

영감(VO) 아가 총 셋이었지. 그란데 고마 즈그 엄마가 농약 묵고 나서 달폰가 있다가 제일 큰 누이까지 목을 매 뿐기라.

23. INT. 영도 중학교 교무실 - DAY

선생들이 몇 없는 교무실에서 태오의 성적표와 생활기록부를 뒤적여 보는 형민.
그 위로 이어지는 영감의 목소리.

영감(VO) 애비라카는 놈은 맨날 술에 쩔어가 부수고 깨고 때리고. 말도 몬 해. 즈그 누나고 태오고 얼굴이 성한 날이 없었거든.

아주 당차 보이는 중학생 시절 태오의 사진 아래 적혀 있는 가족 관계.
〈부 강주석. 모 이영숙. 큰 누나 강신자. 작은 누나 강숙자.〉
그 위로 들려오는 영감의 목소리.

영감(VO) 그 놈 그기 어릴 때는 참 공부도 잘 했고 그림도 잘 그렸다.

24. EXT. 자갈치 새벽시장 – DAY

그물수선 천막들 앞에서 길 커피를 마시고 있는 형민.
불편한 얼굴로 형민에게 말을 뱉는 강숙자.

강숙자 10년 전에 집이 재개발 되가 보상금을 받았는데 그거를 훔치 가가 노름판에 싹 다 털어 묵고…. 하이고~ 인간 아입니다. 그거.

형민 (미심쩍은 눈길) 아버지는 그 보상금 때문에 사망 처리를 한 거 맞습니까?
강숙자 (괜히 말했다 싶은) 모릅니다.
형민 예?
강숙자 옛날에 배 타러 나가서 살았는지 죽었는지 뭐….

불편한 강숙자의 얼굴을 유심히 살펴보는 형민.
근처에서 끼룩끼룩~ 떨어진 생선 조각을 향해 달려드는 갈매기 떼들.

25. INT. 교도소 수사 접견실 – DAY

테가 두꺼운 패션 안경을 끼고 앉아 있는 형민.

형민 꽁지 박 사장은 눈까리가 시퍼렇게 살아 있던데…. 니가 일본도 들고 가가 직일라 했던.
태오 아 맞습니까? (머리를 긁적이며) 직이고 싶은 놈이랑 직인 놈이랑, 내 머릿속에서 엉키가 좀 헷갈렸는가베. 이해 하이소.

교도관이 잠시 딴 곳을 보는 사이 필라 로고가 박힌 옷가지를 책상 밑으로 전해주는 형민.

형민 이래가 믿을 수 있겠나?

이를 받아 자신의 사타구니에 쑤셔 넣는 태오.

태오 믿으니까 또 왔겠지요. 영치금은?
형민 확인해 봐라.
태오 얼마?
형민 두 개.

형민이 쓱 안경을 벗어 책상 위에 놓자 이를 집어 들고 이리저리 살펴보다 쓱 안경을 써 보는 태오.
형민에게 쓱 턱짓을 하며

태오 인자 좀 묵어 주겠네. 돈도 있고 그라스도 끼고.

태오가 갑자기 일어나 창가로 향하자 팔짱을 끼고 보는 형민.
태오, 기분이 좋은 듯 안경을 벗어 햇빛이 드는 쪽에 대 본다.
안경이 햇빛에 반응하며 까만색으로 변하자 어린아이 같은 표정으로 좋아하며 돌아와 앉는 태오.

형민 안경 값은 해야지?

다시 서서히 안경의 색깔이 변하며 번뜩이는 태오의 눈빛이 드러나고

태오 2006년인가. 겨울에 사상 택시 할 때 대저동 가자는 술 취한 가시나를 태았거든예. 연산동에서….
형민 2008년이다. 사상 택시는.
태오 아 맞습니까?
형민 자꾸 흔들리네… 믿음이.

그러자 태오가 앞에 놓인 종이를 가져가 뭔가를 그리기 시작한다.

그런 태오를 유심히 보는 형민.
자세히 보면 어딘가의 약도다.

형민 이유가 뭐고?

약도를 그리다가 쓱 한번 형민을 쳐다보는 태오.

태오 와 직있냐고요?
형민 아니. 와 자백을 하냐고? 감방에는 더 살기 싫다면서?

다시, 다른 종이에 약도를 쓱쓱쓱 그리며

태오 그라이까. 감방에 살기 싫으니까.
형민 고마 사형 받아서 죽구로?
태오 마, 그거는 알아서 생각하소.
형민 이번에도 틀리믄 내하고는 끝이다.

다 그린 3장의 약도에 1, 2, 3 번호를 매기고 씩 웃더니 형민 앞으로 내밀며

태오 가 보이소. 생곡지구 가달 마을. 무덤 근처에 분명히 토막 낸 거를 묻었으니까.

약도를 접어 넣으며 일어서는 형민.
문을 열고 나가려다 멈칫하고 뒤를 돌아보더니

형민 임마. 이미 죽은 사람을 굳이 토막까지 낼 필요가 있나?

후~ 한숨을 쉰 태오가 뭘 모른다는 듯이

태오 나눠가 버리야 잘 못 찾지~ 축 쳐진 몸뚱이에 팔, 다리, 대가리까지 덜렁 덜렁 거리 보소. 울매나 옮기기 힘든데. 피까지 다 빼도 무거버요.

경멸하는 눈빛으로 태오를 쳐다보던 형민.
그만 쿵 문을 닫고 나가버린다.

26. EXT.INT. 생곡가달 마을 입구/차 안 - DAY

도로 위를 달리고 있는 형민의 차.
약도에 표시된 생곡지구를 가리키는 이정표가 나타나고 삼거리에 멈춰 서는 차.
이내 좌회전 신호가 떨어지자 핸들을 꺾으며 샛길로 좌회전을 한다.

27. EXT. 숲속 무덤 인근 도로 - DAY

숲속 능선 길 위로 올라오는 형민의 차.
운전을 하던 형민, 창을 스윽 내려 본다.
약도와 유사한 지형의 산 아래로 무덤가가 한눈에 들어온다.

28. EXT. 숲속 무덤 근처 - DAY

약도를 든 채 숲속을 걷고 있는 형민.
잠시 후, 눈앞에 계단이 나타난다.
약도 속에 그려진 계단을 확인하고는 자신도 모르게 침을 꿀꺽 삼키는 형민.
하나둘 씩 계단을 밟아 올라간다.
잠시 후, 대리석과 해태상으로 치장된 어느 재력가 집안의 무덤이 나타나고. 다시 그려진 약도를 보면 정확하게 일치하는 모습.

형민 기억력 좋네. 새끼….

이때, 멀리서 쿠르르르~ 천둥소리가 낮게 깔리며 들려오고.
이리 저리 옮겨 다니며 무덤 일대를 살펴보는 형민.
혼자서 주변을 다 파 보기엔 너무 광범위해 보이자 갑갑한 표정이 되는 형민.
담배 한대를 꺼내 무는 형민의 모습 위로 들리는 목소리.

택시기사(VO) 갑자기 연락이 안 되는 거라.

29. EXT. 사상 택시 휴게실 - DAY

40대 초반의 택시기사 한 명과 마주 선 형민.

택시기사 차를 넘가 주기로 한 놈이 오도 않고 전화도 안 받고… 뭐 이런 놈이 다 있나 했지요.
형민 그라니까 그기 2008년 9월 추석 명절 때라 이거죠?
택시기사 예. 추석 대목이라꼬 억수로 기대하고 있었는데 글마가 빵꾸를 내는 통에 고마 공쳤다 아입니까.
형민 확실합니까?
택시기사 예. 여자캉 드라이브 갔다 왔다더라고. 미안해 죽을라 해싸믄서 세차도 싹 해오고.

뭔가 느낌이 온 듯 고개를 끄덕이는 형민.

형민 주로 연산동 쪽에서 영업했습니까?
택시기사 예. 그런데 글마는 스페아 기사라서 다른 기사들하고도 잘 몬 어울리고 지 혼자서 그 위에 온천장 쪽에서 영업을 했습니다.
형민 온천장요?

30. EXT. 사상운수 차고지/차 안 – DAY

형민이 옆 좌석에 쌓아 놓은 실종자 현황 자료를 뒤지기 시작한다.

형민 (자료를 넘겨보며) 2008년 9월 온천장….

한참을 뒤적이는 형민.
마침내 〈온천장 단란주점 도우미 실종 발생보고서〉(2008년 10월 접수)를 찾아낸다.
눈빛이 반짝이며 이름과 주소를 확인해 본다.

형민 오지희… 대저동….

31. EXT. 대저동 주택가 골목 – DAY

허름한 주택가 골목에 모습을 드러내는 형민.
골목 끝에 〈할매 밀면〉이라고 써진 작은 식당이 보인다.

32. INT. 식당 안 – DAY

드르륵 미닫이 출입문을 열고 들어오는 형민.
주방에서 설거지를 하고 있던 등이 굽은 노파가

지희 할매 어서 오이소.
형민 오지희 씨 할머님… 맞지요?

노파의 주름진 눈이 더욱 움푹해지며

지희 할매 누요?

33. INT. 집 툇마루/방 안 – DAY

조그만 마당이 있는 집.
형민이 노파와 함께 좁은 식당 주방을 통해 나온다.
낮은 툇마루와 연결된 방문을 열어주고는 털썩 마루에 주저앉는 노파.
형민이 문을 열고 좁은 방 안을 들여다보자 옷가지들과 가방, 싸구려 화장품들이 즐비하고
벽에 걸려 있는 오지희의 중학교 시절 빛바랜 수영 대회 사진들과 메달들.
노파가 땅이 꺼져라 한숨을 내쉬며

지희 할매 중학교 때는 수영도 잘 해가 대회에서 매달도 따고 했구마는… 무신 운동이 돈이 그래 마이 드능교….

방 안에서 이것저것을 살펴보던 형민.
앨범에서 실종 당시쯤으로 추정되는 사진 한 장을 집어 든다.

형민 요 사진 한 장만 가지 가도 됩니까?

노파가 가져가라는 듯 손짓을 하며

지희 할매 갱찰들 말이 우리 지희가 술집서 일을 했다카데…. 내는 고마 옷 가게에서 일 한다 캐서 그런 줄만 알았지….

주름이 깊게 패인 눈에서 흐르는 눈물을 찍어내는 노파.

지희 할매 형사님요, 우리 지희가 어데서 죽었는지 살았는지… 그거만이라도 좀 갈카 주소….
형민 예. 열심히 찾아 보께요.

사진을 들여다보는 형민의 얼굴 위로 울려 퍼지는 여자의 고함 소리.

오지희(VO) 택시~!

34. EXT. 온천장 – NIGHT 〈회상〉

불야성을 이루고 있는 유흥가의 전경 위로 자막. 〈2008년, 부산 온천장〉
제법 덩치가 큰 글래머의 30대 초반의 오지희.
태오 택시의 룸미러 속으로 황급히 올라탄다.

오지희 아저씨 대저동….

그때, 뒤따라 온 술 취한 사내가 뒷문을 벌컥 열며

사내 약 올리나 지금? 내리라! 삼십… 아니, 오십 주께!

계속 룸미러를 통해 보며 낄낄대는 태오.

오지희 놔라! 내는 2차 안 한다.
사내 (마구잡이로 끌어내리며) 가시나야~ 그라믄 처음부터 말을 하던… 악!

퍽 하고 오지희가 사내 정강이를 차버리자 뒤로 벌러덩 나뒹구는 사내.
다시 서둘러 택시 문을 닫은 오지희

오지희 아저씨~ 갑시다!
태오 (재미있다는 듯) 아, 예.

부웅~ 태오의 택시가 출발하고.
일어나 택시를 따라오며 야이~ 씨발년아! 욕을 해대는 사내.

35. INT.EXT. 달리는 택시/안 - NIGHT 〈회상〉

밤길 도로를 질주하는 태오의 택시.
뒷좌석에서 핸드폰을 든 채 긴 속눈썹을 떼 내는 오지희

오지희 아직 안 자고 머하노? 할매… 그래.

룸미러로 힐끔힐끔 여자의 드러난 가슴을 쳐다보는 태오.
시선을 의식한 듯 슬쩍 옷매무새를 만지는 오지희.

오지희 명절 대목이라서 옷 사러 오는 손님 얼마나 많은데 (사이) 됐다~ 끊어라, 할매….

오지희가 전화를 끊자 태오가 룸 미러 속에서 씨익 이빨을 드러내며

태오 옷 가게 하는 줄 아는 갑네. 사는 기 참 힘들다 그지요?

기분이 상한 오지희, 받아치는 말투로

오지희 고마 쓸데없는 소리 하지 말고 운전이나 하소.

순간, 얼굴이 싹 굳는 태오.
기어를 파박 바꾸고 액셀을 밟는다.
점점 속도가 올라가고 턱턱 잠기는 차문의 잠금장치들.
이리저리 차들 사이를 추월해 가며 거칠게 운전하는 태오.
흔들리는 차 안에서 오지희가 갑자기 욱욱~ 거리더니 푸아악~ 입에서 나온 토사가 시트 위로 쏟아진다.
그 모습을 보고 확 짜증이 난 태오.

태오 카~ 씨발.

눈물이 글썽한 채 룸 미러를 통해 빤히 태오를 쳐다보던 여자.
우욱! 하고 또 다시 토를 해 버린다.
혀를 끌끌 차며 한심하게 여자를 쳐다보던 태오.

태오 하이고~ 가지가지 한다.

입가를 훔치는 와중에도 태오를 노려보는 여자.

오지희 아~ 진짜 대사 좆같이 치네.

순간, 살짝 눈빛이 도는 태오.
갑자기 핸들을 틀어 방향을 바꿔 버린다.
바아아아앙~ 더욱 속도를 내며 달려가는 택시.

36. EXT. 낙동강 갈대숲 흙길 – NIGHT 〈회상〉

덜컹덜컹 흙길에 바퀴가 튀고
어느새 인적이 드문 갈대 숲길로 접어드는 택시.

오지희 야, 차 몬 세우나. 내가 여자라고 우스운 가베…. 야, 차 세아!

아랑곳하지 않고 계속 어둠 속으로 택시를 몰고 가는 태오.
파파파팍 흙먼지를 일으키며 멈추는 차.

태오 내리라!
오지희 뭐?
태오 내리라고. 영업 끝났다.

어이없는 표정의 오지희.

오지희 이란다고 내가 빌 주 아나?

지갑에서 만 원 권 지폐 몇 장을 꺼내 확 뿌려 버린다.

오지희 아나 택시비. 평생 택시나 몰아라.

쾅, 문을 닫고 내려 버리는 오지희.
룸미러를 통해 멀어지는 오지희를 보는 살기로 번뜩이는 태오의 눈빛.

오지희 아… 씨발 새끼… 재수 없어.

휴대폰을 들어 어딘가로 전화를 하려는 오지희.
그 모습 뒤로 스윽 방향을 돌려 다가오는 택시의 헤드라이트 불빛.
무심코 뒤를 돌아보는 오지희 얼굴 위로 쏟아지는 헤드라이트 불빛.
기어를 2단으로 넣는 태오의 이미 완전히 맛이 간 눈빛.
있는 힘껏 액셀을 밟자 부아아앙~ 오지희를 향해 돌진하는 택시.
퍽! 소리와 함께 화면에서 사라져 버리는 오지희.
차를 멈추고 내리는 태오.
으~ 하고 신음을 뱉으면서도 어떻게든 일어서 보려 버둥거리는 오지희.
잔뜩 충혈 된 눈으로 여자를 빤히 내려 보며

태오 자기야… 니 이래 살아가 머 할래?

37. EXT. 셀프 세차장 - NIGHT 〈회상〉

아무도 없는 셀프 세차장에 들어서는 태오의 택시.
지갑 안에 오지희가 할머니와 찍은 사진이 보이고 현찰과 신분증,

카드를 꺼내 자신의 주머니에 쑤셔 넣는 태오.
고압 세척기로 바퀴에 묻은 피와 택시 외부를 꼼꼼하게 세차하는 몽타주 샷들.

38. EXT.INT. 국밥 집/앞 – NIGHT 〈회상〉

다른 택시들이 주차되어 있는 가게 앞에 차를 세우는 태오.
입구에 있는 세차 아줌마에게 만 원짜리 세 개를 주며

태오 어떤 또라이가 오바이트를 했다. 좀 매매 닦아 주소.

CUT TO

비눗물을 발라 차 안 시트를 열심히 닦아내는 아줌마.
트렁크 안 비닐에 쌓인 여자의 사체가 흔들거린다.
그 위로 에에에엥~ 소리가 들려오고.

39. EXT. 생곡 가달 마을 입구 – DAY

사이렌을 울리며 경광등을 켠 채 달리는 경찰차들과 과학수사대 차량들.
차 뒷좌석에 묵묵히 앉아있는 형민과 형사과장.

40. EXT. 숲속 무덤 인근 도로 – DAY

무덤 인근 도로가에 비상등을 켜고 멈춰서는 차량들.
형민과 형사과장에 이어 다른 형사들과 과학 수사대원들 그리고 전경들이 쏟아져 내린다.
분주히 사건 현장으로 발걸음을 옮기는 형민.
다른 형사들이 우르르 형민의 뒤를 따른다.

41. EXT. 숲속 무덤가 - DAY

비장한 표정으로 계단을 올라오는 형민과 형사들.
그런데 어찌 된 일인지 현장의 일부가 모두 뒤집혀 있고 여기저기 사람들이 많다.

형민 어? 뭐고…?

현장의 인부 한 사람에게 달려가는 형민.

형민 뭐 하요? 지금.
인부1 보면 모르요? 이장하지.
형민 이장?
인부1 시에서 이 달 말까지 유해를 옮기라 해가…. 산을 싹 다 밀고 택지개발 한답니다.
형민 돌겠네. (큰소리로) 자… 자… 요게 좀 보입시다~

스님의 목탁소리와 함께 불공을 올리던 유족들과 인부들이 고개를 들고 쳐다보자 품속에서 수색 영장을 꺼내 흔들어 보이는 형민.

형민 잠시 중단해 주이소. 이거는 수색 영장이고… 오래 안 걸리니까… 수색 끝날 때까지만 협조를 좀 부탁드립니다.

CUT TO

일제히 흩어져 삽질을 하기 시작하는 의경들.
의경들 사이를 돌아다니며 땅을 파는 모습을 지켜보고 있던 형민.
이때, 멀리서 삐이익 삐익 하고 울려 퍼지는 소리.

CUT TO

깊게 파인 구덩이 주변에 호기심 어린 표정으로 몰려든 형민을 비롯한 형사들.
과학수사 대원들이 삽으로 흙을 퍼내는데 검붉은 천이 드러난다.
순간, 웅성거리는 형사들.
과수대원이 검붉은 천을 잡아끌어 올리면 흙 속에 파묻힌 관이 드러난다.

과수대원 (손을 털고 일어서며) 아, 이거 관인데….
형민 (황당한 표정으로) 뭐… 관?

그때, 성난 유족 하나가 형사들을 헤집고 나오며

유족 아 여기 다 무덤이라고. 남의 조상 관을 파가지고 시파….

실망감에 형민을 째려보는 형사과장.

DISSOLVE FROM
DISSOLVE TO

유족들과 인부들이 보이지 않고 숲속은 더 이상 팔 곳도 없어 보인다.
삽질을 하는 사람들 모두가 동작이 느리고 맥이 빠져 보이는 가운데 당이 떨어져 잔뜩 지치고 짜증이 난 얼굴로 서 있던 형사과장.

형사과장 야, 야. 인자 그만 하자. 다 철수해라.

삽으로 땅을 파다가 고개를 들어 쳐다보는 형민.

형민 와요?

초콜릿 하나를 까먹으며

형사과장 와는 무슨 와고? 남의 관까지 다 뒤집어 놨으면 됐지, 뭘 더 파본다 말이고. 이러다 천벌 받는 거 아인가 모르겠네. 참~나.

CUT TO

과학수사대, 전경들이 썰물처럼 현장을 빠져 나가고 혼자 남은 채 숲속에서 열심히 땅을 파고 있는 형민.
얼굴과 몸이 온통 땀으로 젖어있다.
그런 그를 향해 터벅터벅 다가오는 어느 발걸음.
지난번 호기심 어린 눈길로 형민을 쳐다보던 젊은 형사다.
생수 병을 내미는 조 형사.
쳐다보는 형민.

CUT TO

조 형사의 손에 들려있는 오지희의 사진.
나란히 앉아 벌컥벌컥 생수를 마시는 형민과 조 형사.

형민 중학교 때 수영 선수였단다. 입이 좀 걸어서 그렇지 마음은 착해가 할매한테 꼬박꼬박 용돈도 잘 챙기 주고.

잠시 아무런 말없이 앉아 있는 두 사람.
그러다 가만히 눈을 감는 형민.
바람에 흔들리는 나뭇가지 소리가 스산하게 들려온다.
형민의 눈가에 진한 주름이 생긴 채

형민 어데 있노 니….

잠시 그 모습을 지켜보던 조 형사가 조심스레 입을 열어

조 형사 와 그란답니까?

형민 뭘 와 그래?

조 형사 (다시 사진을 주며) 와 자백하냐고요? 지가 사람을 더 직있다고.

사진을 받은 형민이 후 하고 한 숨을 내 뱉고는

형민 그러게 말이야.

조 형사 어차피 정상은 아이지요?

형민 무슨 정상?

조 형사 예… 사람을 그래 토막까지 내가 직있다 카는 거 보믄 사이코 패스 그런 거 아입니까?

형민 감정 불능….

조 형사 예?

형민 임마를 감정한 프로파일러 말이 이 새끼는 학술적으로도 분석이 안 된단다. 그래서 결론이 감정 불능.

조 형사 진짭니까?

형민 뭐 신경 쓸 거 있나. 현장 수사는 좆도 모르고 맨날 주디로만 씨부리는데…. 그런데 우짜든지 보통 놈은 아니다.

조 형사 누구요? 강태오요?

형민 원래 살인을 하면 정신이 없어가 장소 시간 이런 잘 모르거든 근데 일마는 장소 날짜 시간을 정확하게 기억을 한다 말이야. 분명히 와 본데가 맞거든.

조 형사 뻥카 아입니까?

형민 그럴 리 없다. 또 그랬다가는 다시는 내를 못 보는데….

형민의 시야에 맞은 편 숲으로 향하는 작은 도로가 보인다.

그러다 갑자기 눈이 확 커지는 형민.

형민 아….
조 형사 와예?

뭔가에 홀린 듯 자리에서 벌떡 일어나는 형민.
손에 든 약도의 2번을 1번 오른쪽 옆에 붙여 본다.
그러자 세 장의 약도가 또 다른 형태로 퍼즐이 맞추어지고

INSERT – 접견실에서 씩 한번 형민을 쳐다보는 태오.
차례로 번호가 매겨지는 세 장의 약도 클로즈업.

황급히 언덕 쪽으로 뛰어가는 형민.
얼굴에 물음표가 생긴 채 형민을 쫓아가는 조 형사.

42. EXT. 3번 약도의 숲속 무덤가 – DAY TO NIGHT

숲속 숨겨진 나무 터널 길을 달려오는 형민과 조 형사.
나무 터널 끝자락 숲속에 또 다른 무덤 하나가 있다.
씩 고개를 돌려 조 형사를 보는 형민.

형민 순서를 바꿨네.

CUT TO

어둠 속 공사장 간이 스탠드 조명이 켜 있고 웅웅거리며 움직이는 포크레인.
덜컹 소리와 함께 땅을 파 올리는 포크레인.
순간, 형민의 눈에 뭔가가 포착 된다.
형민이 자신도 모르게 포크레인을 향해

형민 아! 정지! 스톱!

쓱 목을 빼고 쳐다보는 포크레인 기사가 푸르륵 시동을 끄자 순간, 정적이 감도는 숲속.
바지 주머니에서 흰 장갑을 꺼내 끼고 다가가는 형민.
심장이 빠르게 뛰기 시작한다.
무릎을 굽혀 조심스레 흙더미를 걷어 내는 형민.
포크레인 기사가 운전석에서 내려오고 숨을 죽이며 지켜보는 조 형사.
형민의 손이 흙더미를 더 걷어 내자 꼬리뼈로 보이는 백골의 일부가 드러난다.
더욱 그 주변을 파내는 형민.
그럴수록 더욱 선명하게 드러나는 사람의 엉치뼈.

INSERT – 종이에 그린 사람 몸에 무릎과 배꼽 사이를 스윽 긋는 태오.

형민이 다가온 조 형사를 향해

형민 맞제? 사람 뼈.

조 형사가 대답 대신 고개를 끄덕이고 형민의 입에서 자신도 모르게

형민 개…새끼….

43. INT. 검사실 – DAY

아주 차가운 얼굴로 수사 보고서를 읽고 있는 여자 검사,
재판정에서 형민에게 물을 먹은 바로 그 여 검사다.
그 앞에 묵묵히 앉아있는 형민.
여 검사가 밉살스런 눈빛으로 형민을 쳐다보며

여 검사 이 사건을 굳이 저한테 가져온 이유가 뭡니까?

형민 (뻔뻔하게) 예. 그기 저… 아직 허수진 사건 때문에 안 좋은 감정이 많으실 거 같아서요.

여 검사 (기가 차서) 형사님한테는 좋구요?

형민 아니예. 그래서 저도 좀 죄송해가… 이래 좋은 사건을 가져 온 겁니다.

어이가 없단 표정의 여 검사에게 밉지 않게 씩 웃어 보이는 형민.
여 검사가 잠시 갈등을 하는가 싶더니 책상용 다이어리의 스케줄을 본다.
진행 중인 사건들의 일정과 시누이 생일 등 개인 일정들로 빼곡하다.
다소 초조한 눈빛으로 기다리는 형민을 향해 마지막 페이지를 닫으며 미간을 찌푸리는 여 검사.

여 검사 국과수에는 보내셨어요?

형민 예. 보냈습니다.

44. EXT. 부산 교도소 정문 - DAY

철커덩.
교도소 철문이 열리며 빠져 나오는 법무부 호송 차량.

45. EXT.INT. 부산 시내 도로/차 안 - DAY

부우우웅.
호송 차량이 부산 시내 길을 지나가고 차 안에서 색이 검게 변한 안경을 낀 채 창밖을 쳐다보는 태오.
거리를 지나는 젊은 여자들의 모습에 시선이 따르며

태오 아~따. 여자 사람들 간만이네.

46. INT. 검찰청 진술 녹화실 - DAY

텅 빈 진술 녹화실에 앉아 있는 태오.
공간이 낯선 듯 여기저기를 두리번거린다.
방 안 곳곳 세 군데에 설치된 카메라와 테이블 바닥에 부착된 마이크.
모니터링 룸 창을 통해 그 모습을 보고 있는 여 검사와 조 형사.
잠시 후, 녹화실 문이 열리고 형민이 들어서자

태오 어? 형님. 이게 우짠 일입니까?
형민 어. 검사님이 같이 좀 보자캐서.

안경을 벗고 잠시 생각하다가 갑자기 수갑 찬 손으로 이마를 탁 치는 태오.

태오 혹시 보물 찾았능교?

마치 자신과는 전혀 관계가 없는 듯 좋아하며

태오 와, 그라믄 인자 형님 어깨에 말똥가리 하나 딱 다는 가베?

스피커 소리를 들으며 유리벽 안을 주시하는 여 검사.
형민이 차분하게 책상 위에 파일을 펼쳐 놓으며

형민 인자부터 니는 생곡 암매장 사건의 피의자 신분이 된 거다.
태오 예?

형민이 파일에서 꺼낸 유골 일부의 사진을 보여주며

형민 나머지는 어데 있노?
태오 무슨 나머지?

형민 나머지는 사체는 어데다 버렸냐고?

태오 내야 모르지.

형민 뭐?

태오 (완전 생까듯) 내가 그거를 우째 아냐고?

형민 니가 직이가 묻었다고 말 했다 아이가?

태오 내가 언제요?

형민 이 새끼가….

입술을 살짝 깨물며 지켜보는 여 검사.
점점 약이 오르기 시작하는 형민.

형민 내 눈 똑바로 쳐다보고 잘 들어. 2008년 9월 12일 니는 사상운수 스페어 기사로 영업을 나갔다. 그라고 다음 날 느그 짝지한테 아무런 연락도 없이 차도 안 넘겨 줬고.

후우 하고 허공에다 한숨을 쉬는 태오.
그런 태오 앞에 또 다른 사진 한 장을 내미는 형민.
사진 속에서 웃고 있는 오지희.

형민 온천장에서 태운 이 여자… 기억하지?

태오 아니이~ 누군데요? 이 여자가?

형민 니는 내한테 연산동에서 태운 여자를 토막 낸 다음 생곡 지구에 묻었다고 했지? 그런데 사실은 온천장이었다. 니가 그리 준 약도의 반대편에서 유골 일부를 찾은 거고.

형민이 지난번 태오가 쓴 자술서를 짚어 보이며

형민 자, 니가 쓴 자술서 5번! 이래도 계속 쌩 깔래?

그러자 갑자기 팍 인상을 쓰며 고함을 치는 태오.

태오 아~ 씨바. 그거야, 행님이 쓰자 캐서 쓴 거 아이요?
형민 뭐?
태오 그래 써 주믄 영치금 2백 준다매!

갑자기 어안이 벙벙해진 형민.
본능적으로 고개를 돌려 유리벽 쪽을 쳐다본다.
벽 너머에서 고개를 돌려 조 형사를 쳐다보는 여 검사.
조 형사 역시 당황스럽고 난처한 표정.
더욱 기세 등등 목소리를 높이는 태오.

태오 분명히 말하지만, 나는 그냥 돈 받고 물건을 옮겨 줬을 뿐입니다. 그때 내 잡히던 날, 형님캉 뽕쟁이 새끼랑 같이 칼국수 묵으면서 다 말해 줬다 아이요? 그때도 형님이 돈 줬고!

형민 (얼굴이 확 붉어지며) 뭐라 하노? 이 새끼가.
태오 행님 한국말 몬 알아듣습니까? 내는 10년 전에 누가 내한테 부탁을 해가 생곡에다 묻기만 했다 이 말입니다. 나는 이 여자를 직인 적도 없고, 누군지도 (딱딱 끊는 어투로) 모. 른. 다. 고. 요.

그때, 수사관 하나가 검사에게 국과수에서 보낸 서류를 건넨다.
서류를 펴서 살펴보는 여 검사.
(글씨: 사망 추정 년도는 8~10년 전. 신원 확인은 미상.)

태오와 눈빛이 날카롭게 부딪히는 형민.

형민 개 새끼가….

비릿한 미소를 짓는 태오가 마치 힌트를 주듯 입 모양만 벙긋거리며

태오 기소 몬 해요.
형민 (어이가 없어) 뭐?
태오 (다시 벙긋 벙긋) 시간이 지나가….

순간, 부르르 떨리는 형민의 주먹.
바로 한방 날릴 기세지만 극도로 흥분을 자제하며

형민 새끼야. 배꼽 아래부터 무릎까지… 그기 바로 니가 살인범이라는 낙인이고 인장이다.

빙글빙글 웃기만 하며 형민을 쳐다보는 태오.
이때, 문이 덜컥 열리며

조 형사 나오시랍니다.

47. INT. 검사실 – DAY

팔짱을 낀 채 앉아있는 여 검사.
형민, 곤란한 입장을 애써 감추며

형민 오지희 할머니 유전자랑 한번 대조해 보면 안 되겠습니까?
여 검사 사체 유기는 공소시효가 7년입니다.

얼굴에 그늘이 지는 형민.

여 검사 게다가 끝까지 자신은 운반만 했다고 주장하고, 설사 오지희가 맞다고 해도 사실상 기소가 어렵잖아요?

낭패가 서리는 형민.
여 검사가 쓱 자세를 고쳐 앉으며

여 검사 영치금 준 게 사실입니까?
형민 (잠시 고민을 하다) 예….
여 검사 그 전에도 돈 준 적 있구요?
형민 아 그때는 고마 목욕이나 하라고. 이 사건하고는 별개의….

여자 검사가 아무런 대꾸도 없이 들고 있던 볼펜으로 뭐라고 쓱쓱 쓰기 시작하고 더 이상 무슨 변명을 하려다가 그만 고개를 숙이는 형민.

형민 죄송합니다.

48. EXT. 자갈치 시장 주차장 - DAY

구르릉 탕탕. 시끄러운 소리를 내며 차들이 철제 골조로 된 주차장 건물을 오르내리고 주차 박스 안에서 조끼 점퍼 차림으로 주차비를 받는 얼굴이 검게 탄 50대의 남자(송경수).
잠시 후, 어깨 너머로 모습을 드러내는 형민.

형민 송 선배님!
송경수 누구요?

49. EXT. 분식 리어커 - DAY

오뎅 떡볶이 순대 등을 파는 리어커 포차.
송경수가 얼마 남지 않은 어묵 오뎅을 간장에 찍어 먹으며

송경수 글마 똑똑하나?

형민 예. 중학교 때는 공부도 잘 했답니다. 그림도 잘 그리고 약도 그리가 장난까지 치는 거 보믄 기억력도 억수로 좋은 거 같고요.

송경수 니는? 돈 많고?

형민 (잠시 주저하다가) 형님이 아버지 사업을 물리 받아가 제 지분이 좀 있습니다.

송경수 딱 견적 나오네. 글마가 바라는 기 뭐겠노?

형민 제 돈요?

송경수 물론 돈도 돈이지만 자네가 계속 수사를 열심히 해가 지가 무죄라는 사실을 밝히는 거지.

형민 예?

송경수가 다른 대나무 꼬치를 집으며

송경수 그런 놈들은 법적 판결이 내려지는 논리구조를 정확히 알고 있다.

잘 이해가 가질 않는다는 표정의 형민.

송경수 지는 원래 A 사건으로 잡혀 갔는데 니한테 B 사건, C 사건을 자백하니까 니는 그 말만 믿고 뭐 나게 쫓아 댕기면서 수사를 했지.

짭짭짭. 떡 꼬치를 먹으며 말을 잇는 송경수.

송경수 그런데 결국 증거 불충분으로 B, C 사건이 둘 다 무죄가 나온 거야. 그래서 니가 양치기 소년이 되는 순간, 그 새끼가 변호사를 통해가 우기는 거지. 사실은 원래 있었던 A 사건도 다 무죄요, 이렇게.

얼굴에 살짝 경련이 일어나는 형민.

송경수 결국 경찰과 검찰이 글마의 유죄를 완벽하게 입증 몬하믄 현재의 사건까지 무죄 판결까지도 이끌어 낼 수 있다고 계산하는 거라고.

형민 에이~ 설마 판사가 그래 믿겠습니까?

작은 바가지로 오뎅 국물을 떠 마시는 송경수.

송경수 응. 그래 믿더라.

눈이 동그래져 쳐다보는 형민. 바가지를 든 송경수가 뻔하단 표정으로

송경수 처음 사건은 경찰의 강요와 협박에 의한 자백이었던 기 인정 된다면서.

순간, 얼굴에 당혹스러움이 번지는 형민.

INSERT - 〈회상〉 눈을 동그랗게 뜨고 말하던 태오의 모습.

태오 그라이까 감방에 살기 싫으니까….

CUT TO

촥 하고 나머지 국물을 바닥에 뿌려버리는 선배 형사.

송경수 내 말고도 셋이나 더 옷 벗었다. 고마 손 떼라.

찝찝해진 형민의 얼굴 위로 띠리리릭 울리는 핸드폰 소리.
이때, 다른 중년 남자가 포장마차 쪽으로 뛰어오며

주차장 남자 송 씨! 혹시 어제 벤츠 박았능교?
송경수 아니. 무슨 벤츠?
주차장 남자 뭐가? 블랙박스에 다 찍혔다는데…. 주차장에 내 아이믄 당신 밖에 더 있나? 빨리 함 와 보소!

얼굴에 물음표가 생긴 송경수가 천 원짜리 하나를 주며 계산을 하고.
그제야 전화를 받는 형민.

형민 어….
조 형사(VO/F) 오지희 할매랑은 유전자가 다르답니다.

김이 팍 새는 형민. 허둥지둥 뛰어가는 송경수를 따라가는 주차장 남자.

주차장 남자 하이고, 세 달치 월급 다 꼴아 박게 생겼다.

떠나는 두 사람을 보며 더욱 심난한 표정이 되는 형민.

50. INT. 형사과 사무실 - NIGHT

화면 가득 화이트보드에 옮겨 적힌 자술서 내용.

1. 어릴 때 50대 남성 살해 후 숲속에 유기.
2. 대원택시 할 때 연산동 나이트 클럽에서 만난 여성.
   살해 후 여기 저기 나누어 버림.
3. 사상 하우스에서 알던 꽁지 박 사장. 광안대교 바다에 버림.
4. 택시 할 때 교대 앞. 20대 후반의 여자 살해 후 여기 저기 나누어 버림.
5. 사상 택시 여자 손님. 밤 1시경. 살해 후 토막 내가 산속 무덤 인근 암매장.
6. 30대 남자. 시비 끝에 흉기 사용하여 살해 후 계단에 밀어 떨춤.
7. 충무동, 수진 말다툼 속에 무시하여 엉겁결에 살해 유기.

조 형사와 함께 보드를 보고 있던 형민이 3번, 5번, 7번 글씨들 위로 빨간 줄을 그으며

형민 노름방 박 사장, 오지희 맨 마지막 수진이…. 일단 이 세 개는 접고….

팔짱을 낀 채 보고 있는 조 형사.
이번에는 형민이 매직으로 1번을 톡톡 치며

형민 어릴 때 이기… 몇 살 때라는 소린지 말을 안 해….
조 형사 5번 오지희가 10년 전인데 순서대로 보믄 1번도 공소시효가 훨씬 지난 사건 아이겠습니까?

형민도 고개를 끄덕이며 빨간 매직으로 1번을 찍 긋는다.
조 형사가 나름 머리를 굴려보며

조 형사 2번 저거는 어떻습니까? 서원택시, 연산동 나이트클럽.

눈가에 잔뜩 주름을 만들어 써진 내용들을 훑어보는 형민.

형민 2006년도에 서원택시에 일했던 거 말고는 십 년이 넘어가 통신기록도 없고 객관적인 증거가 될 만한 내용은 하나도 없다. 그런데….

형민이 2번, 4번, 5번을 가리키며

형민 이상하게 이 세 건은 공통점이 있어. 일단 셋 다 택시 할 때, 희생자가 여자, 태운 장소가 연산동 근처야.
조 형사 5번은 온천장이고….

형민이 쓱 조 형사를 돌아보며

형민 만약 이 두 개도 온천장이믄? 같이 근무했던 사람 말로는 글마는 왕따라서 주로 지 혼자 온천장에서 영업을 했다고 했거던. 아는 놈들한테 쪽을 팔기 싫었겠지.

형민이 뭔가 석연치 않다는 표정을 짓더니

형민 이 세 개가 같은 사건일 가능성은 없겠나?
조 형사 (미간에 진한 주름) 이유는요?

형민이 최대한 심리를 읽어내려는 듯

형민 한 사건을 일부러 부풀리고 찢어가 최대한 내 수사 범위를 넓혀 놓겠다는 의도…. 그라고 또….
조 형사 또?
형민 자기 스스로를 과시할 목적?
조 형사 (공감하듯) 쎄게 보이구로.

손으로 자신의 턱을 쓰다듬는 조 형사.

조 형사 그라고 어차피 다 암수살인 아입니까. 실종신고, 변사발생이나 수사 보고도 없이.
형민 (말을 이으며) 처음부터 끝까지 지 말만 따라 가야 되지. 오지희 사건 맹쿠로….
조 형사 (감을 잡은 듯) 갖고 놀기 딱 좋겠네, 씨바….

형민이 갑자기 지우개를 들더니 쓱쓱 글자들을 지워 나가기 시작하며

형민 1번은 공소시효 때매 아웃. 2, 4, 5번은 한 사건으로 간주. 3번은 직인기 아이고 직이고 싶었던 놈. 그라고 7번은 이미 판결이 났고….

결국 마지막에 달랑 남은 한 줄.

6. 30대 남자. 시비 끝에 흉기 사용하여 살해 후 계단에 밀어 떨춤.

매직 끝으로 6번 문장의 밑줄을 긋던 형민.
문득 계단이라는 단어에 여러 번 동그라미를 치더니 쓱 조 형사를 쳐다보며

형민 이기 무슨 계단이겠노?

조 형사 건물…? 지하…?

형민 그라믄? 누가 발견은 했을 거 아이가.

조 형사 당연히 신고 했을 거고 수사 기록도 있겠네!

51. INT. 교도소 수사 접견실 – DAY

패션 안경을 낀 채 형민과 마주 앉은 태오.

태오 분명히 '미안하게 됐소.' 했거던! 그런데 임마가 '이 새끼! 뭐라 캐샀노.'하면서 욕을 하는 기라. 비번 날 기분 좋아가 술 한 잔 묵고.

캠코더 속에 비친 태오의 모습을 보고 있는 조 형사.
얼굴이 벌개진 태오가 당시의 상황을 액션까지 곁들여 재연하며

태오 그래가 딱, 임마 멱살을 잡고 오른발로 허벅지를 주 차가 자빠뜨리 놓고 촥 칼을 꺼내가 바로 목에 한 방 주뿌고. 그 다음에 등, 허리… 개 싸가지 없는 새끼를 고마 닥치는데로 씨바.

그러다 멈칫 카메라를 보는 태오.
갑자기 태도를 바꿔 목소리 톤을 낮추더니

태오 뭐 대충 그래 된 깁니다. (조 형사를 향해 씩 웃으며) 잘 찍고 있소?

슬쩍 형민과 눈이 마주치는 조 형사.

형민은 아무런 표정 변화가 없이

형민 그래가? 그 다음은?

태오 얼마 넣었다고?

형민 삼백.

태오 에이, 한 오백 넣지. 그래야 쪼매 더 구체적으로 가는데….

형민 어데서 그랬는데?

태오가 딴청을 피우듯 안경을 벗어 호 닦으며

태오 이번에는 잘 해가 꼭 특진 한번 하소.

형민 그래 알았다, 장소는?

대답대신 씩 웃고만 있는 태오.

태오 (대뜸) 완전 범죄가 없다고요?

형민 … 뭐?

태오 15년 전 영도 골목 살인사건, 2003년 사하구 괴정동 처음 주점 살인사건, 2004년 사상구 삼락동 살인사건, 2007년 우암동 살인사건…. 전부 다 내가 저지른 거요.

우두커니 서서 태오를 내려다보는 형민.
태오의 얼굴이 점점 붉어지기 시작하며

태오 이래 내 입으로 다 갈카주야 되는데 우째서 완전 범죄가 없단 말이요?

순간, 눈동자가 흔들리는 형민.
형민을 올려다보는 태오가 더욱 얼굴이 달아오르며

태오 경찰들은 다 빙신 새끼들이야! 엉? 결국 내가 이런 악마가 된 이유는 엉? 느그처럼 무능한 경찰들이 그때 내를 못 잡았기 때문이라고! 내 말 무슨 말인지 알아? 엉? 무슨 말인지 알아 듣겠냐고오?

핏대 선 눈으로 형민을 노려보는 태오의 얼굴 위로

조 형사(VO) 야, 글마 진짜 또라이데요.

52. EXT. 도로/달리는 차 안 - DAY

운전을 하는 형민과 조수석의 조 형사.

조 형사 그래 막 정신없이 씨부리 쌌는 거 보믄….
형민 그만큼 자신 있단 소리지.
조 형사 무슨 자신?
형민 지가 이길 자신. 우리가 증거를 못 찾을 거라고 생각하니까. 자백만 가지고는 아무 것도 못한다는 거를 잘 알거던.

조 형사가 인상을 쓴 채 고민을 하더니

조 형사 인자 우짤 겁니까?

이때, 신호등에 걸려 멈추는 차.
사람들이 횡단보도를 건너기 시작한다.
묵묵히 차의 전방 유리를 쳐다보는 형민.

형민 어떻게든 장소 날짜 시간 유죄를 증명할 만한 단서를 거꾸로 찾아내야 된다.
조 형사 (문득 고개를 돌려) 아! 참. 글마가 마지막에 씨부린 다른 사건들….

형민 속지 마라.
조 형사 예?
형민 수작질이다. 우리를 헷갈리게 만들라는….

전방 유리 앞을 지나가는 사람들의 모습을 쳐다보는 형민.

형민 30대 남자…. 이거는 분명히 지가 한 짓 맞다.

확신에 찬 형민의 눈빛.

형민 막상 입을 열고나니까 지도 불안해지가 최대한 연막을 치는 거지. 이 개새끼가.

53. INT.EXT. 수사 몽타주 - DAY/NIGHT

형사과. 책상에 앉아 지방청 미제사건 리스트를 보고 있는 형민.
그 옆에 선 조 형사.

조 형사 2001년부터 작년까지 미제 사건 중에 피해자가 남자고 노상에서 발생한 살인 사건은 총 8건입니다.

형민, 리스트에 빨간 펜으로 해당 사건에 사각사각 표시를 하며

형민 지 입으로 비번 날이라고 했으니까… 택시 영업할 때라고 보고 2006년, 8년은 해당 사항 없고 2007년 동부서 2건, 2010년 해운대 1건, 2012년 중부서 1건이네.
조 형사 (난감한 표정으로) 미제 사건이라서 관할서에서 협조를 해주야 되는데.

CUT TO

쿵 하고 문이 열리고 대머리 형사와 함께 복도를 걸어오는 형민.

대머리 양이 많아가 애 마이 묵을 낀데. 담당 형사들도 다 발령이 나가 연락도 잘 안될 거로.

보안카드로 칙 긋고 찌익 문을 열어 주며

대머리 함 찾아보소.

방대하게 쌓여있는 자료들을 보고 그만 기가 질리는 형민.
하지만 작심한 듯 안으로 향하고 먼지를 털어가며 자료들을 뒤지기 시작하는 형민.

CUT TO

복도에서 경계심이 가득한 표정의 다른 형사.

형사2 아니, 도대체 언제 사건을 말합니까?
조 형사 아니, 노상 살인사건이요. 피해자는 남자고.
형사2 아 참. 답답하시네. 우리가 다루는 사건이 일 년에 몇 개요?

CUT TO

차에서 어딘가와 핸드폰 통화를 하는 조 형사.

조 형사 아니, 아니…. 김형민 그 인간하고는 아무런 관계도 없고. 제가 개인적으로 찾을 기 좀 있어가…. (살짝 윙크 하며) 예. 맞습니다. 같은 형사들도 다 팔아 묵고…. 완전 우리 편 아이지요.

한숨을 쉬며 핸들을 돌리는 형민.

54. INT. 중부 경찰서 기록 보관실 - DAY

햇빛도 잘 들지 않는 어두컴컴한 지하 보관실.
덜컹 문이 열리고 들어서는 형민과 조 형사.
조 형사, 벽면 버튼을 누르자 파파팍 불이 들어오고.
사람 하나 지나 갈 틈도 없이 자료가 가득 쌓여 있다.

조 형사 야, 이게도 장난 아이네.

그런데 갑자기 악 하고 고함을 지르는 조 형사.
놀란 형민이 보면 휙 발밑으로 지나가는 쥐 한 마리.

형민 하~ 청소 좀 하지….

슬며시 인상을 쓰고는 계속 캐비넷 속 서류를 뒤지는 형민.
서류들을 넘기다 그만 종잇장 모서리에 손이 샥 베인다.

형민 아야.

손가락 마디 안쪽에서 스믈스믈 피가 배어 나오자
입에 대고 쪽쪽 빠는 형민.
그러다 문득 고개를 돌리면 캐비넷들 사이 벽면 선반에 올려져 있는 서류 박스 하나가 보인다.

CUT TO

형민이 두껍게 깔린 먼지를 걷어내자

〈2012년 부평동 노상 살인사건〉이란 라벨이 붙은 서류 박스.
조 형사가 다가오며

조 형사 뭡니까?

뚜껑을 열어 함께 서류들을 살펴보기 시작하는 두 사람.
서류 하나를 펼쳐 보는 형민이 고개를 갸웃 하더니

형민 2012년 11월 27일.

미간에 주름을 만든 채 낮은 목소리로 계속 읽는 형민.

형민 중구 부평동 노상에서 발생. 피해자 황칠규. 사망 당시 37세.
고시 준비생.

따로 부검 서류를 뒤적이던 조 형사의 입에서

조 형사 왼쪽 목 주변에 길이 5.5cm, 깊이 10cm 크기의 자절창.
왼쪽 옆구리에 길이 2cm 깊이 5cm의 자창.

본능적으로 눈길이 부딪히는 두 사람.

형민, 조 형사 이거네.

CUT TO

위잉 촥촥 소리가 나며 복사기에서 뱉어져 나오는 자료들.
복사기의 불빛이 마치 영사기에서 뿜어지는 것처럼 프레임이 하나씩 겹쳐
지기 시작하며.

55. EXT. 부평동 골목 - NIGHT 〈회상〉

새벽녘의 한적한 유흥가 뒷골목.
술에 취한 황칠규가 전화를 하며 비틀거리며 걸어온다.

황칠규 이 나이에 누가 받아 주노? (사이) 장사? 밑천도 없는데 무슨 장사고? 엄마 내 이번에는 꼭 합격한다, 두고 봐라.

막 골목 코너를 돌다 태오와 어깨가 툭 부딪히는 황칠규.
황칠규의 담배가 무스탕에 묻자 표정이 싸해지는 태오.
술김에 화풀이라도 하듯 태오를 꼴아 보며.

황칠규 머고? 씨파.

태오, 빤히 황칠규를 노려보면 황칠규가 귀찮다는 듯이 휘적휘적 손짓을 하며

황칠규 가소. 고마 가소. (다시 걸어가며) 아~ 니기미.

무시하며 다시 걸어가는 황칠규.

황칠규 엄마~ 그라믄 공부하는 놈은 친구 만나가 술도 한 잔 못 묵나? 내가 무슨 고삐리도 아이고. 고마 끊어라!

골목 사이로 사라지는 황칠규를 노려보는 태오.

55-1. EXT. 골목 상가 화장실 앞 - DAY

황칠규가 화장실 변기에서 일을 보고 화장실 밖으로 나오면

상가 입구에 태오가 우뚝 서 있다.
고개를 삐딱하게 하고 서 있는 태오, 기가 차다는 듯

태오 씨파~아?

순간, 남자의 목에 푹 박히는 칼날.
크 하는 외마디와 함께 손으로 태오의 손목을 잡는 남자.
하지만 퍽 하는 소리와 함께 정강이가 차이고 그대로 바닥에 주저앉는다.
이어, 옆구리와 등에 연달아 꽂히는 칼날.
퍽 퍽 하는 소리와 함께 눈동자가 커지는 황칠규.

황칠규 어… 어….

쓰러진 남자의 목에서 순식간에 콸콸콸 피가 터져 나오고 숨이 차서 씩씩 대지만 아주 냉정하고 살벌한 눈빛으로 주변을 둘러보는 태오.
지나는 행인도 주변에 설치된 CCTV도 보이질 않는다.
목에서 피를 뿜고 죽어가면서도 도무지 이해할 수 없단 눈길로 태오를 올려다보는 남자.
가소로운 듯 남자를 내려 보는 태오, 아까 남자의 통화 말투를 흉내 내듯

태오 엄마~ 인자 내 죽는다~ 엄마~ 잘 있어라~

남자가 쿨럭 쿨럭 입에서 피를 토하더니 몸을 부르르 떨며 금세 파르르 눈동자가 뒤집어진다.

56. INT. 건물 지하/골목 – NIGHT 〈회상 교차〉

철퍽 데구르르. 지하 계단의 끝으로 굴러 떨어지는 남자의 사체.
계단 위에 서서 잠시 남자를 내려다보더니 다시 돌아나가는 태오.

CUT TO

쓱쓱 주섬주섬 골목에 버려진 종이 박스를 주워 모으는 태오.
그 모습 위로 조 형사의 목소리.

조 형사(VO) 계단에서 타다 남은 종이 박스가 발견….

57. INT. 상가 건물 지하 – DAY

계단 아래에서 시체처럼 드러누운 채 사건 조서를 읽는 조 형사.

조 형사 범행 현장의 증거 인멸을 위해 방화를 시도했던 것으로 추정….

계단에 서서 쓱 위의 천정을 올려다보는 형민.

형민 그런데 실패했지.

58. INT. 건물 지하 – NIGHT 〈회상〉

천정에 노출된 PVC 수도관이 검붉게 타 들어가는 가운데 계단 중간에 서서 검게 그을린 점퍼의 팔꿈치 부분을 털고 있는 태오.

태오 아~ 씨바.

사체를 덮은 종이 박스에서 치솟는 불길. 넘어가는 태오.
이때, 갑자기 퍽 하고 녹아버린 수도관에서 물줄기가 쏟아지자 어 하고 뒤로 무르는 태오.
사체를 태우던 종이 박스들이 피식 피시식 연기를 내며 꺼지기 시작한다.

잠시 당황한 태오. 몸을 돌려 현장을 빠져 나가는 운동화.

형민(VO) 나가다가 찍힌 거네.

59. INT. 건물 지하 - DAY

현장 감식용 사진에 남아 있는 선명한 운동화 자국.

형민 신발 사이즈는 280으로 추정.

사진에 찍힌 손잡이 없는 칼날을 보는 형민.

형민 범행 현장에서 손잡이가 없는 칼날이 발견. 혈흔에서 피해자의 유전자가 검출.

INSERT - 〈회상〉 어두운 아스팔트 바닥을 질질 끌려가는 남자. 깊숙한 옆구리 상처에서 삐져나온 칼날이 툭하고 바닥에 떨어진다.

CUT TO

상가 입구로 나와 잠시 주변을 둘러보더니 불현듯 눈을 감는 형민.
마치 기도라도 하듯 나지막이 뇌까린다.

형민 단서 좀 주소. 그래야 내가 원한을 풀어 줄 거 아이요….

갸우뚱하고 그 모습을 쳐다보는 조 형사.

조 형사 두 갭니다, 단서는.

짜증이 나지만 계속 눈을 감고 있는 형민.
조 형사가 아랑곳 않고 서류를 뒤지며

조 형사 1번은 글마가 신었던 운동화. 2번은 날이 빠진 칼 손잡이.

번쩍 눈을 뜬 형민.

형민 11월27일 04시에서 05시 사이. 일마가 사건 현장에 있었다는 행적, 알리바이가 필요하다.
조 형사 그걸 지 입으로 인정을 하겠습니까? 그 새끼가?

조 형사를 빤히 보는 형민.

60. INT. 교도소 수사 접견실 – DAY

접견실에 들어서는 태오.
여유 만만한 얼굴로 교도관들에게 거들먹거리며 인사를 하더니.
보온병을 손에 든 태오, 특유의 걸음걸이로 유리 부스로 다가오는데 형민이 아니라 조 형사가 우뚝 앉아 있다.
당황한 기색이 역력한 태오.

태오 어?! 형님은?

쓱 팔짱을 끼며 눈을 깔아 쳐다보는 조 형사.

조 형사 골프 치러 갔다 임마. 누가 니 형빨이고? 같이 놀아 주니까 눈에 비는 기 없나?

순간, 눈꼬리가 올라가는 태오.

태오 돌았나?
조 형사 (대뜸) 니는 태생적으로 거지드만…. 어릴 때부터. 니에 대해서 좀 알아 봤다.

태오, 조 형사를 상대할 가치조차 없다는 듯 돌아서 나가는데

조 형사 접견 오는 인간도 하나 없고 돈 한 푼 줄 놈도 없으니까 결국 김 형사한테 구걸한다 아이가. 거지 맹쿠로.

확 돌아선 태오가 살기가 가득한 눈빛으로 조 형사를 노려보며

태오 아~ 참 말 좆같이 하네.

허공에서 두 사람의 눈길이 부딪히고

조 형사 (픽 웃으며) 새끼야. 니 주제에 무슨 일곱이고? 테크닉이 어떻고, 마무리가 어떻고…. 기껏 힘없는 여자 하나를 직이 놓고 그거를 부풀리고 뻥기 치고…. 참 씨바.

점점 끓어오르기 시작하는 태오.
그에 아랑곳 않고 계속 비웃음을 이어가는 조 형사.

조 형사 연쇄 살인마? 사이코 패스? 니 그런 놈 아이야…. 고마 불쌍한 딸 아들 코 묻은 돈이나 빨아 묵은 개 잡범이지.

조 형사 쓱 자리에서 일어서며

조 형사 처음에는 솔직히 재미도 있고 해서 시작했는데… 니가 좆도 아인 새끼라는 거를 알고 나니까 인자 고마 재미가 없어졌단다. 김 형사님이.

보온병을 든 태오의 손이 부들부들 떨린다.

태오 (쓱 눈을 치켜뜨며) 이래 약 올리믄 내가 갈카 줄 거 같나?

속이 들킨 듯 뜨끔해 하는 조 형사.
태오가 수작질을 다 안다는 듯 빙긋이 웃으며

태오 그 정도로 머리를 굴리가 내 상대가 되겠나?

조 형사 그만 무시하듯 떠나며

조 형사 영치금 만원 넣어 놨다. 그걸로 빵이나 사 처 묵고 15년 동안 똥통에다 딸딸이나 많이 치라.

조 형사, 문을 열고 나가버리자 혼자 남은 태오의 얼굴이 실룩거리며

태오 저 씨발 자석이요….

61. INT. 교도소 주차장 – DAY

주차 된 차 안에 우두커니 앉아 있는 형민.
그때, 좀 전의 카리스마는 오간 데 없는 조 형사가 호들갑을 떨며 차에 올라탄다.

조 형사 (가슴을 쓸어내리며) 와, 오우 시파…. 무서워 죽는 줄 알았습니다.
형민 뭐라는데?
조 형사 (태오 흉내 내며) 그 정도로 머리를 굴리가 내 상대가 되겠나?

이때, 울리는 형민의 전화벨이 울린다.

보는 형민.
강태오다.

조 형사 강태옵니까?

형민, 가만히 보다가 끊어 버린다.

형민 버티야지….
조 형사 끝까지 안 열믄요?
형민 어차피 한번은 배팅해야 된다.

아직도 진정이 안 되는지 휴~ 안도의 한숨을 내쉬는 조 형사.
부웅 출발하며 주차장을 빠져나가는 형민의 차 위로

태오(VO) 가나다라마바아사 자차카타파하~ 에헤~~

62. EXT.INT. 버티기 SEQ. 태오 감방/형사과/동창회 - DAY/NIGHT

구석에 각종 법률서적들이 잔뜩 쌓여있고 벽에 볼펜으로 그린 탱화 같은 것이 붙여진 독방의 좁은 공간을 빙글빙글 돌아다니는 태오.
마치 염불을 외우듯 송창식의 노래를 불러대며

태오 으에으에 으어어~ 하고 싶은 말들은 너무너무 많지만~ 이 내 이빨이 너무 너무 짧고~

CUT TO

범인 검거 실적이 하나도 없는 형민과 조 형사의 그래프 막대기.

창문을 통해 안에서 형사과장에게 뭐라고 욕을 먹는 조 형사의 모습.

태오(VO) 일엽편주에 이 마음 띄우고서 어~ 으에으에 으어어~

형사과장의 방을 들여다보던 형민이 쓱 그만 자리를 피한다.

CUT TO

벽에 〈부산 혜광고등학교 35회 동기회〉 현수막이 붙은 횟집.
서로 반갑게 악수하며 술잔을 기울이는 중년 남자들 사이에 앉아있는 형민.
친구들의 화제에 관심 없는 듯 전화기만 만지작거리고 있다.

CUT TO

안경을 쓴 채 독방 창가에 매달려 있는 태오.
안경의 색이 잘 변하지 않는다.

CUT TO

횟집 창밖으로 술에 취한 두 친구가 멱살을 잡고 싸우고 있고 한 친구는 싸움을 말리다 한대 맞고 난리다.
술잔을 기울이며 무심히 보고 있는 형민.
친구 하나가 형민 옆으로 다가 앉으며

친구 절마들 좀 잡아가뿌라. 하 새끼들. 야 난 니가 형사 될 줄은 진짜 몰랐다.
형민 와 저라노?
친구 둘이서 사업하다가 고소했단다. 그래 죽마고우처럼 지내더마는.

씁쓸한 표정으로 술잔을 비우는 형민.

CUT TO

칙 하고 비닐봉지가 뜯어지고 빵을 꺼내 한 입 베어 무는 태오.
혼자 독방 구석에 앉아서 우걱우걱 몇 번 씹다가 이내 퉤퉤 하고 뱉는다.
이미 곰팡이가 피어 있는 빵.
태오가 지겹단 표정으로 변기통에다 던져 버린다.

태오 니기미 씨발 거….

CUT TO

화면 가득 봉봉 박스가 보이고 등이 잔뜩 굽은 오지희 할매 너머로 꾸벅 고개를 숙이며 뛰어나오는 형민.

형민 하이고~ 어무이… 이게 우짠 일입니까?

지나던 형사과장이 힐끗 쳐다보자 할머니를 데리고 휴게실로 향하는 형민의 모습 위로

태오(VO/F) 좀 봅시다.

63, INT. 교도소 수사 접견실 - DAY

다시 화면이 밝아지면 다소 수척해진 모습으로 접견실 의자에 앉아 있는 태오의 모습.
형민이 쓱 볼펜 끝을 수첩에 대고

형민 언제라고?

태오 (태연하게) 4년 전에 2012년.

형민 봄? 여름?

태오 겨울. 추버가 옷을 두껍게 입고 댕깄으니까.

카메라 뒤에서 형민이 하는 꼴을 모른 척 지켜보는 조 형사.

형민 장소는?

태오 대청동에 뮤즈라고… 내 단골인데 그으서 술 묵고 여관 가던 중에.

형민 몇 시?

태오 새벽 네 신가… 다섯 시쯤….

형민 처음 보는 놈이고?

대답 대신 고개를 끄덕이는 태오.

형민 골목은 기억 하겠나?

태오 숙소 가는 길이었다니까. 금강장 모텔. (인상을 쓰며) 진짜 아무것도 안 찾아 봤소?

형민 사체는 우짰노?

태오 태았다니까.

형민 잘 타드나?

태오 처음에는 뭐… 불길이 세가 내 잠바까지 그을렀는데.

형민 그래가 완전히 태았나?

잠시 생각을 하더니 설레설레 고개를 젓는 태오.

태오 아니. 수도관이 터지가… 고마 중간에 나왔지.

형민 (모른 척) 무슨 수도관?

태오 천정에 (좀 귀찮다는 듯) 아~ 가서 함 찾아보소, 고마.

형민 (반 박자 빨리) 칼은 우쨌노?

찔끔하는 조 형사.

태오 (태연하게) 버렸지, 바다에….
형민 어느 바다?
태오 자갈치. 육교 건너 가가.
형민 신발은?
태오 무슨 신발?
형민 니 신발.
태오 내 신발? 그거야… 뭐.

순간, 태오가 멈칫 말을 멈추고 카메라 액정을 보다가 뜨끔 하는 조 형사.
허공에서 눈길이 마주치는 형민과 태오.
한참 동안 형민을 노려보던 태오가 씩 미소를 지으며

형민 와~ 찾아 봤네. 꼴짭구로.

그러자 형민이 주저 없이 서류철에서 꺼낸 운동화 족적이 찍힌 사진을 내밀며

형민 어쨌어? 이 운동화.

사진을 한번 힐끗 보더니 눈썹이 올라가며 쓱 자세를 고쳐 앉는 태오.
딴청을 피우듯 손으로 바지의 무릎을 툭툭 털며

태오 잘 함 찾아보소. 인자 형님이 이길라믄 그 칼 손잡이캉 운동화만 찾으믄 되네. (카메라를 보며) 유도심문과 협박에 의한 자백은 증거로 인정될 수가 없으이까네.

조 형사가 얼른 정지 버튼을 눌러 버리자 팍 하고 꺼지는 카메라.

64. EXT. 자갈치 앞 바다/구청 앞 – DAY

풍덩 풍덩 바닷물로 들어가는 잠수부들.
갈매기들이 끼룩거리는 자갈치 부두에 서 있는 형민.
나이가 지긋한 배불뚝이 잠수부 대장.
해녀들이 입는 검은 잠수복에 오리발을 끼고
철벅철벅 형민에게 다가온다.

잠수대장 얼마 정도라고?
형민 (손가락으로 가늠하며) 8센치. 날은 없고 손잡이만.

잠수대장이 이마에 주름을 만든 채 눈앞에 펼쳐진 바다를 바라보며

잠수대장 8센치. 나무나 플라스틱이믄 금속 탐지도 안 되겠네.
형민 그래도 좀 잘 디비 보소. 검사한테는 최선을 다 한 거로 보이야지.
잠수대장 그래. 알았다.

얼굴이 찌그러지며 고글을 쓰는 잠수대장.
이때, 띠리릭 울리는 형민의 핸드폰.

CUT TO

구청에서 핸드폰 통화를 하며 걸어 나오는 조 형사.

조 형사 구청서 나오는 길인데… 간판은 바꼈는데 그때는 그게 뮤즈라는 주점이 있었답니다. 사장은 그대로고 육교는 2014년도에 철거 됐고요.
형민(VO/F) 그래? 여관은?

조 형사 예. 장기 투숙자라 여관 주인이 글마를 기억하기는 하는데. (아쉬운 듯) 계속 며칠째 안 들어오니까 고마 방을 빼뿌고 글마 소지품도 전부 다 버렸다는데요.

CUT TO

아쉬운 듯 한숨을 쉬는 형민.

형민 그래. 할 수 없지….

핸드폰을 끄고 돌아보면 첨벙첨벙 오리발을 파닥거리며
물속으로 들어가는 잠수부들.

65. INT. 경찰서 형사과 - DAY

진한 화장에 껌을 짝짝 씹으며 앉아있는 40대 초반의 술집 여 사장.
귀를 쫑긋하고 있는 형민과 조 형사를 향해

여 사장 정확히 그 날짠지는 몰라도 (끄덕끄덕) 예…. 가끔씩 와서 혼자 술도 묵고 했습니다.
형민 혹시 신발은 주로 어떤 거 신고 댕겼는지 기억납니까?
여 사장 (웃으며) 하이고~ 그거를 우째 기억합니까? 우리 남편 신고 나간 신발도 모르는데.

서로를 마주보며 아쉬운 표정을 짓는 형민과 조 형사.
그런데 여자가 씩 인상을 쓰더니

여 사장 그란데… 옷은 기억납니다.
형민 (번쩍) 예?

여 사장 잠바가 하도 폼이 나가… 내가 어데서 산 거냐고 물어 봤거던예. 노름해가 땄다든가… 애인이 사줬다 든가… 자랑을 해싸서….
형민 무슨 잠밥니까?
여 사장 무스탕예. 세무.

66. INT.EXT. 무스탕 몽타주 - DAY

골목의 허름한 세탁소에서 허탈한 표정으로 나오는 형민과 조 형사.

조 형사 아, 그란데 그 와중에 수선을 했겠소?
형민 니 같으믄 그냥 버렸겠나? 비싼 무스탕인데.

부평동 일대의 모든 세탁소와 옷 수선 집을 찾아다니는 형민과 조 형사의 몽타주 장면들.

CUT TO

또 다른 수선 집으로 들어가는 형민과 조 형사.
돋보기안경에 팔 토시를 낀 50대 중반의 남자가 끄덕거리며

수선 주인 예. 몇 년 전에 팔꿈치에 구멍 난 무스탕을 가지와가 수선한 적이 있습니다. 그런 수선은 좀 드물어가 어렴풋이 기억이 나네요.

자신도 모르게 목젖이 크게 움직이는 형민.
조 형사가 품속에서 태오의 사진을 꺼내 보여주며

조 형사 혹시 이 사람 맞습니까?

돋보기를 끼고 태오의 사진을 보며 미간을 찌푸리는 주인.

수선 주인 글쎄요. 이래 사진을 봐가는….

고개를 갸우뚱한 주인,
문득 뒤를 돌아 옷을 잔뜩 걸어 둔 곳을 쳐다보며

수선 주인 잠깐…. 도로 잠바를 찾아 간 기억은 없는데….

순간, 눈이 동그래져 서로를 쳐다보는 형민과 조 형사.

67. INT. 검사실 – DAY

다소 초조한 표정으로 검사실에 앉아있는 형민.
맞은편에서 사건 보고서를 읽고 있는 여 검사.

여 검사 자백 영상 기록, 주점 사장의 세무 점퍼에 대한 증언, 수선 집 주인의 점퍼 수선에 대한 증언….

파일 속 점퍼 사진을 보는 여 검사가 다소 회의적인 어투로

여 검사 증거라곤 오래 전에 수선한 이 점퍼 밖에는 없는 셈인데….
형민 그래서 말인데 현장검증을 한번 해 보믄 어떻겠습니까?
여 검사 네?
형민 뭔가 또 다른 증거를 찾아 낼 수도 있을 거 같아서요. 딱 하루 아니, 반나절만이라도 허락 좀 해 주이소.
여 검사 혹시 또 돈 주기로 했습니까?
형민 아니요. 그런 말 한 적 없습니다.

여 검사가 잘 이해가 안 간다는 듯

여 검사 설사 그 인간이 동의한다 쳐도 조금이라도 자신한테 불리한 상황이 되면 언제든 그만 둔다고 할 테고. 그럼 우리는 더 이상 진행시킬 아무런 법적 권한이 없어요.

잠시, 고개를 숙인 채 가만히 책상 위의 다이어리를 보던 형민.

형민 인자 13년 남았습니다.
여 검사 (미간에 주름) 네?
형민 제 정년퇴임까지요.

여 검사가 무슨 소린가 쳐다보고

형민 그라고 2년 있다가 글마가 출소하믄 또 사람을 직일 겁니다. 그때는 제가 더 이상 형사가 아닐 거고요.

물끄러미 형민을 쳐다보는 여 검사.
형민이 쓱 손바닥으로 마른세수를 하더니 담담하게 말을 잇는 형민.

형민 집에 키우던 강아지 하나를 잊아뿌도 울고불고 찾아 댕기는데… 글마 손에 죽은 또 다른 사람 하나가 이 세상 누구한테도 아무런 관심을 못 받고 어데서 구더기 밥이 되고 있다는 상상을 해 보니까… 아, 이거 명색이 경찰인 내가 진짜 좀 쪽 팔리는 거 아이가. 마… 그런 생각이 들어서 이라는 겁니다.

두 사람 사이에 잠시 흐르는 침묵.
잠시 고민에 빠져 있던 여 검사가

여 검사 만약 형사님 생각이 끝까지 틀리면요?
형민 그라믄 차라리 다행이지요.
여 검사 뭐가요?

형민 고마 세상에서 저 혼자만 바보 되믄 그만 아입니까?

68. INT. 교도소 수사 접견실 - DAY

담담한 얼굴로 태오와 마주앉은 형민.
앞에 앉은 태오가 알이 굵은 염주를 자신의 손목에 끼워 넣으며

태오 (시큰둥) 그거 해가 뭐 하구로?
형민 그냥 뭐… 증거 찾는데 좀 도움이라도 될까 해서….

엄지손가락으로 염주 알을 굴리며 곰곰이 뭔가를 생각하던 태오.
그러다 마치 큰 선심이라도 쓰듯이 고개를 끄덕이며

태오 그라지 뭐. 검사님도 참 예쁜데….
형민 약속 했제?
태오 (답답하다는 듯) 형님. 분명히 충고하는데 그런 거 해 봐야 내 몬 이기요. 증거, 증거! 나올 증거가 없다니까.
형민 (자리에서 일어서며) 나중에 마음 바뀌지 말고.
태오 어? 각서 써야지?
형민 무슨 각서?
태오 일단 착수금 오백 넣고, 플라스 다달이 영치금도 이백 씩. 그라고 한 달에 두 번은 면회 와가 동생 애로사항도 좀 단디 챙기준다고….

물끄러미 태오를 바라보던 형민.
잠시 갈등을 하다가 도로 자리에 앉아 펜을 든다.
형민이 A4지에다 각서를 쓰기 시작하는 모습을 보며 빙긋이 웃는 태오.

태오 맨날 이래 사건은 하나도 못 풀고 돈이나 바쳐 가면서 단서나 구걸하고 댕기고. 행님 아이큐 100 안되지요?

잠시 태오를 노려보던 형민.
입술을 꾹 다문 채 종이 위에 각서를 갈겨쓴다.

69. EXT. 부평동 골목 - DAY

부평동 현장의 골목.
형민과 검사를 비롯한 사람들이 기다리는 곳으로 달려와 멈추는 호송 봉고.
마치 무슨 행사의 주빈이라도 된 듯 포승줄에 묶인 채 거들먹거리며 내리는 태오.
여 검사와 눈이 마주치자 비릿한 미소를 띠우며 꾸부정 인사를 한다.

CUT TO

검사와 검찰 수사관 그리고 참가한 순경들이 지켜보는 가운데 지난번 조형사와 확인했던 살해 장소와는 다른 곳으로 마네킹을 가져가는 형민.

형민 자 일단 시작은 여기서부터 합시다.

그러자 고개를 갸우뚱 하는 태오.

태오 욘데, 와 그게요?

형민이 잘 모르겠다는 듯 사건 조사서를 뒤적이며

형민 여기 조사서에는 전봇대 맞은편에서 비산된 혈흔이 발견됐다고 적혀가….
태오 하 참. 요게라니까! 마네킹 들고 일로 오소.

형민의 눈이 쓱 여 검사와 마주치고 어쩔 수 없이 마네킹을 들고 태오가 향하는 곳으로 따라가는 형민.

그 모습을 조용히 지켜보는 여 검사.

CUT TO

조잡하게 생긴 마네킹을 잡고 청 테이프가 감긴 칼로 상황을 재연하는 태오.

태오 처음에 이래 어깨를 잡고 일단 목에 한방 주니까….

덜렁거리는 마네킹 팔을 자신의 목에 대충 얹으며

태오 임마가 내 멱살을 잡아서….

목에 올린 팔이 툭 떨어지고

태오 내가 다시 밀면서 허벅지를 주 차가….

그만 옆으로 푹 쓰러지는 마네킹.
수갑을 찬 태오가 그만 짜증이 난 듯

태오 아 이거 (형민을 향해) 진짜 사람이 하믄 안 돼요?

쓱 다시 여 검사를 향해 보란 듯 으쓱대는 태오.
형민이 근처에 서 있던 좀 어벙하게 생긴 의경 하나를 쳐다본다.

CUT TO

목에다 찢어진 박스 종이에 피해자라고 써진 푯말을 건 의경.
잔뜩 쫄은 얼굴로 누워 태오의 손에 머리카락이 잡혀 있다.

마치 모두의 시선을 즐기기라도 하듯 플라스틱 칼로 의경의 목과 옆구리 등을 찍으며 입으로 파 파 하고 효과음까지 내는 태오.

CUT TO

모두들 뒤에서 지켜보고 있는 가운데 지하계단 앞에서 선 태오.
의경을 밀치며.

태오 굴러라!

눈치 보며 버티는 의경.
마네킹을 든 조 형사.

조 형사 나와 봐.

마네킹을 계단 아래로 굴리는 조 형사.
계단을 굴러 팍 부서지는 마네킹.
낄낄대며 웃으며 계단을 내려가는 태오.
그 모습을 지켜보던 형민과 여 검사의 시선이 다시 마주친다.

70. EXT. 자갈치 부둣가 – DAY

부두의 인부들 몇 사람이 폴리스라인 밖에서 구경을 하는 가운데 조그만 고무보트가 떠있고 의경 하나가 칼 손잡이 버린 곳이라 적힌 팻말을 들고 있다.
그걸 보고 있던 태오 그만 픽 웃어버리며

태오 에이 참. 그으가 아이라니까~

태오가 고개를 젓더니 턱으로 저 멀리 옆쪽을 가리키며

태오 백 미터쯤 더 옆으로 가야지. 왼쪽으로.

그러자 고무보트를 타고 있던 경찰들 웅성이며 열심히 노를 저어 보지만 제자리만 빙글빙글 돈다.

태오 아니, 더 왼쪽….

우왕좌왕하는 고무보트를 보며 낄낄대며 좋아하는 태오.
고개를 돌려 형민을 빤히 보다가

태오 형님, 선물 하나 더 주까요?

71. EXT. 부두의 후미진 곳 – DAY

부두의 한쪽에서 멈춘 봉고와 차들에서 내리는 사람들.
형민이 쓱 주위를 둘러보더니 태오를 향해

형민 니가 앞장서라. 우리는 모른다 아이가?

CUT TO

수갑을 차고 성큼성큼 앞장서서 걸어가는 태오.
그 뒤로 마치 태오의 부하들이 된 것처럼 졸졸 따라가는 형민과 경찰들.
그 모습을 지켜보던 여 검사의 표정이 점점 묘해진다.

CUT TO

옷가지와 신발을 들고 부두의 한 구석으로 향하는 태오.
바닥에 툭 놓더니 불을 붙이는 시늉을 해 보인다.
그리곤 여유 있는 표정으로 쓱 한번 주위를 둘러보며

태오 그때는 저게 매점이 있었는데… 인자 없네.

태오가 탁 트인 바다를 향해 크게 숨을 들이마시며

태오 흐으으음~ 하아~ 이 공기, 아~ 좋~네. 흐으으음~ 하~

물끄러미 태오가 하는 짓을 보고 있던 여 검사.
슬며시 형민에게 다가와 나지막이 입을 연다.

여 검사 저 놈 신발 사이즈가 몇입니까?

그제야, 안도의 눈빛이 되는 형민.

72. INT. 법정 - DAY

사람들로 가득 찬 법정이 보이고 그 위로 자막, 〈2017년 10월 20일〉
검사와 변호사, 조 형사 그리고 마지막으로 각각 보이는 태오와 형민의 얼굴.
곧이어, 재판관이 걸어 나오자 모두가 우르르 기립한다.

CUT TO

법정에 설치된 스크린 화면.
지난번 형민과 면회하던 태오의 모습.

태오(F) 처음에는 뭐 불길이 세가 내 잠바까지 그을렀는데….

목소리만 들리는 형민.

형민(VO/F) 그래가 완전히 태았나?
태오(F) 아니, 수도관이 터지가… 고마 중간에 나왔지.

화면에서 눈길을 돌려 현장에서 찍힌 족적 사진을 보는 재판관.
그 아래에 태오가 감방에서 신는 신발 사이즈가 280이라고 적혀있다.

CUT TO

증인석에 서 있는 술집 여 사장에게 질문을 하는 여 검사.

여 검사 그날 새벽, 강태오가 대략 몇 시쯤 나갔는지 기억나십니까?
여 사장 12시쯤 들어 와가 새벽 4시쯤…. 술은 양주 두 병 정도 마셨던 거 같고….
여 검사 양주 두 병. 그 술을 강태오 혼자서 다 마신 겁니까?
여 사장 어데예? 저도 같이 몇 잔 하고….
여 검사 당시 강태오가 입고 있던 무스탕 점퍼를 기억하신다고요?
여 사장 예. 그때 형사님한테 다 말씀 드렸습니다.

턱을 치켜든 채 여 사장을 노려보는 태오.

CUT TO

입술이 바싹 마른 옷 수선 집 주인.
일부러 피고인석을 쳐다보지 않으며

수선 주인 예. 뭐 그 사람이 맞는 거 같기도 하고. 또 우째 보믄 아인 거 같기도 하고. (난처한) 솔직히 제 입장이라 카는 기… 좀 그렇습니다.

시큰둥한 표정의 재판관.
다소 난감한 표정이 되는 형민과 여 검사.

CUT TO

증인석에 선 형민에게 질문을 하는 여 검사.

여 검사 피고인을 처음 어떻게 알게 된 겁니까?
형민 제가 마수대에 있을 때 알던 심정봉이라는 사람 소개로 처음 봤습니다.
여 검사 처음 만나서 주로 어떤 얘기를 나눴습니까?
형민 누가 시켜서 자기가 10년 전에 검은 봉지에 든 사람 사체를 묻었다고 해서. 그러면 누가 시킨 거냐, 이야기를 해 봐라 하니까… 그때 저한테 돈을 달라고 했습니다.
여 검사 그럼 구체적인 범행을 밝히기 전에 피고인이 먼저 돈을 요구한 겁니까?
형민 예, 그거는 같이 있던 심정봉이한테 확인하셔도 됩니다.

CUT TO

피고인석에 나름 공손한 태도로 서 있는 태오.
그런 태오에게 질문을 하는 변호사.

변호사 피고인은 검찰 조사에서 '내가 먼저 전화한 사실은 있지만 그 다음부터는 김형민 형사 스스로가 계속 수사 접견 왔다'고 했는데, 그게 사실입니까?

태오 예. 사실입니다.
변호사 김형민 형사가 먼저 '내가 조만간 마약수사대 근무를 끝내고 경찰서로 전출을 갈 것 같으니 다른 형사들에게는 일체 다른 사건들에 대해 말하지 말고 나한테만 협조를 하면 내가 영치금 등 최대한 피고인의 옥바라지를 해 주겠다'고 한 것이 사실인가요?

태오 예, 전부 사실입니다.

변호사 이 과정에서 김형민 형사가 내가 수사를 하려면 수사단서가 필요하니 먼저 진술서를 작성하라고 요청한 적이 있습니까?

태오 예, 그랬습니다.

변호사 그런데 그 진술서는 단순 메모에 불과하며 공문서의 효력이 전혀 없다는 사실을 피고인 스스로도 잘 알고 있었습니까?

태오 아니요. 전혀 몰랐고 (순진한 표정) 아, 내가 이런 거를 써도 되나 그런 생각을 하면서 썼습니다.

정말이지 같잖다는 표정으로 태오를 쳐다보는 형민.

CUT TO

다시 증인석에 선 형민.
쓱 한번 형민을 쳐다보며 질문을 시작하는 변호사.

변호사 김형준이라는 사람으로부터 피고인에게 세 차례에 걸쳐 영치금이 총 천만 원이 들어온 사실이 있는데, 이 김형준이라는 사람이 누굽니까?

형민 제 친형님입니다.

변호사 그러면, 친형이 평소 피고인을 잘 알아서 돈을 넣은 겁니까? 아니면 증인이 준 돈을 대신 형님이 넣어준 겁니까?

형민 제가 좀 빌려 달라고 해서… 그렇게 넣어 준 겁니다.

변호사 그 외에도 증인은 강태오가 현장검증에 응해주면 매달 200만 원의 영치금을 약속한 각서를 써 준 사실도 있지요?

형민 예, 있습니다.

살짝 입술을 깨무는 여 검사.

변호사 왜 그랬습니까?
형민 솔직히 검사님이 좀 확신이 없으신 거 같아가 현장검증이라도 해서 강태오가 하는 꼴을 직접 보시면 사건을 기소해 줄 거 같아서 그랬습니다.

가볍게 한숨을 쉬는 여 검사.

변호사 굳이 그렇게까지 무리해 가면서 기소할 필요가 있었습니까?
형민 제가 딴 부서로 발령이 날 거 같아서 시간이 별로 없었습니다.
변호사 왜 다른 부서로 발령을 내죠? 열심히 일하고 있는 사람을?
형민 그야 내가 새로운 범인은 안 잡고 자꾸 하지 말라는 사건에만 매달리니까 그렇지요.
변호사 그건 그렇다 치고. 경찰관으로서 국가 일을 하는데 떳떳하게 경찰에서 직접 돈을 받아서 쓸 수는 없었습니까?
형민 안 해 주지요. 하지 말라는 사건인데….
변호사 그럼 전부 개인 돈을 써야만 한다는 겁니까?
형민 그나마 저는 형편이 되니까 그냥 그렇게 한 겁니다.
변호사 그냥 그렇게 한 거다. 그것도 천만 원씩이나?
형민 (훅 한숨을 쉬며) 그러니까 제가 미친놈이죠.

그만 킥 하고 웃음을 터트리는 조 형사.

변호사 증인은 여러 차례 피고인에게 필요한 물건들을 넣어준 사실이 있지요?
형민 예.
변호사 주로 어떤 것들입니까?
형민 옷, 안경, 염주… 그런 겁니다.
변호사 자백을 요구하는 영치금 또 그런 사물들의 반입이 다 불법인 건 아시죠?
형민 (슬슬 핏대가 서는 형민) 아니이, 지금 그런 기 뭐가 중요합니까? 나는 일단 형사고, 또 이런 사건은 설사 내가 옷을 벗더라도 한번 해볼 만한 사건 아닙니까? 그래서 내가 모든 걸 다 줘도 형사로서는 밝힐 건 밝혀야 되고, 또 지가 여러 명을 토막 내가 죽였다고 하는데 세상에 어느 형사가 가만있겠어요?
변호사 알겠습니다. 피고인은 증인과 함께 거짓말 탐지기 조사라도 받고 싶은 심정이라고 하는데, 증인은 피고인과 함께 거짓말 탐지기 조사에 응할 용의가 있습니까?

자신도 모르게 팍 태오를 쳐다보는 형민.

형민 지랄하네 새끼.

놀란 재판관이 눈이 동그래지고

형민 좋다! 언제든지 하자, 새끼야!
판사 증인, 말이 너무 거칩니다. 자, 마지막으로 할 말이 있으면 하세요.

잠시 성질을 누르느라 허공을 쳐다보는 형민.
자신도 모르게 목젖이 크게 움직이고는

형민 죽은 피해자 입장에서 한번 상상을 해 보십시오. 살해를 당한 사람은 딱 한 번 칼에 찔려 죽은 기 아이라… 여러 번, 여러 군데가 찔려서 죽었습니다. 처음 목에 맞아서 큰 혈관이 터지는 바람에 자기 목에서 벌건 피가 솟구쳐 나오는 거를 자기 눈으로도 다 봤을 겁니다.

후 하고 한 숨을 뒤는 조 형사.

형민 자기를 찌르는 범인의 얼굴이 보이고 또 다시 칼이 자기 살을 찢고 들어가는 소리까지 다 들어야 되는 그런 상황에서 마지막 죽음을 맞이하는 바로 그 순간까지도 얼마나 끔찍하고 공포스러웠겠습니까?

게슴츠레 눈을 뜨고 형민을 노려보는 태오.

형민 여태껏 일선 형사로서의 제 경험상, 한번 피 맛을 본 범죄자는 절대로 못 멈춥니다. 강태오가 감방에서 15년을 살고 나와 봐야 인자 오십인데 아직 사람을 죽일 힘이 충분히 남아 있습니다.

형민의 얼굴로 점점 카메라가 가까이 들어가며

형민 저는 강태오가 절대로 다시 사회로 나오면 안 된다고 생각합니다. 그래서 돈도 주고 경찰에서 짤릴 각오까지 하면서 수사를 했던 겁니다.

CUT TO

쥐 죽은 듯이 조용한 법정 안.
긴장한 얼굴로 앉아있는 형민과 태오의 모습이 보이고 곧이어 마이크를 가까이 가져가는 판사.

판사 판결합니다.

자신도 모르게 몸이 움찔하는 형민.
손에 든 판결문을 읽어 내려가기 시작하는 판사.

판사 검찰의 기소내용과 달리 피고인 강태오는 자신의 범행을 일체 부인하고 있으며, 이 사건 범행에 대한 목격자도 없어 살해방법을 특정할 수 없다.

법원의 속기사가 열심히 손가락을 움직이고

판사 또한 합리적인 증거로 인정하기에 합당한 자백진술이 존재하지 않는 이상, 검사가 제출한 부수적인 증거물이나 정황증거들만으로는 공소사실을 유죄로 인정하기 부족하다.

표정 관리가 힘들어지는 여 검사.

판사 따라서 본 법정은, 피고인 강태오를 고소한 2012년 부평동 살해사건에 대해서는 무죄를 선고한다.

순간, 방청석에서 우 하는 소리가 터져 나오고 허망한 듯 푹 고개를 숙이는 조 형사.
자리에서 일어나지 못한 채, 얼굴 근육이 마구 씰룩 거리는 형민의 얼굴 위로

형사과장(VO) 고소했다고? 니를…?

73. INT. 형사과장실 - DAY

맨 옆구리를 드러낸 채 기가 찬 얼굴로 형민을 보는 형사과장.

형민 허수진 사건까지 재심 청구하겠답니다.

딱하단 표정의 형사과장이 옆구리에 혈당 주사를 꼽으며

형사과장 하이고 임마야. 그라이까 내가 처음부터 머라 하드노?
형민 그거는 그렇고, 마수대에는 제가 부탁 좀 드렸습니다.
형사과장 와? 다시 받아 준다드나?
형민 아니, 조 형사요. 안 그래도 내 때문에 스크래치 많이 났는데, 고마 그게서 좀 거둬 줬으믄 해서요. 과장님도 힘 좀 써 주이소.
형사과장 그라믄 니는?
형민 징계는 피했는데 발령 통지 받았습니다. 대신 1파출소로.
형사과장 하이고~

74. INT. 마수대 사무실 - DAY

조 형사가 마수대장 앞에 서 있다.

마수대장 니가 발령 받은 자리 형민이가 양보한 거는 알고 있나?
조 형사 예? 몰랐습니다.

표정이 무거워지는 조 형사.

75. EXT. 생곡 현장 - DAY

한참 토목 공사 중인 중장비들을 너머로 모습을 드러내는 형민.
터벅터벅 무거운 발걸음을 옮긴다.
시뻘건 황토의 속살을 드러낸 채 거짓말처럼 사라져 버린 사건 현장.
공사현장 한가운데 갇힌 듯 우뚝 멈춰 선 형민의 모습 위로 투두둑 굵은 빗방울이 떨어지기 시작한다.

76. INT. 교도소 변호인 접견실 - DAY

한껏 거들먹거리며 마주 앉은 변호사에게 입을 여는 태오.

태오 내 분명히 말하는데 이번에 이 재판은 변호사님이나 내가 이긴 기 아이요. (나름 최대한 심각한 표정) 이거는 바로… 법! 응? 바로 이 법이라카는 기… 정의의 편에 서가 불의를 물리친! 일종에 사회적 메카니즘 같은 거. 예?

77. INT. 경찰서 형사과 - NIGHT

아무도 없는 텅 빈 형사과.

수사 자료를 하나하나 챙기고 있는 형민.
생곡현장에서 찍은 골반 뼈 사진을 넣으려다 유심히 바라본다.

형민 도대체 누구요. 당신? 태오가 당신 죽인 거 내가 다 압니다. 억울하지도 않소?

휴우 한숨을 내쉬며 사진을 넣다가 고개를 갸웃한 형민.
서류 속을 뒤적이더니 검시 보고서 사진들 중 하나를 찾아낸다.
찬찬히 두 장의 사진을 비교해보는 형민.

78. INT. 국과수 검시소 - DAY

모니터 사진을 확대해서 보고 있는 검시관과 형민.

검시관 검시할 때는 저희도 못 봤습니다. 옮기는 도중에 빠진 거 같은데요.

흙에 묻힌 골반 뼈 사이의 T자형 플라스틱이 희미하게 보인다.

79. INT. 호텔 뷔페식당 - DAY

조그만 아이 손이 길다란 연필을 잡으면 와 하고 박수를 치는 하객들.
돌이 된 딸을 안은 여 검사가 가족과 함께 돌잡이를 진행 중이다.
남편을 보며 웃던 여 검사가 문득 입구 쪽으로 시선을 돌리면 식장 입구에서 멋쩍은 표정으로 서 있는 형민의 모습.

CUT TO

호텔 구석에 서서 한복을 입고 있는 여 검사와 대화를 나누는 형민.
최대한 짜증을 참는 여 검사.

여 검사 누군지도 모르잖아요? 오지희 할머니하고 유전자가 다르고….

형민이 품속에서 생곡 뼈 사진을 꺼내 보여주며

형민 이거 함 보이소.

형민의 손가락이 빨갛게 동그라미 친 부분을 가리키며

형민 이기… 발굴 현장 사진에는 있는데 검시 사진에는 없습니다.

고개를 갸웃하며 살피는 여 검사.

여 검사 뭐죠? 이게…?
형민 루픕니다. 여성용 피임기구요.

다시 사진을 보는 여 검사. 그 위로

형민(VO) 수색영장 좀 발부해 주십시오.

80. INT. 마수대 사무실 – DAY

뭔가 퍼즐이 맞추어지는 음악이 흐르기 시작하는 가운데 시술자 명단과 산부인과 전화번호부를 놓고 빨간색 펜으로 하나씩 지워나가는 조 형사.

조 형사 (슬쩍 주변 눈치를 보며) 네, 수고하십니다. 거기 수도 산부인과죠?

81. INT. 경찰서 형사과 – DAY

책상 위에 올려진 T자형 루프의 제조사의 산부인과 판매 기록들.

어딘가와 통화를 하고 있는 형민.

형민 아니요. 금속 말고 플라스틱…. (사이) 그거는 몇 년도부터 나온 겁니까?

82. EXT. 영도 산부인과 앞 - DAY

오래된 산부인과 건물을 나서는 조 형사.
한 손에 서류를 든 채 통화를 한다.

조 형사 찾았습니다. 시술자 이름 박미영. 39세….

83. INT. 경찰서 형사과 - DAY

컴퓨터 모니터에 뜨는 〈박미영의 실종발생 보고서〉.
그것을 보며 자신도 모르게 목젖이 크게 움직이는 형민.
벌떡 일어서 나가는 형민.

84. INT. 돼지국밥 집 - DAY

돼지국밥 집에 머리를 맞대고 앉은 두 사람.
종이로 출력된 〈실종 수사보고서〉가 놓여 있고 서류 칸에 박힌 날짜,
〈2006년 9월5일〉

형민 이거 함 봐라. 거의 매일 하루에도 몇 통씩 전화를 하다가 박미영이 실종된 그날부터는 단 한 차례도 통화를 한 사실이 없어.
조 형사 그라믄 이기 태오 번호란 말입니까?
형민 아니. 강숙자….
조 형사 예?

형민 즈그 누나 명의로 된 폰을 썼다. 그게다가 당시에 강태오가 직접 참고인 조사를 받기도 했고.
조 형사 예에? 근데 풀려났다 말입니까?
형민 실종신고로 접수가 된 거니까 조사만 받았겠지. 당시에 사체도 발견된 것도 아니고.
조 형사 아 시파. 그 당시에만 수사를 잘 했어도….

강숙자 명의의 휴대폰 통신 기록을 살펴보고 있는 형민.
통화 기록들 가운데 〈2006년 8월 26일〉의 〈333-3333〉 다음의 통화 기록 중에서 〈김욱철〉라는 이름을 보고 고개를 갸웃하는 형민.

형민 김욱철?

INSERT – 〈회상〉 지난번 차 안에서 형민의 물음에 답하던 정봉.

정봉 김욱철이라고 남포동 설렁탕 아들내미! 노름해가 즈그 가게 다 팔아 묵고…. 와 모릅니까? 글마가 태오를 소개시켜 주드라고예.

85. EXT. 마산 창원 톨게이트 – NIGHT 〈회상〉

〈부산 창원〉 간 고속도로.
담배를 피며 운전을 하는 태오 옆에서 여전히 커다란 생수 병을 통째로 마시고 있는 김욱철.
운전을 하던 태오가 힐끗 옆을 쳐다보며

태오 와 그래 물을 처묵노? 패 쪼우다가 화장실 간다고 지랄하구로.
김욱철 자꾸 묵히는데 우짜노? 갈증이 나가.

이때, 전방 유리 너머로 멀리 경찰들이 검문을 하는 게 보이자

태오 어? 씨바. 내 술 마시가 불은 나올낀데.
김욱철 (화들짝) 뭐? 야, 내는 약 판 거 수배 떴다. 잡히면 좆 된다. 세아라! 세아라!
태오 이게서 우째 세우노? 씨발놈아!

다급해진 김욱철이 그만 차 문을 열고 몸을 던져 밖으로 굴러 떨어지자 당황한 태오 역시 잠시 갈등을 하다가 그만 조수석의 문이 열린 채 차를 갓길에 몰아간다.
그런데 멀리서 그 모습을 본 경찰관 하나가 삑 삑 하고 호루라기를 불며 뛰어온다.
끽. 차를 세운 다음 키를 뽑아 들고 내려 근처의 숲으로 도망치기 시작하는 태오.
쫓아오던 경찰이 삑 삑 호루라기를 불며 서라고 고함치지만 죽어라 숲으로 도망을 치는 태오.

김욱철(VO) 나중에 통화하니까 다시 부산까지 걸어서 왔다드라고예.

86. EXT. 성인 오락실 - NIGHT

오락실 문방들이 실실 형민의 눈치를 살피는 가운데 형민과 정봉 앞에서 큰 생수병을 주둥이에 박은 김욱철.
퀭한 눈으로 물을 벌컥거리는 모습이 영락없이 뽕쟁이를 연상케 한다.
카~ 하고 물을 마신 김욱철이 삐죽 나온 입술을 씰룩거리며

김욱철 어데서 돈이 났는가, 신사임당을 몇 다발 들고 있었어예.
형민 원래 친한 사이가?
김욱철 노름하다가예. 인간적으로는 잘 모릅니다.

옆에 있던 정봉이 괜히 오바를 하며

정봉 욱철아. 아는 거 있으믄 다 말씀 드리라. 이 행님은 진짜 인간 그 자체다.

형민을 향해 씨익 누런 이빨을 드러내는 정봉.

김욱철 완전 열이 채이가 지랄지랄 하더라고예. 잡히믄 직인다 카멘서. 그래서 저도 홧김에 고마 집에 가서 발이나 닦고 자라캤지예.
형민 집? 어느 집?
김욱철 즈그 집. 아니… 즈그 애인 집요.
형민 애인? 박미영?

87. EXT. 영도 산동네 미장원 - NIGHT 〈회상 포함〉

잔뜩 겁에 질린 40대의 미장원 원장이 황급히 달아나고 난장판이 된 미장원에서 손에 부엌칼을 쥔 채 길길이 날뛰는 태오.

태오 니기미 씨발 거. 확 다 죽이 주까. 엉? 고마 일로 온나! 배때지 확 쑤시주께.

그에 못지않은 악다구니를 쓰는 박미영.

박미영 그래! 죽이라! 죽여 봐라 이 미친 새끼야! 인자 내 차까지 다 팔아 묵나!

CUT TO

이제 50대가 된 미장원 원장이 동네 중년 여자의 머리를 말아주며

원장 맨날 그래 싸우는 기 다반사니까 뭐… 그라다가 또 좋아 지내고. 참말로 고마 그날도 그러려니 했지예.
형민 실종신고는 직접 하셨지요?

원장 보름이 넘게 연락도 없어서 내가 신고를 했지요. 그런데 뭐 처음에는 경찰도 찾아오고 하드마는 나중에는 고마 내 몰라라 해뿌고.
형민 강태오하고는 우째 만났는지 아십니까?
원장 (갸우뚱) 처음에 어데… 연산동 나이트에서 만났다 카든가?

INSERT – 〈회상〉 형사과 화이트보드 위에서 적힌 리스트 중 2번 사건을 지우는 형민의 모습 리와인드.

2. 서원택시 할 때 연산동 나이트클럽에서 만난 여성.
살해 후 여기 저기 나누어 버림.

후우 한숨을 내쉬는 형민.

형민 박미영 씨가 원래 부산 사람입니까?
원장 아니예. 고향은 대군데 남편캉 이혼하고 아 하나만 데리고 와가 그때부터 부산 살았다 아입니까.
형민 지금 아는 어데 있습니까?
원장 인자 아 아이지요. 다 컸을 긴데….

88. EXT.INT. 박미영의 집 – NIGHT 〈회상〉

방구석에 쪼그리고 앉아 텔레비전을 보고 있는 어린 최동주.
문밖에서 갈등과 두려움이 섞인 표정으로 통화를 하는 박미영.

박미영 그라믄? 도로 차를 찾았단 말이가? (사이) 드라이브? 무슨 드라이브?

잠시 후, 박미영 미닫이문을 열고 달랑 만 원짜리 한 장을 꺼내 놓으며

박미영 동주야. 배고프면 짜장면 시켜 무으라 알았제?

탁 미닫이문을 닫고 사라지는 박미영.
덩그러니 방바닥에 놓여있는 만 원짜리 한 장.
엄마가 닫은 문을 물끄러미 쳐다보는 어린 최동주.

89. EXT.INT. 달리는 차 안 – NIGHT 〈회상〉

태오가 핸들을 잡고 있는 택시 안.
조수석에 앉은 박미영이 매우 망설이는 듯

박미영 솔직히 당신 좋은 사람인 거야 내가 누구보다 더 잘 알지.
태오 그래서? 인자 좀 풀렸나?
박미영 그래 뭐… 풀리기야 풀렸지. (망설이다) 그거는 그런데….
태오 그런데 머?
박미영 솔직히 인자 동주가 사춘기가 되는 거 같고…. 아무리 고민을 해 봐도 더 이상은 좀 힘들 것 같아가….
태오 뭐가 힘들어?
박미영 자기캉 지내는 기….

힐끗 옆을 돌아보는 태오.
박미영이 굳게 작심을 한 듯

박미영 고마 도로 대구로 갈라고. 아 아버지한테서 자꾸 연락도 와 쌌코…. (눈치를 보며) 당신은 개안…캤나?

잠시 동안, 아무런 대꾸가 없는 태오.
그런 태오를 불안한 눈길로 힐끔거리는 박미영.
여전히 전방만 응시하던 태오가 나지막한 목소리로

태오 그래…해라매.

박미영이 여전히 불안한 눈길로 쳐다보면, 예전에 칼국수 집에서 보였던 태오의 섬뜩한 눈빛이 드러나며

태오 언제 갈라고?

불안한 눈으로 태오를 쳐다보는 박미영의 얼굴 위로 탈탈탈탈 소리가 들려오고.

90. INT. 어딘가의 욕실 - NIGHT 〈회상〉

털털거리며 돌아가는 낡은 탈수기.
시뻘건 핏물이 배수구로 빠져나가는 모습 위로 TV 예능 프로의 웃고 떠드는 소리가 들린다.
덤덤한 얼굴로 주방용 칼과 시뻘건 피가 묻은 욕조를 샤워기로 씻어내는 태오.

91. EXT. 박미영 사체 유기 몽타주 - NIGHT 〈회상〉

덜컹거리며 질질 끌려가는 여행용 캐리어.
〈서원〉 마크가 붙은 택시의 트렁크에 캐리어를 싣는 태오.
곧이어, 프레임을 빠져 나가는 택시.

CUT TO

한밤중에 광안대교를 향해 택시를 몰아가는 태오.
광안대교가 보이는 이기대 갯바위 위에서 여행용 캐리어를 내던지는 태오.
풍덩 하고 검푸른 바다 물속으로 사라지는 검은 색 캐리어.

CUT TO

낙동강 선착장. 검은 비닐 속 발 뒤꿈치를 움켜쥐는 태오의 손.
풍덩 하고 시커먼 바닷물 위에 빠지는 검은 비닐봉지.

CUT TO

파파파팍 흙먼지를 일으키며 생곡 가달 마을 입구에 멈추는 서원 택시.
운전석에서 내려 주변의 인기척을 확인하는 태오.

CUT TO

멀리 무덤이 보이고 깊게 판 구덩이에다 검은 비닐 속에서 뭉클하고 큰 덩어리를 쏟아 넣는 태오.
툭툭툭 삽으로 덮은 흙을 마무리한 다음 비닐봉지에 라이터 기름을 붓더니 확 불을 붙인다.
이마의 땀을 닦더니 주변을 돌아보는 태오의 얼굴이 불빛에 어른거린다.
그 모습 위로 지이이잉 하는 소리가 들려오고.

92. INT. 목재공장 - DAY

지이이잉 톱날이 목재를 잘라나가며 하얀 톱밥이 사방으로 휘날리고.
한쪽 다리가 소아마비인 20대 초반의 남자, 최동주.
얼굴이 붉게 달아 오른 채 계속 나무 선반을 그라인드를 돌리는 최동주.
그 뒤로, 공장 안으로 들어서는 형민.

형민 최동주 씨?

묵묵히 계속 그라인드만 돌리던 최동주.

툭 기계를 멈추더니 쓱 형민을 돌아보는 모습 위로

형민(VO) 와 찾아 볼 생각을 안 했습니까?

슬며시 고개를 들면 눈가에 촉촉히 맺혀있는 눈물.

최동주 사람들이 다 어…엄마가 아…아저씨하고 도망갔다고…. 내 놔두고 도…둘이 도망간 거라고 해가… 그래가… 어어…억수로… 미…미…미버가… 어…엄마가….

표정이 잔뜩 굳은 채 흐느끼는 최동주를 물끄러미 쳐다보는 형민.

93. EXT. 도로/달리는 차 안 – DAY

묵직한 음악이 이어지는 가운데 도로 위를 달리는 형민의 차.
어디론가 묵묵히 핸들을 돌리는 형민.

94. INT. 강숙자의 집 – DAY

1995년 실종된 배들과 선원명단이 적힌 서류가 앞에 놓여있고 마루에서 고개를 숙인 채 미동도 하지 않는 강숙자.
그런 강숙자를 향해 무겁게 입을 여는 형민.

형민 95년 이후 아버지의 승선 기록은 어디에도 없어요. 아버지 강석주 씨는 배 안 탔습니다. 우째 된 겁니까?
강숙자 할 말 없습니다. 고마 가 주이소.
형민 강숙자 씨도 공범 아입니까?

몹시 당황하는 강숙자.

강숙자 무, 무슨 소립니까. 내는 모릅니다. 진짜…. 아입니다, 내는….
형민 이미 공소시효는 다 지나서 법적으로 우째 해 볼라고 찾아온 거는 아입니다.

형민의 말에 극도로 갈등하는 강숙자.
문득 잔뜩 충혈 된 눈으로 허공을 응시한다.

95. EXT. 어린 태오 집 - DAY 〈회상〉

집 마당 수돗가에서 혼자 등목을 하고 있는 어린 태오.
그 위로 자막 〈1995년 여름〉
그때, 고등학생 교복의 강숙자가 마당으로 들어온다.
마루에는 한바탕 싸움이 벌어진 듯 엎어진 밥상과 소주병, 깨진 반찬 그릇들이 나뒹굴고 있다.
수돗물로 정강이에 핏자국을 씻어내다 힐끗 누나를 쳐다보는 중학생 태오.
얼굴에 물음표가 생긴 누나가 태오에게 다가오며

고딩 숙자 아부지는?
태오 배 타러 갔다.

몸에 물기를 닦지도 않은 채 그만 방으로 들어가 버리는 태오.
수돗가에 벗어놓은 피 묻은 태오의 셔츠.

CUT TO

촤악 물을 붓고 빨래판 위에 오르는 셔츠.
빽빽빽 비누칠을 해대는 고딩 강숙자의 손에 힘이 더해질수록 빨래판에서는 거품에 섞인 핏물이 새어 나온다.

두려움에 떨면서도 계속 손을 멈추지 않는 고등학생 강숙자.

CUT TO

얼굴이 붉게 상기된 채 서 있는 형민.
앞에서 고개를 숙이고 앉은 강숙자가 눈물을 훔치며

강숙자 그냥 모른 척 했습니다. 저…저도 차라리 아버지가 없어지기를 바랬으이까…. 내 입만 딱 닫고 살자…. 으흐흑….

흐느끼며 더 이상 말을 잇지 못하는 강숙자.
그 모습을 보며 후우 한숨을 내 쉬는 형민.

INSERT – 〈회상〉 화면 가득 잡히는 글씨의 클로즈업

어릴 때 50대 남성 살해 후 숲속에 유기

96. INT. 교도소 접견실 – DAY

삐리한 얼굴을 한 채 접견실 의자에 앉아 있는 태오.
그의 시선에 교도관과 얘기를 나누는 형민의 모습.
잠시 후, 이야기를 마친 형민이 다가오며 슬쩍 눈이 마주치는 두 사람.

CUT TO

촥 라이터 불이 켜지고 손에 담배를 끼운 채 좀 의아하단 얼굴로 쳐다보는 태오.

형민 모른 척 해 달라 했다.

힐끗 한번 교도관을 쳐다본 태오가 담배를 물자 불을 붙여주는 형민.
빼끔거리는 태오.
가만히 지켜보는 형민.
금세 접견실 안이 연기로 가득 차고.

태오 고소 취하해 달라고 이라는 거믄 다 소용없소. 고마 각서에 쓴 대로 몇 년 잘 이행하믄 그때 가서 함 생각해 보께요.
형민 니 혹시 분노의 게이지라는 말 들어봤나?
태오 (후 연기를 뱉으며) 게이지? 케이스 아이요?
형민 (웃으며) 옛날에 니가 영도에 살던 느그 애인캉 싸웠던 그날. 참 그날이 니한테는 어지간히 재수가 없던 날이었더라.
태오 (눈이 가늘어지며) 무슨 소리요?
형민 도대체 무슨 일이 있었길래 몇 개월 동안 서로 잘 지내던 여자를 직일 정도로 니 분노의 게이지가 그렇게 높았을까. 그 생각을 하면서 그날의 니 행적을 쫓다 보니까 고마 대충 답이 나오데.

점점 안색이 변하는 태오.

형민 창원까지 도박하러 갔다가 불심검문에 걸리서 같이 간 뽕쟁이는 혼자 도망을 치뿌고 니는 한밤중에 고속도로에서 경찰들 눈을 피해가 택시도 못 잡고 부산까지 걸어오는 바람에 고마 열을 있는 대로 받았지.

점점 얼굴이 창백해지는 태오가 일부러 입술을 오므려 연기 도너츠를 만들며

태오 무슨 껌 씹는 소리요?
형민 (아랑곳 않고) 주머니에 돈은 있겠다, 그 전에 니가 속임수를 써가 못 가던 노름방에라도 갈라 했는데 박 사장이 못 오게 하니까 일본도를 들고 찾아 갔다가 오히려 두들기 맞고.

진하게 타 틀어가는 태오의 담뱃불.

형민 그래가 결국 애인 일하는데 갔다가 차를 팔아 묵었다고 오해한 여자랑 대판 싸움도 벌어진 거지.

후 하고 허공에 연기를 뱉는 형민.

형민 뭐, 이쯤 되믄 니 분노의 게이지가 충분히 높아지가 결국 살인을 저지를 수밖에는 없는… 아무튼 그날이 니한테는 억수로 재수 없는 날이었더라고.

쓱 태오를 쳐다보는 형민.

형민 박미영이….

싹 안색이 굳는 태오.

형민 니가 쓴 자술서 2번, 서원택시 할 때 연산동 나이트클럽에서 만난 여자, 내가 생곡에서 찾아 낸 바로 그 골반 뼈의 주인공….

형민의 얼굴에 후우 담배 연기를 뱉어내는 태오.
하지만 아랑곳 않고 계속 말을 잇는 형민.

형민 아들이 힘들게 태어나는 바람에 남편이랑 일찍 이혼하고 영도에서 미장원 일 하면서 살았지.

형민이 쓱 루프 사진을 보여주며

형민 그런데 여자가 더 이상 임신을 안 할라고 몸에 루프 시술을 한 거까지는 말을 안 했는갑데. 그라이까 니가 그냥 배꼽 밑에만 잘라가 버렸겠지.

형민을 노려보며 얼굴이 씰룩 거리는 태오.

태오 땡! (비릿하게 웃으며) 다 틀렸으니까 처음부터 다시 해 보이소.
형민 칼국수 집에서 내를 처음 만난 날, 그날도 니한테는 참 재수가 없는 날이었다. 와 하필 내 같은 형사를 골랐노?

후 하고 깊은 한숨을 쉰 형민의 눈에 짙은 회한이 깃들며

형민 옛날에…. 그 옛날에 느그 누나가 그때 느그 아버지 실종신고만 했었더라도…. 그 다음 사람들은 안 죽었을지도 모르는데. 그자…?

저주와 경멸이 서린 채 형민을 노려보는 태오.

태오 그란데 우짜노 공소시효가 지나도 한참 지났는데. 김 형사가 더 잘 안다 아이가?
형민 사람 마음에는 공소시효라는 거는 없다. 임마!

97. INT.EXT. FINAL MONTAGE - DAY

쥐 죽은 듯 조용한 재판정.
증인석에 서 있는 최동주.
검사와 변호사, 조 형사 등의 얼굴들이 보이다 마지막으로 보이는 형민의 얼굴.
방청석의 사람들까지 모두 숨을 죽이고 지켜보고 있고 피고인석에 앉아 있는 태오가 빤히 동주를 노려보는데

최동주 (손가락을 들어) 저…저 사람 마…맞습니다.

술렁이기 시작하는 재판정. 그 위로

판사(V.O/F) 판결합니다.

CUT TO

맑은 유리 잔 속으로 콜콜콜 따라지는 소주.
그 위로 이어지는 판사의 목소리.

판사(VO/F) 피해자 박미영의 유골에 골절 및 인위적인 절단 흔적이 있는 점 등에 비추어 볼 때….

CUT TO

방청객들이 조용히 지켜보는 가운데 판결문을 읽어 내려가는 판사.

판사 피해자를 살해한 수법 역시 상당히 잔혹했을 것으로 넉넉히 추단된다.

묵묵히 판결 내용을 듣고 있는 형민.

판사 더욱이 피고인 강태오는 수사과정 및 법정에 이르기까지 납득하기 어려운 변소로 일관하면서 전혀 반성하는 모습을 찾아 볼 수 없다.

싸늘한 눈빛으로 판사를 노려보는 태오.

판사 범행 일까지는 피고인과 피해자의 통화 내역이 있는데 그 이후 두절된 점 등을 보면 피해자가 피고인의 전화를 받고 나간 이후 실종된 것에 비추어 피해자의 실종 및 사망은 피고인과 관계가 있는 것으로 봄이 상당하다

CUT TO

달랑 손님이라곤 형민 밖에 없는 밀면 집.
형민이 쭈욱 소주를 들이켜고 안주로 밀면을 한 젓가락 먹는다.

판사(VO/F) 특히 2017년 8월 살인죄, 사체은닉죄로 징역 15년을 선고 받기까지 해 인명을 경시하는 피고인의 성행이 확연히 드러났다.

CUT TO

무심히 고개를 돌리다 태오와 눈이 마주치는 형민.
빤히 형민을 보며 알 수 없는 미소를 보이는 태오.

판사 따라서 피해자에게 평생 참회하고 자신의 잘못을 반성할 시간을 갖도록 함이 상당하기에 본 법정은 피고인 강태오에게 무기징역을 선고한다.

방청석에서 와 하는 소리가 터져 나오고 두 주먹을 불끈 쥐는 조 형사.
감정이 북받쳐 오르는 듯 그만 얼굴이 실룩거리는 형민.
최동주의 두 눈에서 눈물이 주르르 흘러내린다.
여 검사와 진한 악수를 나눈 형민이 고개를 돌리면 교도관들이 태오를 끌고 법정을 빠져 나간다.

CUT TO

파파파팍 카메라 플래시들이 터지는 가운데 법정 복도를 걸어 나오는 형민.
번쩍이는 플래시 속에서 최대한 평정심을 찾으려 애쓰는 형민이 뚜벅 뚜벅 복도를 걸어간다.

CUT TO

밀면 집 벽에 걸려 있는 오지희의 중학교 시절 빛바랜 수영 대회 사진들과 메달들.
그것을 보며 소주 한잔을 쭈욱 들이키는 형민.

98. EXT. 낙동강 풀숲 – 황혼

저 멀리 매직아워의 황혼이 스카이라인을 물들인 낙동강 풀숲.
태오가 오지희를 죽였던 바로 그 장소.
잠시 후, 천천히 미끄러져 들어오는 형민의 차.

CUT TO

길옆으로 나 있는 조그만 뱃길로 어부의 보트가 물살을 가르고 지나며 뭔가 하는 표정으로 형민을 쳐다보는 어부의 검붉은 얼굴.

CUT TO

낙동강 풀 숲 건너 도심이 훤히 보이는 뚝방길 위에 우뚝 선 형민.
손에 든 오지희의 사진을 물끄러미 내려다본다.
그러다 지그시 눈을 감더니 나지막이 혼잣말을 뇌까리는 형민.

형민 어데 있노, 니….

주변을 슥 둘러보는 형민의 모습에서 천천히 카메라가 하늘 위로 뜨는 것과 동시에 묵직한 엔딩 음악이 흘러나온다.

[2018년 현재 살인범 강태오(가명)는 무기징역 및 전자장치 부착 30년 형을 선고받고 복역 중이고, 김형민(가명) 형사는 부산지방 경찰청 미제사건 전담팀에서 근무하며 살인범 강태오(가명)의 여죄를 계속 수사 중이다.]

피의자

수사중
피의자

개봉 : 2018. 12. 5.
출연 : 공효진, 김예원, 김성오 외
감독 : 이권

※ 본 이미지는 시나리오 책자의 표지 이미지입니다.

| 박정희 |

주요 작품

서울예술대학 영화과 중퇴

〈허브〉 연출부

〈도어락〉 각본

시놉시스

원룸에서 혼자 사는 은행 직원 경민.

어느 날부터 그녀는 집 안에 누군가 있는 것 같은 불안함에 시달리게 된다. 나만 혼자 사는 내 집에서 누군가 내 물건을 사용하는 것 같고, 잠들 때 나를 지켜보는 것만 같다. 아침마다 느껴지는 어지럼증까지 그 불안을 더하게 만드는데….

어느 날 밤 직장 상사와 함께 집으로 귀가하던 중 그녀의 상사가 경민의 집에서 살해를 당하는 사건일 발생한다. 이 때문에 경민은 경찰에게 주요 용의자로 의심받게 되고 그녀 주변 사람들 역시 경민을 불신의 시선으로 바라본다.

주변의 시선과 매도 때문에 결국 직장에서도 쫓겨나 혼자 남게 된 경민. 자신의 집이자 살해현장을 떠날 준비를 하던 중 그녀는 침대 밑에서 범인을 잡을 단서를 찾게 되는데….

집필기

■ 감독님과의 만남

글을 쓰고 싶어 5년간 다닌 회사를 그만두고 2년 정도 국립중앙도서관을 다니며 습작생활을 하던 중 우연한 계기로 지금의 도어락 감독인 이권 감독님을 알게 되었고 우린 작은 규모의 학원물을 쓰게 됐다. 동성애 코드가 들어간 학원물이었는데 결과는 아쉬웠지만 함께 작업한 1년 동안 감독님과 난 서로 호흡을 맞출 수 있었다.(시나리오 작업하는 호흡 말이다.)

■ 슬립타이트

"박작~ 혹시 슬립타이트라는 영화 봤어?"

2014년 여름, 이권 감독님이 내게 물었다. 영화사 피어나에서 리메이크 제안이 들어왔고, 완성된 시나리오가 있으나 감독님 맘엔 들지 않아 나를 작가로 붙여 새롭게 바꾸고 싶다는 내용이었다. 며칠 후 감독님과 난 마포의 한 중국집에서 탕수육을 먹으며 맥주로 건배하고 결의를 다졌다. 지금도 이때만 생각하면 가슴이 따뜻해진다.

스페인 영화 슬립타이트는 범죄자 시점에서 벌어지는 주거침입 스릴러다. 크지 않은 공간에서 벌어지는 추격과 관음이 꽤 스릴 있게 펼쳐지는 영화다. 특히 범죄자의 시점에서 형성되는 감정의 증폭이 독특한 매력이었음으로 나와 감독님은 이 점을 키포인트로 두고 글 작업을 시작했다.

■ 관리인 ver.1

"원작의 장점은 최대한 살리되 한국인 정서에 맞게 해주세요."

보통 해외 원작의 리메이크를 할 때 많이 나오는 얘기다. 나는 이 말이 틀린 말도 아니고 맞는 말도 아니라는 걸 나중에 깨달았다. 암튼, 나와 감독님도 이 말을 기준삼아 새롭게 시나리오 작업에 들어갔다. 일주일에 두 번 회의를 하고 그 결과물을 주말에 보내주면 또 다음 주에 만나 고치고 발전시켜 나갔다. 그렇게 4개월의 작업 끝에 나름 만족할 만한 시나리오가 나왔고 우린 그 제목을 '관리인'이라 지었다.

관리인을 선택한 투자사는 어디에도 없었다. 흥미는 있을 줄 모르겠으나 범죄자가 주인공이라는 게 아무래도 위험해 보인다며 다들 정중히 거절한 것이다. 우리 영화의 최대 매력이라 생각했던 것이 거절 이유가 되니 당황스러웠고 한편으론 오기도 생겼다.

"범죄자 시점이 우리 영화의 콘셉트인데…."

■ 관리인 ver.2

그렇게 칭얼댄 후 범죄자 시점을 포기하고 다른 방향을 고민했어야 했거늘 범죄자 시점은 여전히 고수한 채 더 긴장감 있고, 더 가슴 조이는 장면만을 고민하고 추가하고 버무려서 우겨 넣었다. 3개월 동안…. 역시나 관심을 갖는 투자사는 어디에도 없었다. 이 정도 했으면 지난 시절의 과오를 깨닫고 새 인간으로 거듭나야 했거늘, 우린 관리인 ver.3을 향해 달려갔다.

■ 관리인 ver.3

나는 관리인 ver.3을 고시원에서 썼다.

원작의 아파트를 고시원으로 바꿨기 때문에 고시원 생활을 해보지 않은 나로선 꼭 필요한 과정이었다. 캡슐 같은 방 안에서 먹고 자고 하면서 캐릭터를 만들어 갔고 스토리라인을 구성해 갔다. 그러는 와중에 친구도 사귀었는데 경찰공무원을 준비하는 친구들과 자주 어울리며 밥도 먹고 산책도 하고 때론 다른 고시생들을 소개받기도 했다. 그렇게 두 달 동안 노량진에서 생활하면서 내놓은 글에 나와 감독님은 만족감을 아끼지 않으며 회사에 보냈다. 회사는 이제껏 나온 글 중에 최악이라 혹평했다.

■ 넌 시나리오 작가의 재능이 없는 것 같다.

'관리인'이란 제목으로 보낸 시간은 2014년 9월부터 2016년 11월까지였으니 총 1년 4개월을 작업한 셈이었다. 아무런 성과도 나오지 않았으니 그동안 타자연습이나 한 것과 다름 아니었다. 나도 감독님도 지쳐 있었고 영화사 역시 슬슬 주머니에서 백기를 꺼낼 준비를 하고 있었다.

그 당시는 참 추운 겨울이었다. 회사를 그만둔 지 5년이 지나도록 손에 잡히는 건 아무것도 없다는 현실이 제일 추웠다. 이쯤 되니 '나란 인간은 글쓰기 재능은 고사하고 대체 할 줄 아는 게 뭐지?'라는 자괴감이 상당했다. 시나리오 작업의 결과도 그렇고 누군가에게 "넌 시나리오 작가로서의 재능이 없는 것 같다."라는 말까지 들었으니 말이다. 그 말을 듣고 집으로 오는 길은 너무 어두웠고 너무 추웠다.

■ 단절

2016년 12월 한 달은 집에만 있었다. 집 안에 처박혀 멍만 때리고 있었다. 친구의 전화도 받지 않았고 핸드폰 배터리가 방전된 줄 알면서도 일부러 충전하지 않았다. 내 반경은 점점 좁아져 집 안에서도 화장실을 제외하곤 가족들에게 얼굴을 내미는 일이 별로 없었다.

12월 마지막 주에 이르자 다들 연말 분위기에 젖어 있었다. 인터넷을 켜면 모두들 올해의 성과와 내년의 희망을 얘기했다. 그런 야단법석들을 보고 있자니 불현듯 노량진 고시촌에서 만났던 친구들이 생각났다. 각자의 목표를 위해 서로 힘을 불어 주고 파이팅을 아끼지 않았던 친구들. 최선을 다해 공부했으나 냉정한 결과 앞에 좌절하고 주변과의 연락을 차단하고 스스로 고립하는 그들이 떠올랐다. 아마도 나와 다르지 않은 동병상련 때문이었을 거라 생각했다.

난 인터넷 창을 닫고 곰곰이 생각해 봤다. 노량진엔 상당히 많은 고시생들이 살고 있다. 그들은 시험결과에 맞춰 각자의 방에서 밀려나가고 밀려온다. 그들을 밀고 당기는 중력은 합격 불합격이다. 그것은 자연스레 생존과 낙오로 이어지고 나중엔 단절과 소통으로 완성된다. 합격한 자는 소통할 자격이 있는 자로, 불합격한 자는 마땅히 단절되어야 할 자로. 지금의 내 얘기고 우리의 얘기라고 생각했다.

■ 도어락

일주일 동안 방 안에 틀어박혀 도어락 트리트먼트를 썼다. 네 번의 실수는 하고 싶지 않아 주인공을 여자로 바꿨다.

〈그녀는 원룸에 산다. 밤마다 그녀의 집에 침입하는 놈이 있다.〉

도어락은 이 한 줄로 시작했다. 긴장, 스릴 이런 거 다 집어 치우고 주인공 경민에게 내가 처한 현실을 집어넣었다. 사회에서 낙오, 무심코 던지는 말에 받는 상처, 나에게 내리는 자책. 무엇보다 그런 것을 다 받아서 꾸역꾸역 삼켜 스스로를 가두는 고립.

"이걸로 갑시다."

글을 읽은 영화사 피어나의 조병연 대표님은 망설임 없이 오케이 했다. 다른 직원들은 반신반의했으나 대표님은 끌어당기는 뭔가가 있다면서 밀어붙이자고 했다. 그때부터 한 달 동안 영화사에 10시에 출근해 밤 11시에 집에 들어갔다. 명절에도 나왔고 때론 사무실에서 자면서 기간 내에 초고를 완성해 나갔다.

■ 1인

극을 이끌어갈 주인공을 만들면서 가장 오랫동안 고민한 부분은 왜 1인 가구였냐는 점이었다. 단순히 '1인 가구가 많으니 그들의 구미에 맞는 이야기를 써 보자.'라는 이유도 나쁘지 않지만 그보단 조금 더 명확한 이유가 있어야 했다. 그래야 주인공이 살아있는 사람처럼 느껴질 거라 판단됐기 때문이다.

도서관을 들락거리며 1인 가구에 관한 자료와 논문을 찾아 다녔다. 그리고 주변의 혼자 사는 사람들을 만나 술 먹고 술 마시고 술 펐다. 그래서 얻어낸 결론은 '돈'이었다. 충분한 자금을 기반으로 여유를 누리는 1인 가구도 있겠지만, 대부분은 경제력이 충분치 않아 자신만의 공간에서 만족을 찾고 적절한 균형을 유지하며 살고 있었다.

중요한 건 돈을 기반으로 생성된 적절한 균형이었다.
나 혼자 살기에 풍족하지도 부족하지도 않게 적절하게 돈을 번다.
그 돈으로 외롭지도 즐겁지도 않게 적절하게 관계를 맺는다.
그 관계로 거짓도 진심도 아닌 적절하게 포장된 나를 만든다.
그렇게 포장된 나는 어디서나 볼 수 있는 적절하게 평범한 사람이 된다.

도어락의 주인공 경민이 평범한 여주인공이 될 수밖에 없었던 이유였다.

■ 조경민

나는 경민이 물 같은 사람이어야 한다고 생각했다. 그녀만의 개성이나 능력을 줘서 돋보이게 만들고 빛나게 만들어선 안 된다고 생각했다. 자신만의 개성이나 능력을 발휘해 위기를 극복하고 행복한 미래를 만들어가는 사람이 과연 이 세상에 얼마나 될까?(모두가 그런 존재들이라면 마블은 쫄딱 망했을 거다.) 중요한 건 공감과 애정이었다. 관객들이 경민에게 그걸 느껴야 한다고 확신했고 그 방향으로 주인공을 만들어 나갔다. '경민은 나 혼자 사는 연예인이 아니라, 나 혼자 사는 우리다.' 속으로 곱씹고 곱씹으면서 글을 만들어 나갔다.

■ 감사한 시간

한 달에 걸쳐 초고가 나왔고 투자사에 시나리오를 보낸 지 보름 정도 됐을 때 곳곳에서 손을 내밀었다. 그때도 회사에 상주해 있던 나는 실시간으로 피드백을 받고 보충하며 수정에 수정을 거듭하며 다듬어갔다.

얼마 안 있어 캐스팅이 확정됐단 소식을 들었는데 공효진 배우가 경민을 선택했다는 소식에 난, 바짝 말라가는 목이 시원한 물로 쓸어내려가는 걸 느꼈다. 공효진 배우라면 지금의 우리를 공감할 거란 확신이 들었기 때문이다. 정말 옆에서 같이 숨 쉬고 말하는 사람처럼 느껴졌다. 경민이가 진짜 경민이가 된 순간이었다.

배우가 확정되면서 시나리오는 이권 감독님 손으로 넘어갔다. 감독님은 작가라면 알 수 없는 것들을 노련하게 집어내고 수정해서 시나리오를 더욱 탄탄하고 완성도 있게 만들어 주셨다.

■ 가장 중요한 재능

작가로서 재능이 없다는 얘길 들은 후, 난 습관적으로 핸드폰을 켜 '좋은 시나리오 작가가 되려면'이란 검색어를 쳐 그 안에서 나의 해답을 찾으려 애썼다. 꽤 많은 영화인들이 시나리오 작가의 자질에 관해 소중한 인터뷰를 하셨지만 그것들을 읽으면 읽을수록 위로보단 좌절을 많이 느낀 게 사실이었다. 그들이 말한 재능은 내겐 없었다.

그러다 스튜디오 드림캡처의 김미희 대표의 인터뷰에서 작은 실타래 같은 희망을 발견했다.

"자기 이름을 걸고 영화를 만든다면 끝까지 책임지는 자세를 가져야 한다고 생각한다. 끝까지 책임진다는 프로 근성을 가진 작가를 만나고 싶다."

이때부터 난 무조건 내가 쓴 작품은 끝까지 책임지겠단 각오를 다지고 다졌다.

■ 자부심

나는 비단 영화뿐만 아니라 모든 직업군에서 만나는 사람들을 두 종류로 구분한다.

'자신의 일에 우월감을 갖는 사람과 자부심을 갖는 사람'

지금까지 내가 만난 사람들 모두 이 범주 안에서 크게 벗어나지 않았다.

우월감을 갖는 사람은 남에게 쉽게 상처를 준다. 자부심을 갖는 사람은 쉽게 상처받지 않는다. 그래서 사람들은 자부심을 갖는 사람을 곁에 두려고 한다. 좋은 영화는 관객에게 자부심을 느끼게 한다. 두 시간을 투자해 나만의 감동을 발견했다는 자부심 말이다.

내 글에 끝까지 책임지겠단 자부심을 가진 작가가 되고 싶다.

| 나의 개봉 작품 집필기 & 시놉시스 |

개봉 : 2019. 개봉예정
출연 : 정우성, 김향기 외
감독 : 이한

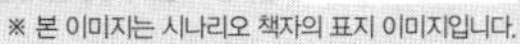
※ 본 이미지는 시나리오 책자의 표지 이미지입니다.

| 문지원 |

2003 하자작업장학교 졸업
2004 독립영화협의회 16mm필름제작워크숍 수료
2005 부산국제영화제 아시아필름아카데미 수료
2012 미국 The New School University 필름제작프로그램 수료

주요 작품

2013 〈나쁜 아이〉 각본 - 서울국제여성영화제 Pitch &Catch 서울여성비전상
2016 〈증인〉 각본 - 롯데시나리오공모대전 대상
2017 단편영화 〈코코코 눈!〉 연출 - 아시아나국제단편영화제 KAFA상

시놉시스

과거에는 민변 소속의 정의를 위해 싸우는 변호사였던 순호. 순호는 우리나라에서 손꼽히는 로펌 리앤리에 소속되어 성공의 가도를 따라 걷고 있다.

어느 날, 순호는 80대 노인 김은택 살인사건의 용의자 오미란의 변호를 맡게 된다. 순호는 유일한 목격자인 자폐아 소녀 지우가 오미란이 범인이라고 증언하고 있고, 재판의 승패는 지우가 증인 자격이 있느냐 없느냐의 판가름에 달려있음을 깨닫는다.

순호는 사건을 위해 지우에게 접근하지만 자폐증을 앓고 있는 지우와의 소통이 쉽지만은 않다. 순호는 지우의 단짝 신혜를 통해 지우가 퀴즈와 퍼즐을 좋아하는 것을 알아내고, 같은 사건을 맡은 마음 좋은 신참 검사 희중의 도움을 받아 지우의 마음을 여는 법을 배워나간다.

그렇게 순호는 지우에게 매일 정해진 시간에 문제를 내며 지우와 특별한 관계를 쌓아나가고, 지우가 소통이 힘들긴 하지만, 보통 사람들에 비해 뛰어난 기억력과 청력을 가지고 있음은 물론 편견과는 달리 구제불능이 아니라 사랑스러운 아이라는 것을 알게 된다.

하지만 순호는 매 재판마다 오미란의 변호를 성공적으로 이끌어내고 로펌에서 총애를 받게 된다. 결국 순호는 재판에서는 지우가 증인 자격이 없는 비정상인임을 증명하지만, 사건의 배후에 리앤리의 음모가 있음을 알게 되는데…. 마지막 재판에 선 순호는 지우의 증언을 재판장에서 증명해내고 사건의 진실을 밝혀낼 수 있을까?

집필기

2014년 초부터 2015년 말까지 나는 천일야화의 셰헤라자데처럼 살았다. 하루에 한 개씩 재미있는 이야기를 지어내 왕에게 들려주었던 그녀처럼, 나도 한 달에 한 개씩 새로운 이야기를 만들어 어느 영화사의 대표님에게 보여주었다. 내가 셰헤라자데와 달랐던 점은 그녀의 이야기는 매번 성공했지만 나의 이야기는 매번 실패했다는 것이다. '주인공이 사이코패스가 저지른 범죄를 해결하는 내용의 스릴러 영화'라는 틀 안에서 나는 내가 생각해낼 수 있는 모든 종류의 이야기를 지어내보았지만, 대표님이 보기에 그것들은 재미가 없거나 의미가 없거나 어디서 본 것 같거나 한국에서 영화화하기 어려운 것들이었다. 내 이야기가 대표님을 설득하지 못했다고 해서 대표님이 나를 사형에 처한 것은 아니었지만, 힘들었다. 재미없는 이야기만 지어내는 죄는 크고 무거웠다.

그러던 어느 날, 〈공감 제로〉라는 책을 읽었다. 정신 병리학 교수이자 심리학자인 사이먼 배런코언이 사이코패스와 자기애성 인격 장애, 아스퍼거 증후군 등을 연구해 인간에게 공감 능력이 없다는 것이 어떤 의미인지를 뇌 과학의 관점으로 풀어낸 책이었다. 〈공감 제로〉는 재미있었다. 게다가 책 속에 선물이 숨어 있었다. '재미없는 이야기를 지어내는 죄'로부터 나를 구해줄 선물.

이러한 사실은 아스퍼거 증후군인 사람들이 사이코패스의 거울상과 같다는 점을 제시한다. 사이코패스는 인지적 공감이 온전하나 정서적 공감이 낮다. 반면 아스퍼거 증후군은 정서적 공감은 온전하나 인지적 공감이 낮다. 결론적으로 아스퍼거 증후군인 사람들은 다른 사람들을 '읽어내기' 위해 고군분투하지만, 그들을 돌볼 수는 있다. 사이코패스들은 다른 사람들을 돌볼 수는 없지만 동시에 그들을 쉽게 '읽을' 수는 있다.

– 〈공감 제로〉 중에서

저 선물 같은 문장들을 읽자 내 머릿속이 바빠졌다. 사이코패스의 뇌와 아스퍼거 증후군의 뇌가 거울처럼 마주보고 있다면, 아스퍼거 증후군의 뇌를 통해서 사이코패스의 뇌를 읽는 것도 가능할 것이다. 그렇다면 사이코패스를 파악하기 위해서 먼저 아스퍼거 증후군을 이해해야 하는 상황을 만들어보면 어떨까?

예를 들어, 사이코패스 범죄자가 저지른 살인의 유일한 목격자가 아스퍼거 증후군이라면?

이 이야기를 들려주자 대표님이 활짝 웃었다.

그 순간이 선명하게 기억난다.

대표님의 첫마디는 "좋은데?"였고, 그 다음에 한 말은 "정말 좋은데?"였다. 좋고 정말 좋은 이야기가 조금씩 형태를 갖추어갔다. 기본 틀은 다음과 같았다. '형사 아저씨와 사이코패스 아줌마 사이에 아스퍼거 증후군 여중생이 끼어 있다.

주인공이 사이코패스를 잡으려면 먼저 아스퍼거 증후군과 소통하는 법을 배워야 한다.'

여기에 장르를 바꿔보자는 대표님의 의견이 추가되었다. 이 이야기를 스릴러로 풀면 주요 인물들 사이에 물리적인 힘의 대결이 펼쳐질 때마다 신체적으로 약자인 아스퍼거 증후군 여중생이 병풍 내지는 짐짝이 될 수 있다. 소통하기 쉽지 않은 사람을 이해하려고 천천히 노력한다는 설정 역시 긴박하게 범인을 잡아야 하는 스릴러의 속도감과 맞지 않는다. 이러한 판단들이 더해져, 이 이야기의 장르는 스릴러 대신 법정 드라마가 되었다.

'아스퍼거 증후군이 나오는 법정 드라마'를 쓰기 위해서는 많은 양의 자료 조사가 필요했다. '법정 드라마' 쪽은 그래도 조금 덜 막막했다.

참고할 만한 법정 영화와 드라마가 많았고, 실제 재판에도 가볼 수 있었으며, 무엇보다 가까운 친구가 변호사였다. 반면 '아스퍼거 증후군'과 그 상위 개념이라 할 수 있는 '자폐증'은 다가가기가 어려웠다.

구상 초기 단계라 실제 자폐인들을 만나볼 수는 없었으므로, 우선 도서관에 가서 자폐 관련 자료들을 살펴보았다. 이를 통해 알게 된 사실은 자폐증은 '자폐 스펙트럼 장애'라 불릴 정도로 그 증상이 다양하다는 것이다. 내게는 이것이 오히려 더 조심스러웠다.

귀에 걸면 귀걸이 코에 걸면 코걸이 식으로 자폐증의 여러 증상 중 나한테 필요한 것만 쏙쏙 뽑아내 짜깁기 하듯 인물을 만들고 싶지는 않았다. 나는 '임지우'라는 이름을 가진 이 여중생이 이야기의 필요에 의해 조합된 캐릭터가 아니라, 어떻게든 진심으로 이해해보고 싶을 만큼 흥미로운 사람이 되었으면 했다.

아스퍼거 증후군 자녀를 둔 한 어머니가 직접 쓴 책에서 했던 말처럼 말이다.

종종 우리는 아이의 '문제'에만 집중한다. 아이 자체가 아니라 '자폐증'만 본다. 아이의 행동이 아니라 아이 자체를 보자. 한 걸음 뒤로 물러서서 아이가 얼마나 사랑스러운지 알아보자. 모든 행동을 부정적으로 해석하기보다는 개성으로 인정하라. 아이의 목소리, 버릇, 아이가 말하는 방식의 아름다움을 알아보고 미소를 지어주어라.

– 〈아스퍼거 패밀리가 사는 법〉 중에서

이때가 2015년 초였던 것 같다.

영감이 찾아오고 자료 조사를 시작하며 잠깐 즐거웠던 시간은 거기까지였다. 이야기의 세부를 구체적으로 만들기 시작하면서 나는 다시 늪에 빠진 셰헤라자데가 되었다.

이렇게도 해보고 저렇게도 해보았지만 이래서 안 되고 저래서 안 된다는 대답만이 돌아왔다. 재미없는 이야기만 지어내는 일에 지쳐, 나는 결국 작업을 포기했다. 2년간 러닝메이트가 되어주신 대표님에게 기대에 부응하지 못해 죄송하다고 인사한 뒤 영화사를 떠났다. 한동안 그냥 멍하게 지냈다. 법정 영화 따위 꼴도 보기 싫었다.

그러던 어느 날, 모든 게 너무 아깝다는 생각이 들었다. 이렇게 될 줄 모르고 지나치게 열심히 했다. 자료 조사도 뭘 그렇게까지 많이 했나 싶었다. 억울했다. 마침 롯데 시나리오 공모대전 제출 마감이 석 달 후였다. 내가 만드는 이야기가 진짜로 그렇게 재미없는지, 롯데한테든 누구한테든 한번 물어보기나 하자는 생각이 들었다.

2016년 여름은 정말 더웠다. 당시 살던 망원동 집에는 에어컨이 없었다. 목에는 얼린 수건을 두르고 발은 얼음물에 담근 채, 나는 또 다시 셰헤라자데가 되어 밤마다 시나리오를 썼다.

이야기를 들어주는 왕이 없으니 내가 나를 의심했다. '어차피 이 이야기는 재미도 없고 의미도 없고 어디서 본 것 같은데다 한국에서 영화화하기 어려운 것일 거야.' '이 사건은 이래서 안 되고 저 사건은 저래서 안 되겠지.' 그나마 다행이었던 건 제출 기한까지 남은 시간이 너무 없어서 그런 생각들이 떠올라도 잠시 멈춰 돌아볼 수가 없었다.

무조건 쓰면서 앞으로 나가야했다. 결국 마감 직전까지 자간 수정을 하느라 퇴고 한번을 제대로 못한 채, 나는 간신히 시나리오를 완성해 출품했다. '살인 용의자의 변호를 맡게 된 변호사가 사건의 유일한 목격자인 자폐아 소녀를 만나며 벌어지는 이야기를 그린 휴먼 법정 드라마'로, 제목은 〈증인〉이라고 붙였다.

출품 후 나는 몸살이 심하게 났다. 가을이 되어 체력을 회복했을 때

쯤엔 이상한 꿈을 꾸기 시작했다.

친구들과 함께 탄 기차가 테러리스트에 의해 연쇄적으로 폭발했다. 나를 향해 불길이 다가오는 걸 보면서 '죽기 직전인데 의외로 아무렇지도 않네.'라고 생각했던 기억이 난다. 또 다른 꿈에서는 김혜자 배우님과 내가 스파이로서 비밀 작전을 수행 중이었는데 결국 실패했다. 자폭하는 심정으로 숨겨둔 기관총을 꺼내 적들을 향해 겨누면서 '나라를 위해 애쓰다 죽는 거니까 괜찮아.'라고 스스로를 위로했었다. 내가 꿈속에서 연이어 폭탄에 터져 죽고 총에 맞아 죽는 동안, 우리 엄마는 국무총리의 아내가 되는 꿈(어…엄마…?)을 꾸었다고 했고, 내 친구는 〈증인〉의 남녀 주인공들이 부잣집에 입양되어 금관악기를 선물 받는 꿈을 꾸었다고 했다.

그러던 어느 날, (부잣집) 롯데 엔터테인먼트로부터 전화가 왔다. 담담한 목소리의 직원분이 "대상 관련해서 전화 드렸는데요."하며 내 인적 사항을 몇 가지 확인하고 끊었다. 그 뒤로 한동안 연락이 없어서, 나는 "대상 관련해서"라는 말에 다른 의미가 있을 가능성과 내가 장난 전화나 몰래 카메라의 주인공이 될 확률에 대해 진지하게 생각해보았다. 다행히 그런 슬픈 일들은 일어나지 않았고, 〈증인〉은 2016년 제5회 롯데 시나리오 공모대전의 대상 수상작이 되었다.

그 후로 2년이 흐른 지금, 〈증인〉은 이한 감독님이 연출하고 정우성 배우님과 김향기 배우님이 주연한 영화로 만들어져 2019년 개봉을 기다리고 있다.

2014년 한 줄의 아이디어로 시작했던 이야기가 2016년엔 한 권의 시나리오가 되어 세상에 나가더니, 이제는 한 편의 영화로 태어나 새로운 삶을 시작하려고 한다. 돌아보면, 재미없는 이야기 밖에 지어낼

줄 모르는 죄인이어도 포기하지 않아서 다행이다.

구리면 구린 대로 별로면 별로인 대로 끝까지 가보아서 다행이다. 앞으로도 그래야지, 다짐한다. 나는 여전히 재미도 없고 의미도 없고 어디서 본 것 같은 데다 한국에서 영화화하기 어려운 이야기들만 잔뜩 지어내겠지만 혹시 또 모른다. 포기하지 않고 끝까지 가보면 선물처럼 반짝이는 영감이 다시 찾아올지도 모른다. 제대로 다뤄보고 싶은 흥미로운 캐릭터를 또 만날지도 모른다. 꿈같이 즐거운 영화를 만들어낼 수 있을지도 모른다.

| 나의 개봉 작품 집필기 & 시놉시스 |

개봉 : 2019. 개봉예정
출연 : 김이송, 이린하, 곽진석 외
감독 : 김진유

나는보리

Bori

※ 본 이미지는 영화 본 포스터입니다.

| 김진유 |

주요 작품

2014년 단편영화 '높이뛰기' 연출

- 2013 강원문화재단 단편영화 제작지원작
- 2014 인디포럼 / 초청작
- 2014 정동진독립영화제 / 초청작
- 2014 대단한단편영화제 / 경쟁작
- 2014 장애인영화제 / 경쟁작
- 2014 서울독립영화제 / 경쟁작
- 2015 홍콩국제농아영화제 / 초청작

2018년 장편영화 '나는보리' 연출

- 2018 부산국제영화제 한국영화의 오늘 비전 / 초청작
- 2018 부산국제영화제 한국영화 감독조합상 수상

시놉시스

바다마을에 사는 열한 살 소녀, 보리는 가족 중 유일하게 들을 수 있다. 초등학생이 된 보리는 학교 친구들과 말로 하는 대화가 점점 익숙해지고, 집에서 수어로 나누는 대화에 동참하기 힘들어진다. 왜 나만 가족과 다른 모습으로 태어났을까?

그런 생각을 하면 할수록 점점 더 소외감이 들기 시작한다.

'소리를 잃고 싶다.'

음악을 크게 들으면 소리를 잃을 수 있을까? 헤드폰으로 시끄러운 음악을 듣던 보리는 우연히 TV 프로그램에서 오랜 잠수로 귀가 멀어진 해녀 할머니를 보게 된다. 유레카를 외치며 바다로 뛰어든 보리. 하지만 너무 깊숙하게 잠수하는 바람에 의식을 잃게 되는데….

보리가 깨어난 곳은 병원. 의사선생님은 이곳저곳 진찰하기 시작한다. 들리니?

'들리지 않아요.'

소리에 반응하지 않는 보리가 걱정된 고모는 서울의 큰 병원에서 제대로 청각테스트를 받게 하고, 일관된 표정으로 점점 커지는 소리를 참아 낸 보리는 마침내 모두를 속이는 데에 성공한다.

과연 보리는 계속해서 모두를 속일 수 있을까?

집필기

–

조용함을 지나

–

기다림을 지나

–

아집과 고집

–

기억,

–

글쓰기 전, 이면지에 생각나는 문구를 적는 것이 습관이다.
위의 글은, 이 글을 쓰기 전에 적은 문구의 일부이다.
나의 글쓰기는 감정의 해방과 필요에 의해 쓰는 행위와 행동이다.

–

2014년,
단편영화 〈높이뛰기〉를 상영하면서 많은 사람들을 만나게 되었다.

–

2015년,
〈수어로 공존하는 사회〉라는 행사에서 발표하는 시간이 있었다. 나는 농부모의 자녀(C.O.D.A)로써 이야기를 했었다. 발표하는 자리에 올라 이야기를 하면서 엄청 많은 눈물을 흘렸다. 농인이 다수인 행사에서 나의 이야기를 한다는 것이 굉장히 나에게 새로운 시간이었다. 발표를 마치고 다른 표자들의 이야기를 듣고 있었다. 많은 생각에 잠겨 이야기를 제대로 듣고 보지 못 할 때 내 눈과 귀를 움직이는 이야기가 있었다.

"나는 어렸을 때 청인이었고 농인이 되는 것이 꿈이였다.
그 꿈을 이루어 농인으로서 이 자리에 서 있다." _ 현영옥

'아! 나도 소리를 잃고 싶다'라 느낀 적 있었는데….

이것이 〈나는보리〉의 시작이었다.

–

처음에는 발제자였던 현영옥 씨의 이야기를 쓰려 했다. 그때의 감정 그때 느끼는 것은 무엇이었을까? 그녀의 발표 영상을 보며 상상의 글을 끄적거렸지만 아무것도 쓰지 못 했다.

–

나는 영화를 만들고 싶어 시나리오를 쓰는 사람이다. 내가 찍고 싶은 것과 보고 싶은 것을 글로 적는 게 전부이다. 그 외에 능력은 없다. 글쓰기는 나에게 정말 힘든 일이다. 그렇지만 작가이고 싶었다.

나는 작가이자 연출자이고 싶었다. 연출자가 되기 전 작가가 되어야 했다.

–

〈나는보리〉는 두 번째로 완성한 장편 시나리오다. 첫 장편 시나리오는 20살 무렵에 완성했다. 아니 끝까지 써보았다. 완성도나 작품성을 생각할 수 있는 경험치가 없었고 그냥 이야기 시작과 끝이 있는 긴 글을 써 보는 게 목표였다. 그래서 그 시나리오의 파일명은 〈끝까지 써보자〉였다. 〈끝까지 써보자〉는 고장 난 컴퓨터 안에 고이고이 잘 지내고 있을 것이다. 어찌 되었건, 시나리오 쓰기란 나에게 영화를 만들기 이전에 과정이었다.

–

〈나는보리〉는 나의 어릴 적 이야기, 지금까지 살아오면서 만난 사

람들의 사고의 합이다.

상상의 글을 끄적이고 생각한 시간이 1년 정도의 시간을 보냈다. 트리트먼트라 할 수 있는 글을 대략 적었었고 캐릭터에 대해 쓴 글들을 바탕으로 시나리오를 시작했다. 내 인생에서 제일 규칙적인 생활을 한 순간이었다. 일상에서 제일 조용한 시간을 골랐다.

새벽 5~8시, 아무도 날 방해하지 않는 시간이었다. 문자도 전화도 오지 않는 고요한 시간, 요이땅!

2주 정도 지나고 나니, 〈나는보리〉의 초고가 완성되었다. 처음에 생각했던 방향과는 다른 방향이었지만 나름대로 만족스러운 초고였다. 초고를 완성한 후 제일 먼저 한 일은 제작계획서를 만들고 제작지원사업에 접수하는 일이였다. 접수하고 나니 이 영화 꼭 만들고 싶었다. 주변에 피드백을 얻고자 언제든 좋으니 피드백을 주었으면 좋겠다며 최대한 많은 사람에게 보냈다.

–

될 것만 같았던 제작지원은 떨어졌다. 준비가 안 되었으니 당연한 결과다.

초고를 쓰고 1년 정도의 시간이 지나서야 초고를 마주할 수가 있었다. 많은 사람들에게 피드백을 받았을 때 공통점으로 문제가 있다고 말해주는 부분과 각자가 이해가 안 되는 부분들을 종합적으로 모아 수정에 나섰다. 하지만 많이 고칠 수가 없었다. 버릴 수가 없었다. 나름대로 잘 짜여 놓은 이야기라 생각했고 어느 한 부분이 빠지면 안 될 것 같은 그런 기분이 들었다. 정말 어떻게 해야 할지 막막했다.

–

■ 많은 피드백 중

보리를 왜 장편으로 만들어야 해? 사건이 작으니 단편으로 만드는 게 좋지 않을까?

대부분의 의견이었다. 무시하고 증명하고 싶었다. 어떤 상업적인 기준이 아니라 영화의 기준으로 이야기를 봐주었으면 했다. 충분히 가능하리다 믿었다. 영화이니까,

사건이 작아서 문제일까? 왜 단편적으로 느끼는 거지? 왜 나는 이 이야기를 하려하지?

–

무엇이 문제였을까? 고민하고 고민했다. 돌파하고 싶었다. 시간이 지나도 도무지 알 수가 없었다. 피드백을 주었던 사람들에게 전화를 걸었다. 전화를 걸었을 시기는 피드백을 준 지 한참 후였다. 시간이 지나 기억하고 있는 보리의 시나리오가 궁금했다.

보리는 어떤 인물로 기억 돼?

보리는 어떤 이야기야?

기억나는 내용을 한번 말해줄래?

이야기를 듣고 나니 돌파구가 보였다.

–

시나리오에 표현되지 않는 나만 아는 것을 설명해야 하는 것이 중요했다. 나는 아는데 남이 모를 수 있는 것이 무엇일까? 보리에서는 수화(수어)가 중요했고 대부분의 사람들은 수화(수어)를 몰랐다. 아차, 싶었다. 수화는 몸짓언어이고 영화에선 그림이었던 걸 놓쳤던 거다. 수화(수어)가 가지고 있는 어순 그리고 보이는 시간에 대해 생각하게

해주면 되겠다고 느꼈다.

–

〈나는보리_초고 일부〉

아빠

(수어/홈사인) 학교 재밌었어?

보리

(수어/홈사인) 응, 아빠는 오늘 뭐했어?

아빠

(수어/홈사인) 자고 밥 먹고 낚시하고 있었지

보리

(수어/홈사인) 많이 잡았어?

아빠

(수어/홈사인) 오늘은 날이 더워서 그런지, 고기들도 휴식하나봐

〈나는보리_최종고 일부〉

아빠

(홈사인) 〈학교〉 〈어때?(재밌어?)〉

보리

〈응〉 〈오늘〉 〈뭐했어?〉

아빠

〈자고〉 〈밥〉 〈여기〉 〈낚시〉

보리

〈고기〉 〈많아?〉

아빠

〈오늘〉 〈날씨〉 〈더워〉 〈고기〉 〈집〉 〈휴식〉

이러한 형태로 대사들을 수정했다. 그리곤 피드백을 주었던 사람들에게 다시 보냈다.

결과는 놀라웠다. 이야기는 바뀌지 않았고 말의 표현을 바꾸었을 뿐인데 다른 이야기라 느끼고 있었다.

이렇게 바뀐 시나리오로 2017년 강원영상위원회 장편제작지원을 받을 수 있었다.

–

시나리오는 영화 찍기 직전까지 수정해야 했다. 등장인물의 캐스팅에 따라 조금씩, 조금씩 수정해 나아갔다. 그러지 않으면 배우도 나도 글도 살아남지 못 할 것 같다는 생각이 들었다.

결국 영화는 글이 아닌 이미지와 소리로 설명되는 것이니까.

–

영화를 만드는 것 자체가 행복했으면 했다. 행복하지는 않았다. 아쉬움은 있지만 후회는 없다.

처음 장편영화를 만드는 과정을 겪고 나니 '이것을 또 할 수 있을까?'란 생각을 했다. 그만큼 힘들었다.

내가 나를 힘들게 했던 것 같다.

시나리오도 마찬가지다. 다시 글을 완성할 수 있을까?

세한도(歲寒圖)

| 문상훈 |

오랜만에 교보문고 신간 코너에 들렀다.

마침 유홍준 교수의 '추사(秋史) 김정희(金正喜) 산은 높고 바다는 깊네(山崇深海 산숭심해)'〈창비〉 신간이 입고되고 있었다.

추사의 평전 속에 오늘따라 유달리 내 눈을 끄는 그림 한 점이 실려 있었다.

바로 국보180호, 세한도(歲寒圖)다.

당대의 명필 김정희가 제자 이상적과의 정리(情理)를 잊지 못해 그려줬다는 묵화(墨畵) 한 점 세한도! 자주 대하던 세한도가 오늘따라 특별히 내 눈을 끄는 이유는 무엇일까?

현대사회에선 사제의 정리가 무너진 지 오래다. 제자가 스승에게 폭언과 폭력을 서슴없이 휘두르고, '선생은 있으나 스승은 없다'는 속설이 나돌 만큼 냉혹해진 이 시대에 귀감이 될 세한도를 보며 난 가슴 한 곳으로부터 아릿한 통증이 밀려오고 있었다.

사제의 정리. '스승의 그림자도 밟지 말라'는 성현의 옛말은 다 어디를 가고 스승과 제자가 없어져버린 이런 혼탁하고 비정한 세상이 되고 말았던가?!

나는 문득 스승 김정희와 제자 이상적 사이에 얽힌 사제의 정리가 좋은 시나리오 소재가 될 수도 있겠다는 생각에 교보문고를 뒤져 '세한도'에 얽힌 자료들을 찾기 시작했다.

추사 김정희는 1786년에 태어났다. 증조부가 이조 21대 임금 영조의 부마였기에 집안은 비교적 부유한 편이었다.

1819년 신년 문과에 급제하고 규장각 대교를 거처 성균관 대사성에 이르렀다.

24세 때는 아버지 김도경이 동지부사로 청나라에 사신으로 갈 때 수행군관으로 동행하여 연경(베이징)에서 청국 문인 석학들과 교분을 쌓고 문재(文才)를 한껏 떨쳤다.

영조의 딸 화순옹주의 증손주로 당대의 제일가는 문필가로 그 명성을 따를 자가 없었으니 자연 시기하는 자들이 많았다. 바로 장동 김 씨 노론 벽파였다.

조선 후기의 서화가 김정희가 그린 그림. 송백(松柏) 같은 선비의 절조(節操)와 제주도에 유배 중인 자신의 처지를 표현한 작품이다. 국보 정식 명칭은 김정희필 세한도이다.

1840년 23대 헌종 6년 윤상도가 임금에게 탐관오리들을 멀리하라는 상소를 올렸다가 역모로 몰리는 사화가 발생한다. 이때 김정희는 윤상도의 상소문에 초안을 잡아준 것이 화가 되어 절해고도(絶海孤島) 제주도로 유배돼 위리안치 되고 만다.

김정희의 유배 행렬이 남대문 밖을 나설 때 장안의 유생들이 하얗게 몰려나와 엎드려 울며 앞을 막았다고 전한다.

그 유생들 속에 김정희의 제자 이상적은 버선발로 스승의 우거(소가 끄는 유배수레)를 잡고 과천 산마루까지 따라 올랐다.

일찍이 효명세자를 가르친 필선이 된 김정희는 양반자제들만 엄선해 훈학지도 했으나 중인인 이상적은 문하에 두지 않았었다. 그러나 조석으로 나와 서당 밖에서 귀동냥하는 이상적에게 김정희는 배워도 출세할 길이 없는 중인 신분임을 알고 청국어를 배우도록 이끌었다.

총명했던 이상적은 김정희에게 시문학을 곁눈질해 배우면서 청국어를 깨우쳐 당시에는 귀한 대접을 받는 역관(譯官)이 되기에 이른다.

김정희가 유배된 지 몇 해도 안 돼 그렇게 애끓으며 오래 살기를 당부했던 부인 예안 이 씨가 먼저 세상을 떠난다.

부인의 부고를 받고 김정희는 저린 손으로 먹을 갈고 붓을 들어 이렇게 적었다.

'천리 먼 타지에서…
나 죽고 그대는 천년 넘게 살아서…
그대도 내 이 마음 이 슬픔 알게 하였으면….'

김정희가 아내를 여의고 그 마음이 얼마나 미어졌으면 자신이 죽고

아내가 살아서 남편을

잃은 아내가 자기처럼 아픔을 겪어봐야 지금의 자기 슬픔을 알 수 있으리라고 적었겠는가.

아내의 죽음 이후 친지와 필우들도 소식이 끊어졌고 김정희는 절해고도 제주도에서 고립무원이었다. 겹겹이 밀려오는 고독과 외로움을 주체할 길이 없었다.

고독하고 외로울수록 김정희는 그림을 그리듯 글씨를 썼고 글씨를 쓰듯 그림을 그렸다.

본래 창작하는 이들은 외로움을 깊이 타는 법이다. 열정이 강할수록 그 외로움의 깊이는 더하기 마련이다.

역관 이상적의 머릿속에는 오직 수천 리 밖 절해고도(孤島)에 위리안치 된 채 외로움에 시달리실 스승 김정희 생각으로 밤잠을 설치며 가슴이 무너졌다.

연경에서 어렵게 구입한 신간서책 120권 79책을 정성을 다해 오동나무 궤에 담아 두필의 당나귀에 싣고 제주도로 향하려고 할 때였다. 평소 친분이 두텁던 역관 박가가 조용히 다가왔다.

"자네 지금 대역죄인 추사한테 가려는 거 아닌가? 이 신간 서적들을 갖다 주려고?"

"내게는 둘도 없는 하늘 같은 스승님일세."

"허나 지금은 죄인 아닌가. 더구나 이 귀한 신간들을 세자 저하에게 갖다 바치면 벼슬도 할 텐데 그걸 귀양살이 하는 대역 죄인에게 갖다 주면 노론 벽파 쪽에서 자네를 곱게 보겠는가?"

"스승님에게 제자가 할 도리를 하자는 건데 누가 날 죽이려 한들 그게 대순가."

그러나 한동안 제주도로 가는 뱃길이 막혀 있었다.

마음이 급한 이상적은 남해에서 거룻배를 한 척 빌려 거친 파도 위에 띄웠다.

황포 돛대 하나 단 조그만 거룻배지만 배 안에는 스승님께 가져갈 신간서적 상자들이 가득 실려 있었다.

이상적은 삿대를 젓기 시작했다. 망망대해에서 한 잎사귀 낙엽 같은 거룻배를 노 저어 수백 리 바닷길을 그 언제 스승 곁으로 갈 것인가?

해가 저물고 초승달이 구름 사이에 걸려있어 달마저 흐르지 않는 밤,

이상적은 노 젓기 힘에 겨워 땀이 몇 겹을 흐르다 말라붙었다가 다시 비지땀이 온몸을 적실 적에 미풍이 불어오기 시작했다.

그러나 미풍은 북서풍 역풍으로 바뀌면서 이상적의 거룻배는 스승님이 계신 남서쪽이 아닌 북동쪽으로 방향을 비틀기 시작했다. 이상적이 돛대를 접어 올리고 안간힘을 다해 방향을 틀어보려고 했으나 거세진 해풍은 너무도 심술 사나웠다. 거룻배는 뒤집힐 듯 기우뚱거리면서 뱃길을 되짚어 거세게 출렁이며 떠가기 시작했다. 엎친 데 덮친 격으로 비바람까지 몰아치기 시작했다.

우르릉 쿵쾅! 번개가 치면서 빗줄기가 굵어지더니 댓줄기 같은 폭우가 퍼붓기 시작했다. 그야말로 깜깜한 망망대해. 몰아치는 산 같은 파도 위에 이상적의 거룻배는 곧바로 뒤집어질 듯 출렁이며 맴돌기만 한다. 속수무책이었다. 그 거센 폭우 속에서 이상적이 걱정되는 것은 스승님께 드릴 신간 책 상자들이다, 이상적은 삿대를 던지고 달려가 책 상자들을 몸으로 덮쳤다. 상자 속의 신간 서적들을 빗줄기로부터 몸으로라도 막아보려는 안간힘이었다.

아! 인간과 인간의 의리, 스승과 제자의 정리가 이다지도 질기고 깊었던가,

뚜두둑 우지끈! 노도와 광풍에 황포를 말아 올린 돛대 허리가 부러지며 거룻배에 폭풍우가 몰아치기 시작했다. 이상적은 이젠 제정신이 아니었다. 뒤웅박으로 배 안의 물을 퍼내지만 이미 물은 허벅지를 차고 넘쳐 들었다. 그래도 이상적은 미친 듯이 물을 퍼냈다. 그러나 산 같은 파도는 거룻배를 삼켰다가 뱉어내기를 거듭했다. 이상적은 그래도 정신없이 물을 퍼냈다. 한바가지 퍼내면 백 바가지 천 바가지가 한꺼번에 밀려들어오는 성난 노도의 물결. 악전고투하던 이상적은 두 손을 모아 쥐고 물결 속에 엎어져 울부짖는다.

'만일 신령님이 계시다면 이 몸을 죽이시되 이 서책들만은 비바람 파도 속에 버리지 마시옵소서!'

이상적이 스승이 위리안치 된 마을에서 한나절 반 식경 떨어진 구절포에 닿은 건 육지를 떠난 지 스무 아흐레만이었다. 폭풍우와 악전고투하면서 산 같은 파도에 휩쓸리고 흘러서 그래도 돛대마저 부러진 거룻배가 제주 해안에 닿은 것만도 천우신조였다.

며칠을 굶어 뱃가죽이 등짝에 붙고 심신이 지쳐 파김치가 되었으나 이상적은 그래도 스승이 계신 섬에 닿았다는 안도감에 눈물이 솟구쳤다.

이상적은 스승님께 오는 길에 한양 지인들의 서찰도 여러 통 가져왔다.

그중에 스승 김정희가 가장 반갑게 펼쳐 본 서찰은 해남 대흥사 일지암에서 40여 년간 은거하고 있는 초의선사의 서찰이었다. 정약용에게 유학과 시문학을 수학한 초의선사는 조선 후기 시, 서, 화, 다(茶)에 특히 밝아 조선 4절이라 부를 만큼 명사였다.

김정희는 초의선사의 문안 서찰을 읽고 또 읽는다.

이상적은 석 달을 머물면서 스승 김정희의 조석 수발을 들었으나 역관으로 매인 몸이라 이제 스승님께 하직을 고해야 했다.

수천 리 타지에 위리안치 된 스승을 두고 떠나자니 이상적은 또다시 눈물이 앞을 가렸다.

유복한 집안에 태어나 고생을 모르고 지내다가 이렇듯 유배의 고단한 몸이 되어 그 고독하고 외로움이 어찌 말로 다할 것이며, 아침저녁 수발을 몸소 해결해야 하는 노스승의 고초가 이만저만이겠는가. 이마를 땅바닥에 대고 울며 일어날 줄 모르는 제자를 처연히 바라보며 김정희도 눈시울이 벌게져 있었다.

'추워진 다음에야 소나무 잣나무가 시들지 않음을 안다고 했는데… 그대가 나를 대함이 이와 같지 않은가.'

다음해 이상적은 만학, 대운산학문고 등 신간 서책들을 거룻배에 싣고 또다시 찾아갔다.

그 후로 또 두 해가 흘러갔다.

그때는 정말 김정희에게 한양 소식이 감감한 시기였다.

이런 외로움에 사무친 김정희에게 아내의 죽음과 필적할 청천벽력의 부고가 날아들었다.

바로 동문수학하던 어릴 적 동무 김유근의 죽음이었다. 김유근은 장동 김 씨의 장손으로 김정희의 경주 김 씨와는 정치적으로는 적대지간이었으나 둘 사이의 정만큼은 하늘도 갈라놓을 수 없었다.

김정희가 유배될 당시에 상소사화에 휘말린 윤상도와 김정희 아버지 김도경은 극형에 처해졌으나 김정희만은 김유근의 구명운동에 힘입어 유배형을 받게 된 것이다. 김정희에게 김유근은 이 유배지에서 풀어줄 유일한 희망이었고 목숨 줄이었으나 이제 그가 죽었으니 김정희로선 끈 떨어진 망건 신세와 무엇이 다르겠는가?

겹겹이 밀려오는 파도소리. 날며 우는 갈매기 소리에 김정희는 밀려드는 외로움을 견딜 수 없어 몽유병자처럼 일어나 서적 한 권을 뽑아든다. 바로 제자 이상적이 파도를 헤치고 가져다 준 '황초경세문편'이다.

제자가 가져다준 서책을 가슴에 안고 눈을 감으니 제자의 따사로운 체온이 가슴 시리게 전해온다.

'아, 다가고 없지만… 우선 이. 상. 적. 그대만이 내 곁을 떠나지 않는구나….'

김정희는 제자 이상적이 가져다준 서책을 가슴에 안고 한손으로 지필묵을 꺼낸다.

제자 이상적을 생각하듯 가시울타리 밖 노송(老松)을 한동안 응시하다가 조용히 서가에 서책을 올려놓고 김정희는 또다시 눈을 감는다.

깊은 명상에 잠겼다가 고독에 절었던 노안의 주름진 눈꺼풀이 떠졌을 때 김정희의 눈에 또다시 희미하게 들어온 건 가시나무 울타리 밖에 언제나 변함없이 서있는 푸르른 소나무였다.

아~ 모든 초목이 낙엽지고 시들어 떨어졌을 때 독야청청 푸른 소나무, 그 소나무 가지 너머 역시 짙푸르게 치솟은 잣나무 몇 그루…. 변함없는 제자의 마음과 어찌 저리 닮았는고.

김정희는 먹을 갈고 작은 화선지를 이어 붙였다.

그리고 이어붙인 화선지 위에 먹을 묻힌 갈라진 붓을 들어 푸른 소나무를 그려나갔다.

잣나무도 그렸다. 겨울 찬바람에도 굳건히 버티고 서있는 푸르른 소나무와 잣나무, 텅 빈 오두막 한 채, 순진 담백한 아이들처럼 원근법도 모르는 채, 그냥 본 대로 느낀 대로 자신의 처량한 신세를 한탄하듯 그러나 굳건한 의리와 절개를 그림 속에 심었다.

이윽고 온종일 지성을 다해 그리기를 마친 김정희는 갈필을 벼루 위에 가만히 놓고 또 한동안 조는 듯 눈을 감고 뜨지 않았다.

그렇게 힘에 겨운 시간이 얼마가 흘렀을까.

김정희는 주름진 눈을 실처럼 뜨고 자신이 그린 그림을 찬찬히 훑어본다.

갈라진 붓으로 먹만을 찍어 노송과 빈 오두막집, 잣나무 세 그루, 잎이 다 떨어져 겨우 맥을 이어가는 듯한 노송과 잣나무는 기력이 쇠해 가는 김정희 자신을 닮아 있었다.

갈필로 최소한의 것만 그려내어 까칠한 선비의 기개와 사상이 그대로 드러나 있었다.

또 한편으로 그림 속에는 유배지에서 김정희의 고적함과 스산함 처연함이 그대로 묻어났다.

한동안 그림을 응시하던 김정희의 눈가 주름이 가늘게 떨리더니 다시 갈필에 먹을 묻혔다.

그리고 당대의 명필도 떨리는 붓끝으로 그림에 제호를 써나간다.

세한도(歲寒圖) - 겨울에 홀로 푸른 소나무 그림, 그리고 김정희는 한식경이 다되도록 예서체로 발문을 써내려갔다.

김정희는 발문 쓰기를 마치고 다시 갈필에 먹을 발라 '우선시상(遇船是賞)' 이렇게 붓을 들어 네 글자를 썼다. '우선 이상적은 감상하시게나' 제자 이상적에게 이 그림 '세한도'를 준다는 글귀였다. 그리고 김정희는 장무상망(長毋相忘)이란 낙관도 찍는다. '오래도록 잊지 말자'라는 김정희의 제자에 대한 애틋한 사랑과 그리움이 절절히 담긴 네 글자 낙관(落款)이였다.

이상적이 연경에 역관으로 갔다가 아홉 달 만에 집에 돌아오니 스승님이 보내주신 세한도가 와 있었다.

이때의 감동을 말이 있다한들 어찌 글로서 다 표현할 수 있으랴.

이상적은 스승님이 그려서 보내주신 세한도를 펼쳐보고 한동안 가슴이 먹먹해서 말은커녕 숨도 쉴 수 없었다. 마당으로 뛰어 내려가 땅바닥에 무릎을 꿇고 제주도 쪽을 향해 사배하고 엎드려 낙루(落淚)한다. 소리 죽여 오열하는데 통곡소리가 마침내 입술과 이 사이로 터져 나왔다.

'스승님 얼마나 고단하고 외로우십니까…. 이 몸이 날개가 있는 기러기라면 벌써 날아갔을 터인데…. 사람 도리 못하는 네발짐승으로 태어나 가지 못 하옴을 가슴 서며 웁니다….'

이상적은 다시 조선 사신을 따라 연경으로 갔을 때 세한도를 가져가 청국 명사들에게 보여줬다. 청국 문필가와 서화가들은 앞을 다투어 세한도를 보고 추사 김정희와 우선 이상적의 사제의 정리에 감동하고 조선 지식인들의 면면히 이어지는 의리와 절개를 부러워하며 세한도에 찬시(讚詩)를 달아줬다.

연경의 명사 장학진, 고진조 등 16명이 다투어 세찬을 달아 줬고 구한말을 거쳐 해방 후에는 오세창, 이시영, 정인보 등이 찬시를 달아 세한도의 길이가 무려 10m가 넘었다.

이토록 추사 김정희와 우선 이상적의 사제의 정리가 녹아 스며있는 세한도는 국립중앙박물관에 전시돼 있어 지금도 세인들의 가슴에 그 사제 간의 온기를 전해주고 있다.

'세한도'에 관련된 책들을 세세히 살펴보고 난 후 나는 한동안 움직이지 못했다. 뭔가 형언할 수 없는 감동이 가슴 깊은 심연(深淵)을 묵직하게 억누르고 있었다. 스승과 제자의 이토록 깊은 정리가 이조말엽

그 당시에도 그토록 이름답게 흐르고 있지 않은가,

이 삭막한 세태에 아직도 사제의 정에 목말라 있는 이들이 어디인가엔 있을 것이고 그걸 테마로 좋은 시나리오를 쓰자.

김정희와 이상적 그 사제 간의 정리와 진솔한 인간애를 시나리오에 담아 그것이 영화로 만들어져 사표(師表)의 정이, 제자의 도리가 지금 이 사회에 귀감(龜鑑)이 되어 흐르게 하자.

난 책 몇 권을 사들고 교보를 나와 택시를 탔다.

국립중앙박물관에 전시돼 있는 국보(國寶) 180호, 추사 김정희가 그린 진품(珍品), '세한도'가 불현듯 보고 싶어졌기 때문이다.

| 문상훈 |

주요 수상
- 75년 우수 시나리오상 수상
- 87년 시나리오대상 수상
- 93년 춘사 영화예술상 시나리오상 수상
- 06년 한국 영화인의 날 공로상 수상

주요 감독작품
- 효자문 (각본, 감독)
- 원한의 48 계단 (각본, 감독)
- 남매는 단 둘이다 (각본, 감독)

주요 영화작품

장군의 딸들, 한많은 석이 엄마, 석화촌, 꽃밭에 나비, 바다로간 목마, 청춘의 덫, 갈채, 옥례기, 아내, 대학얄개, 개선문, 내이름은 마야, 모모는 철부지, 21살의 비망록, 오달자의 봄, 얄숙이 대행진, 불타는 신록, 모두 다 사랑하리, 비황, 에미의 들 외 139편

당선을 축하합니다!

2018 제1회 한중 시나리오 공모전

최우수상 김관빈

우수상 서정미, 천윤정

제16회 경북 시나리오 공모전

대상 김나영

최우수상 원유정

우수상 채지은

우수상 휘문

장려상 정의한

장려상 김효정

장려상 심상미

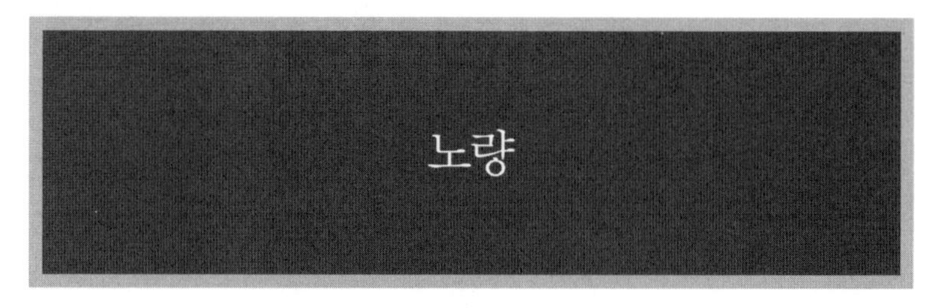

| 김관빈 |

■ 작의

'노량, 쌍룡지해'는 오래도록 가슴에 품어왔던 작품이다.

2014년 7월 4일, 중국 시진핑 국가주석이 한국을 방문해 서울대에서 특별강연을 한 뉴스를 접하고서부터였다. 그때 시진핑은 한국과 중국의 우호관계를 말하면서 일본의 침략에 대응해왔던 양국의 공조역사를 강조했다. 그러면서 400여 년 전 임진왜란 때 양국의 국민은 왜적에 대한 적개심을 품고 어깨를 나란히 하여 전쟁터로 향했다고 했다. 그리고 그 전쟁의 마지막 전투인 노량해전에서 명나라 등자룡 장군은 이순신 장군과 함께 전사한 역사가 있다고 했다. 또한 그 해전에서 명나라 수군 함대를 이끌었던 지휘관 진린 장군의 후손들은 오늘날까지 한국에 살고 있다고 말하였다.

그 뉴스를 보며 한 가지 의문이 들었다.

그때까지 내가 알고 있던 진린은 참 나쁜 중국의 장수였다. 그런데 그 후손들이 지금까지 한국에 살고 있다니? 그렇게 안 좋은 장군을 중국 국가주석 시진핑이 한중 양국의 우호관계를 말하는 공식석상에서 언급했다는 점이었다. 이런 의문들을 해소하려고 진린에 대해 알아보기 시작했다. 그리고 알게 됐다.

우리가 알고 있는 진린은 대부분 폄하, 왜곡되어 있었다는 것을….

임진년에서 정유년까지 7년간의 전쟁 중 진린과 가장 많이 접촉했을 이순신의 난중일기를 몇 번이고 정독했다. 그런데 난중일기 그 어디에도 진린을 나쁘게 평한 기록이 한 줄도 보이지 않았다. 오히려 난중일기에는 진린 도독에게로 가서 함께 술을 마셨다는 기록들이 보이고, 또한 순천 예교성에 주둔한 고니시의 일본군과 전투 후 부하를 많이 잃어 애통해하는 진린을 위로해주었다는 기록이 있었다.

여자와 잤다는 사실까지 기록할 정도로 모든 것을 솔직하게 적은 난중일기에는 당시 이순신의 군 선배 장수인 원균에 대해서는 곳곳에 흉을 본 기록이 있다.

음흉하다, 해괴하다, 도리에 어긋나다, 흉악하다 등등….

이러한 일기에 진린을 나쁘게 평한 기록이 없다는 것은 무엇을 의미하는가? 그렇다면 진린은 이순신을 어떻게 평가했을까?

진린은 이순신을 제갈량에 견줄만하다며 칭찬을 한 역사기록이 있고, 이순신의 공적을 명나라 조정에 보고까지 하였다. 이에 명나라 황제 만력제는 영패와 도독인을 비롯한 여덟 가지 팔사품을 이순신에게 하사하기도 하였다.

이순신은 옳다 믿는 바를 향해 나아갈 땐 임금의 명도 거부할 만큼 굴하지 않는 성격으로 인해 두 번의 백의종군을 한 바 있다.

진린 또한 강직한 성격으로 인해 명나라 조정에 밉보여 두 번의 백의종군을 했다.

이순신은 장남 이회를 전쟁에 참전시켜 노량해전에서 전사하던 마지막 순간까지 아들과 함께 전투를 치렀다. 진린도 아들 진구경을 전쟁에 참전시켰다. 노량해전에서 진구경은 적의 칼을 맞아 피투성이가 된 채로도 물러서지 않고 아버지 진린을 지켰다.

이런 역사적 사실을 알고 나자 진린을 재조명해보고 싶었다.

이순신과 진린, 두 사람의 우정을 그려보자! 그런데….

2014년 7월 30일, 영화 '명량'이 개봉됐다.

그리고 나는 이순신을, 진린을 가슴에 묻었다.

그러면서도 생각날 때마다 인터넷을 뒤져 자료를 수집하였다. 그러다 우연히 한중 영화 시나리오 공모전이 있다는 것을 알게 되었다.

글을 쓴다는 핑계로 점점 은둔형 외톨이가 되어가는 나를 그저 혼술로 달래던 나날이었다. 마음을 다잡았다. 400여 년 전, 국가의 명운을 건 전장의 바다, 그 핏빛 격랑 속으로 뛰어들었다.

■ **시놉시스**

1592년 4월 13일, 일본은 총병력 20만, 800여 척의 함대로 바다를 건너 조선을 침략하였다. 명을 정벌하기 위해서라 했다. 파죽지세로 조선을 치고 올라오는 일본군을 보고 위기감을 느낀 명은 조선에 대규모 군대를 보낸다. 삼국전쟁이었다.

수많은 전투와 살육, 약탈이 조선 땅에서 벌어졌다.

7년간의 전쟁, 그 기나긴 전쟁도 막바지로 치닫고 있던 1598년 여름.

조선의 바다를 지키는 최후의 보루인 고금도 삼도수군통제영에 명나라 수군 도독 진린이 500여 척의 함대를 이끌고 지원을 온다. 그러나 조선 조정은 전시작전통제권을 명나라 수군의 도독에게 온전히 맡겨버렸다. 임금의 교지를 통해 그 사실을 알게 된 삼도수군통제사 이순신은 난감해하고, 휘하 부장들은 울분을 토해낸다. 그런 부하들을 달랜 이순신은 진린의 함대를 맞아들이기 위해 만반의 준비를 갖춘다.

진린은 변방 소국인 조선 수군의 간담을 떨어뜨리려 대포를 쏘면서 고금도 통제영에 도착한다. 그러나 조선 수군은 전혀 동요하지 않는다. 또한 대명제국의 도독인 자신 앞에서도 당당한 이순신과 그 부하 장수들을 보면서 은근히 감탄한다.

명 수군이 이순신을 지원 왔다는 것을 안 일본군 대장 고니시는 부하 장수에게 전선 50척을 주어 시험을 해본다. 명 수군의 뒤치다꺼리에 정신없을 이순신의 뒤통수를 쳐 볼 속셈이었는데 오히려 조선 수군의 매복에 걸려 참패를 당하고 만다.

이 사실을 조선 수군의 환영만찬장에서 알게 된 진린은 불같이 화를 낸다. 누가 자신의 군령도 없이 함부로 군사를 움직였느냐며, 이 바다의 전투지휘권은 오직 자신에게 있다면서 이순신을 꾸짖는다.

그러자 이순신은 조선 수군의 전공은 오로지 대명 수군의 것이라며 적의 수급과 나포한 적선을 모두 진린에게 바친다. 그제야 진린이 화를 풀고 흡족해한다.

초전의 기세에 진 고니시는 그 책임을 물어 부하 장수의 목을 친다. 그리고 이순신이 있는 서쪽바다를 향해 이를 가는데 동쪽으로부터 심상치 않은 봉화가 이어온다.

토요토미 히데요시가 죽었다!

급해진 고니시. 토요토미 사후, 본토에서의 권력쟁투를 위해선 하루라도 빨리 돌아가야 할 상황이 되었다. 자신의 병력을 온전히 보전한 채로….

그런데 이순신과 진린의 조명연합 함대가 자신이 철수할 유일한 길목, 묘도에 진군하여 가로막고 있다. 또한 등 뒤의 육로는 명의 유정 제독과 권율 장군의 연합육군이 진을 치고 있고 고니시는 유정 제독과 진린 도독에게 뇌물을 주어 빠져나가려 한다. 하지만 진린에겐 뇌물이 통하지 않는다. 이순신이 진린을 설득하였기 때문이다.

더구나 이순신과 진린은 고니시가 주둔하고 있는 예교성을 함락시키고자 쳐들어온다. 그리고 양측의 치열한 전투가 벌어진다. 그러나 고니시의 뇌물을 받은 유정 제독의 비협조로 조명연합 수군은 많은 피해를 입는다.

육군의 비협조로 참패를 당한 진린은 유정 제독을 찾아가 불같이 화를 낸다. 그런데 유정은, 전투를 피하여 명군의 병력을 온전히 보전해 귀국해야 한다면서 오히려 진린을 설득한다. 저 북쪽 오랑캐인 누르하치의 군세가 갈수록 커져 이여송 제독도 그들에게 패하여 전사하고 말았다며…. 진린이 할 말을 잃는다.

그러나 이순신은 진린에게 머나먼 변방까지 와서 공 한 번 세우지 못하고 패전지장으로 돌아갈 것이냐며 묻는다. 더구나 부하 장수인 등자룡이 이번 전투에서 자신의 전함이 불타고 병사들이 죽었다며 길길이 뛴다. 그들의 넋을 위로해주지도 않고 꽁무니를 뺄 수 없다면서….

결국 진린은 이순신의 작전을 받아들여 야간 기습전을 펼친다. 그렇게 해서 고니시 군의 군량창고를 불태우고 통신거점인 봉수대를 모조리 점령해버린다.

그리고 굶주린 일본군 병사들의 코앞, 장도의 백사장에서 잔치를 벌인다. 고기와 생선을 굽고 달이 떠오르자 조선 여인들에게 강강술래를 추게 한다.

그 모습을 지켜보는 고니시의 심정이 참담하다.

사면초가가 따로 없다.

궁여지책으로 진린에게 자신이 아끼는 조선 여인과 진린이 좋아한다는 총포를 뇌물로 보내 연락선 두 척이라도 빠져나가게 해달라고 사정한다.

굳이 적과 싸워 자신의 병사들을 희생시키고 싶지 않았던 진린이 눈감아주자 연락선은 사천성으로 달려가 구원을 요청한다.

사천성의 일본군 총사령관 시마즈는 즉각 전선 500여 척을 이끌고 출동한다.

칠천량에서 원균을 패사시키고 사천성에선 동일원 제독을 패주시킨 바 있는 시마즈는 이번엔 이순신과 진린을 잡겠다며 호언장담을 한다.

이 사실을 알게 된 이순신은 진린의 막사로 찾아가 화를 내며 따진다. 그러다 뜻밖의 여인을 만나게 된다. 예전 한산도 통제영 시절 자신의 수발을 들던 여인, 금이다.

금이는 이순신을 단 한 번만이라도 만나기 위해 치욕을 견디며 살아왔던 것이다. 그런 금이가 자신의 앞에서 죽는다. 금이를 묻고 비통해하는 이순신에게 이번엔 경상우수사가 진린에게 곤장을 맞고 있다는 보고가 올라온다.

진린은 자신의 군령도 없이 군사를 움직였다며 경상우수사를 치죄하고 있는 것이었다. 군령권을 두고 이순신과 진린의 대립이 일촉즉발의 사태로 발전한다.

그 과정에서 진린은 이순신의 국가에 대한 충성과 대의, 병사들을 아끼는 마음을 느끼고 감탄한다. 그렇게 갈등과 대립 속에서 두 사람은 서로의 마음이 다르지 않음을 알게 된다. 피보다 진한 우정이 싹튼다.

두 사람은 시마즈 함대를 노량해협에서 매복 요격하기로 결정한다.

연합함대 출동 전야, 이순신이 자신의 호신갑을 벗어 진린의 가슴에 둘러준다.

진린은 도독인을 이순신의 허리춤에 매어준다. 이 전투를 마음껏 지휘하라면서….

팔뚝을 교차하며 광동분주를 마신다.

무릎을 꿇고 맞절을 한다.

벗이여!

1598년 무술년 11월 19일 새벽 2시.

일본군 500여 척의 함대가 해일처럼 밀려드는 노량해협으로 이순신과 진린은 삼백여 척의 조명연합함대를 이끌고 출동한다.

| **수상작 엿보기** | 2018 제1회 한중 시나리오 공모전-우수상

| 서정미, 천윤정 |

■ 작의

정율성(鄭律成, 1914~1976).

중국 근현대음악사에서 네얼, 센싱하이와 함께 3대 작곡가 중 한 사람으로 그가 작곡한 〈팔로군행진곡〉과 〈연안송〉은 오늘날까지 중국의 군대와 인민들에게 즐겨 불리고 있다.

중국인에게 사랑받고 존경받는 정율성.

그는 1914년 조선의 전라남도 광주에서 독립운동가 정해업의 5남 3녀 중 막내아들로 태어났고 아명은 정부은(鄭富恩)이다. 조선인 소년 정부은은 중국으로 건너가 형제들과 목숨을 걸고 독립운동을 했고, 일본이 대륙과 조선에서 물러간 후에는 고향으로 가기 위해 북조선으로 향했다.

남북으로 갈라진 조국. 어머니를 모시기 위해 어렵게 북조선까지 왔지만 38선에 가로막혀 사랑하는 어머니가 기다리는 전라도 광주까지 갈 수는 없었다. 곧 통일이 될 것이라는 기대로 한동안 북한에 머물렀고, 초기 북한에 음악교육기관을 세우는 등 북한 음악에 지대한 영향을 미쳤으며, 다시 중국으로 귀화하면서 영원히 중국의 작곡가로 남게 되었다.

그는 왜 아명(兒名)인 정부은(鄭富恩)이 아니라 정율성(鄭律成)이 되었을까?

어떻게 조선이 아니라 중국의 3대 악성(樂聖)으로 추앙받게 되었을까?

형제들과는 달리 독립투사에서 혁명음악가가 된 이유가 무엇일까?

이런 질문들에 의해 정율성의 전체 인생 행보가 궁금해졌다.

특히, 그가 음악가가 된 배경이 무척이나 궁금했고 이 이야기를 시작하게 된 배경이다. 정율성은 죽는 그 순간까지 자신의 정체성에 대해 매우 괴로워했다고 한다. 조선에선 중국인으로 중국에선 조선인으로 모두 자신의 국민이 아니라고 한다. 나라 잃은 서러움에서 되찾은 조국에서, 그를 품어 준 중국에서, 모두 이방인으로 살아야만 했던 항일음악가 정율성을 그의 음악이야기로 기억하고자 한다.

■ 시놉시스

일제강점기. 전라도 광주.

잔뜩 독이 오른 눈빛으로 일본인 학생들을 노려보는 작지만 다부진 아이.

교실 뒤에 있는 만돌린을 뚫어져라 쳐다보며 결심을 굳히는 눈빛.

이 아이는 독립운동가 정해업의 5남 정부은.

형제들 거의 모두가 아버지를 따라 독립운동을 위해 온몸을 불사르고 있다. 큰형은 이미 3.1운동으로 인해 투옥되어 모진 고문 끝에 풀려났지만 이내 죽고 만다. 둘째 형과 셋째 형은 의열단으로 활동하면서 이미 일제에 수배가 내려진 상태이고, 누나는 광주 YWCA의 창단멤버로 광주학생독립운동을 이끌었다가 수배가 내려지는 바람에 도피중이다. 이렇게 가족이 뿔뿔이 흩어져 살던 부은의 유일한 낙은 둘째 형 충룡의 만돌린을 연주하며 노래를 부르는 것뿐이다. 그런 만돌린을 일본인 학생에게 빼앗겨버렸다. 어떻게든 사수해야만 하는 정부은이다.

1933년 5월, 중국에서 독립운동을 하던 둘째 형 충룡과 셋째 형 의은이 고향으로 돌아온다. 반가움도 잠시, 충룡이 만돌린을 빼앗은 일본 학생들과 싸우던 부은을 구하다 순사에 잡히자 부은은 어머니를 홀로 남겨둔 채 급하게 셋째 형 의은을 따라 중국 남경으로 넘어간다. 그때가 어머니를 본 마지막이 될 줄을 상상이나 했을까?

1936년 11월, 남경 구로우 전화국의 교환수로 취직한 부은.

사실은 의열단의 밀명으로 전화국의 교환수로 있으면서 수신되는 모든 일본인, 친일파 등 관련된 주요 인물들의 통화내용을 도청하는 임무를 맡고 있다. 그럼에도 불구하고 부은은 단 한 번도 만돌린을 빼먹는 일이 없다. 이렇게 의열단 활동을 하던 그는 밀서를 전달하기 위해 탄 기차에서 만돌린 때문에 일본군과 시비가 붙고, 일본군 대장 다카키 앞에서 노래를 부르게 된다. 다카키는 명문가 집안 덕분으로 젊은 나이에 상해 주둔 일본군 대장으로 빠르게 승진할 수 있었다. 다카키는 식민지 국민들을 이용하여 대일본제국의 위상을 높이기 위해 조선인 군대, 조선인 위안부, 조선인 예술단을 기획하며 철저하게 식민지 문화를 말살하는 데 앞장서고 있다. 부은의 노래에 깊은 인상을 받은 다카키는 상해음대 크리노바 교수의 성악 레슨을 제안한다. 급작스러운 제안에 부은은 의열단의 수장인 김 단장과 의은에게 보고를 하고 이를 의열단 거사에 활용할 수 있다는 생각에 다카키의 제안을 김 단장과 의은이 받아들이라고 한다.

매주 상해와 남경을 오가며 성악 레슨을 받게 된 부은.

매일 술과 도박에 탕진하면서도 학생들에는 돈을 밝히는 크리노바 교수. 초라한 조선인 청년의 모습에 레슨을 꺼리나 부은의 천부적인 재능을 알게 된 후 그를 세계적인 성악가로 키우고자 한다.

편도 다섯 시간이 걸리는 상해와 남경을 기차로 오가며 성악 레슨을 받는 한편, 다카키에게서 받은 통행증을 활용해 연락책으로 활약하던 부은.

그러나 어느 날 다카키는 예고 없이 그를 만주의 일본군 주둔지로 데려가 위문공연을 하게 하고 그를 일본의 선전 도구로 활용하려는 다카키의 계획을 알게 된다. 설상가상 신문에 일본군을 위해 노래하는 부은의 사진이 대대적으로 실리며 그는 동포들에게 비난을 받는다.

그러나 위문공연을 다니면서 한시도 만돌린을 내려놓지 않는 의심스러운 부은의 행동에 다카키의 의심은 점점 커져간다.

크리노바의 제자로 부은의 레슨을 도와주던 중국인 학생 소군은 어려운 환경 속에서도 음악을 향한 열정적인 부은에게 음악으로도 독립에 기여할 수 있다고 부은을 격려하며 서로 애틋한 감정을 키워간다. 한편, 부은이 다카키에 이용당하는 것을 보고 그를 이탈리아로 데려갈 결심을 한 크리노바는 그에게 〈세계명곡음악회〉 참가를 제안한다.

조선인 최초로 참가하게 되는 〈세계명곡음악회〉.

〈세계명곡음악회〉에서 대일본제국의 위상을 보여주고자 하는 다카키.

그런 다카키의 계략을 역이용하려는 의은과 의열단.

어떻게 해서든 다카키의 손아귀에서 벗어나 부은의 재능을 살려 세계적인 음악가로 만들고 싶은 크리노바.

자신의 첫 무대만큼은 독립이니 일본제국 따위에 휘둘리지 않고 마음껏 기량을 뽐내고 싶은 정부은.

정부은은 〈세계명곡음악회〉를 통해 그 실력을 증명해 낼 수 있을까?

서로 다른 꿈을 꾸며 정부은을 바라보는 이들은 과연 어떻게 될까?

삐까뻔쩍 내 인생

| 김나영 |

■ **로그라인**

소싸움을 통해 성장하는 주인공들의 삐까뻔쩍한 꿈과 사랑 이야기.

■ **주제**

최고가 아니어도 괜찮아.

■ **기획의도**

한때 '세상의 중심은 나'라고 생각하지 않은 청춘이 어디 있으랴?

하지만 나이를 한 살 한 살 먹어가며 부딪치고 깨지다 보면 세상의 중심은 고사하고, 제 앞가림만이라도 하고 사는 것이 녹록치 않다는 것을 깨닫는 순간이 온다.

이미 그 순간을 지나 온 사람으로서 세상의 중심이 아니라도 인생이 얼마나 반짝일 수 있는지를 이야기 해주고 싶었다.

지금 그 순간을 통과하며 혹 좌절하고 있을 이들에게 한줄기 희망이 되길 바라며….

■ 등장인물

한우희(여/30세)

"아나운서 자존심이 있지, 소싸움 중계라니?"

이력서 빼곡히 아나운서 경력이 채워져 있지만, 정작 떳떳하게 내세울 만한 건 하나 없는 대타 아나운서 인생. 그래도 이 바닥에서 얻은 게 있다면 아나운서라는 자존심 하나였는데, 청도 소싸움 경기장 중계 아나운서로 취직하면서 그마저도 무너지고 만다. 싸움소들에게 꿈의 리그일지 몰라도 자신에겐 도살장이나 마찬가지라며 소싸움 경기장을 희망 없는 곳으로 여기는데….

박철민(남/30세)

"소싸움이 뉘 집 장난인 줄 아나? 망신 그만 당하고 이쯤에서 때리치라" 한때 영화감독을 꿈꿨지만 현재는 소싸움 조교사. 우희의 고등학교 동창이기도 하다. 불가능한 꿈은 포기할 줄도 알아야 한다는 본인의 신념처럼 우희에게도 소싸움 중계는 아무나 하는 게 아니라며 서울로 돌아가라고 일침을 가하는데, 그게 자신을 괴롭히는 말이 될 줄은 꿈에도 몰랐다.

권하늬(여/28세)

"고정은 아무나 해? 한번 대타는 영원한 대타야"

쉽게 말해 우희의 밥줄. 프리랜서 아나운서 사이에서 최고 몸값을 자랑하며 맡고 있는 고정 프로그램만 해도 5~6개다. 빡빡한 일정으로 예기치 않게 스케줄이 펑크 날 때마다 대타를 뛰어줬던 것이 바로 우희. 그렇다보니 우희를 평생 자신의 그림자 정도로 여긴다. 예상치 못한 곳에서 다시 우희를 만나기 전까진….

금자(여/50대 중반)

우희모. 우희부와 사별하고 경북 청도에서 홀로 미나리를 재배하며 살고 있다. 유일한 피붙이인 딸년만 제대로 살아주면 더 이상 바랄 것도 없을 것 같은데, 겉멋만 잔뜩 들어서 허송세월을 보내고 있는 것 같아 속이 터진다.

최위원(남/50대)

경력 30년차의 소싸움 경기장 중계 아나운서. 누구보다 자신의 일에 자부심이 크다.

그 외 철민 조부, 중계실 김피디, 철민의 싸움소 스필버그 등

■ 줄거리

가진 거라곤 허세와 자존심뿐인 우희, 서울에서 프리랜서 아나운서로 활동하다가 고향인 청도로 내려온 지도 어느덧 3개월이다.

잠깐의 휴식기를 갖고 있는 중이라며 엄마인 금자에게 말해보지만, 씨알도 안 먹히는 얘기. 이제는 생활비까지 요구하는 금자인데….

“내참 치사해서… 명품백을 팔아서라도 준다, 줘!”

우희, 큰소리 뻥뻥 쳤지만 사실 명품백은 모양만 명품인 특A급 모조품이고….

생활비를 줄 수 없으면 나가서 돈을 벌어오라는 금자의 명령(?)에 의해 도살장에 소 끌려가 듯 우희가 향한 곳은 바로, 청도 소싸움 경기장.

코딱지만 한 중계실에서 소들 싸우는 거나 응원하고 있어야 하다니… 우희의 자존심이 한없이 무너지는 순간인데. 에라 모르겠다. 돈이나 벌어서 가야지라는 생각으로 겁 없이 덤볐지만, 역시나 첫 중계부터 거나한 실수를 치고….

첫인상부터 탐탁지 않았던 최위원은 우희를 그 자리에서 해고 시키고 만다.

터덜터덜 집으로 돌아가는 길, 우연히 고등학교 동창 철민을 만나는데, 철민 역시 우희가 중계 때 실수한 걸 알고 그만 망신당하고 서울로 돌아가라고 조언하지만, 우희에겐 이미 다시 소싸움 경기장으로 돌아가야만 하는 이유가 생겼고, 막무가내로 철민에게 소싸움을 가르쳐달라고 하는데….

찰거머리처럼 딱 달라붙어서 떨어질 줄 모르는 우희 때문에 철민의 스트레스는 높아져만 가고, 우희는 어떻게든 철민을 이용해 소싸움을 배우려고 한다.

우희가 다시 소싸움 경기장으로 돌아가야 하는 이유는 무엇일까?

그리고 바람대로 소싸움 중계 아나운서로 우희는 다시 마이크를 잡을 수 있을까?

정록파, 조지운

| 원유정 |

■ 로그라인

청록파, 조지훈 시인의 마을에 컴백한

정록파, 조지운! … 나이롱 시인 되다!?

■ 작의

누구에게나 소싯적에 간직했던 꿈, 하나쯤은 있다.

일평생 대부분을 증권사에 바쳤던, 어느 60대 남성의 한때 꿈은 통기타 가수였고

일평생 두 딸 가르치기도 바빴던, 어느 60대 여성의 한때 꿈은 선생님이었단다.

"그런데 왜 안 했어?"하는 질문에

"살다보니 이렇게 됐지!"라는 대답으로 응수하는 그들.

… 그들은 정말, 소싯적 꿈을 잊고 사는 걸까?

⋮

그런데, 인생이란 참으로 얄궂어서

현실에 찌들어 살던 그 어느 날엔가, 반드시 한 번은 그 꿈들을 마주

하게 한다.

떠올리게 한다. 그리곤 말을 건다.

… 나를 기억하느냐고.

잊힌 줄 알았던 꿈과의 재회는, 언제나 아릿한 법이다.

⋮

그래서 이 이야기는,

살다보니, 그저 그런 인생을 살고 있더란 남자가

예고도 없이, 잊고 지내던 꿈을 재회하면서 시작한다.

시인과 건달!

… 어쩌면, 세상의 양 극단에 있을 법한 이 두 존재의 만남이

청록파 조지훈 시인의 고향

경상북도 영양군 일월면 주곡리, 주실 마을에서 이루어진다.

■ 등장인물

조지운(31세 남, 정록파 조직원)

열아홉에 서울을 상경해, 정록을 만나 조직생활을 시작했다.

어릴 적부터 주먹깨나 쓰는 문제 소년이었지만,

또 다른 마음 한편엔 감수성 다글다글 끓는 문학 소년이기도 했다.

이 마을에 다시 내려오면서, 잠자던 문학 소년의 영혼이 되살아나기 시작한다!

서이현(31세 여, 前고추아가씨 · 現메이크업 아티스트)

쪼매난 마을에서 나고 자란 것 치곤, 꽤나 스케일 쩌렁한 미모의 소유자다.

2008년엔 영양 고추아가씨'미'에 당선되는 쾌거까지 거머쥐었으나

지금은 그저, 시집 못간 노처녀 취급만 당할 뿐이다.

그러던 어느 날, 12년 만에 그가 돌아왔다…! 그렇게 기다리던, 지운이…!

왕정록(40대 초, 정록파 보스)

지금보다 훨씬 젊은 시절, 야구 빠따 하나로 강남 일대를 주름잡았던 전설의 인물!

그러나 누구에게나 세월은 야속한 법.

이제는 이빨 빠진 호랑이 정도로 여겨져, '정록파'마저 위기에 처하고 만다.

수많은 아우들이 그의 아래 있었지만, 유독 지운을 아끼고 친동생같이 여긴다.

⋮

강순 (80대 여, 지운의 조모) , 서 이장 (60대 남, 주곡리 이장 겸 이현父) ,
만식 (70대 남), 반혁진(30대 남), 박기영 (30세 남, 지운의 친구) , 뚱 (20대 남)
그 外 마을 사람 다수.

■ 줄거리

청록파, 조지훈의 마을로 컴백한 정록파, 조지운!
열아홉 어느 겨울, 홀연히 이 주실 마을을 떠났던 지운은
12년이 지난 어느 날, 불쑥 이 마을로 되돌아온다.
그간의 삶이 어땠는지는 모두에게 절대 함구한 채,
주실 마을에서의 생활이 다시 한 번 시작되려던 그때…!

시를 가르치라는 미션이 떨어진다…? 미션 임파…씨불!!!

그저 마을에 내려와, 조용히 지내고자 했던 지운.

그러나, 이 무슨 조화란 말인가?

어느 순간, 마을 사람들 모두가 지운을 서울에서 온 '시인'으로 오해하고 있다!?

그 뿐 아니다! 지운더러 마을 사람들을 상대로 '시'를 가르치란다!

오 마이 갓! 그게 정녕, 제가 소화할 수 있는 미션인겁니까?

사랑은, 詩를 타고…

정신을 차렸을 땐, 지운은 이미 이 마을의 '나이롱 시인'이 되어있었다.

그래, 뭐 별 일이야 있겠냐! 싶어, 대수롭지 않게 시작한 이 놈의 시인 행세!

어라? 그런데 지운은 어느 순간, 이 시인 행세가 싫지만은 않다.

즐겁다. 행복하다. 잊고 지내던 꿈의 열망이 타오르는 걸 느낀다.

⋮

하지만, 그동안 지운이 애써 감춰온 신분이 들통 날 위기에 처하며 마을에서의 평화롭던 생활이 위태로워지는데…!

지운은, 계속해서 이 주실 마을에서의 생활을 이어나갈 수 있을까?

그리고, 지운은 잊고 지내던 그의 꿈을 되찾을 수 있을까?

무섬 마을 올드보이즈

| 채지은 |

■ 로그라인

대한민국 최고의 明堂 묏자리를 놓고 벌이는
두 할배의 고군분투 묏자리 사수기

■ 작의

가슴 따뜻한 노인들의 이야기를 하고 싶었습니다.

트렌디한 로맨스물, 자극적인 소재의 드라마가 범람하는 현대의 드라마 속에서 어쩌면 잊혔을지도 모를 소중한 가치를 이야기하고 싶었습니다.

사람, 人情, 자기 자식을 귀이 여기는 부모의 마음….

투박하게 내뱉는 말 한마디에 사람에 대한 관심과 애정이 묻어나는, 그들의 이야기를 하고 싶었습니다.

독거노인의 쓸쓸한 고독사… 자식에게 버림받은 노인들….

사회에 비춰지는 노인의 이미지는 죽을 날만을 기다리는 산송장 같습니다.

보여주고 싶었습니다.

그들에겐 희망도, 꿈도, 가능성도 사라졌다고 믿는 이 세상의 편견을 뒤집고, 여전히 아름답고 유쾌한 그들의 삶을 보여주고 싶었습니다. 그들은 매순간 심장이 뛰고, 여전히 눈부시게 멋지고 아름답다는 것을, 그리고 부모로서의 역할을 다 하기 위해 매순간 노력하고 집중한다는 것을.

그리고 간절히 내 자식을 위해 기도한다는 것을… 드라마에 담아 전하고 싶었습니다.

■ 등장인물

박두필(남/70대 후반)

영주 무섬 마을 터줏대감. 무섬에 처음 뿌리를 내리고 마을을 건립한 반남 박 씨 가문의 핏줄이란 프라이드와 자긍심이 뼛속 깊게 자리잡고 있는 인물. 하지만 현재는 생계를 위해 소규모 돼지 축사를 운영중인 그저, 목소리만 큰 동네 고집 쎈 할배일 뿐.

성격이 드세고 다혈질에 욱 하는 성미가 있다. 천성은 착하고 속정도 깊으나 자존심이 세서 내색하지 않는다. 젊은 시절에 부인 먼저 보내고, 하나밖에 없는 사고뭉치 아들놈 잘되는 게 평생 소망이다. 자기와 비교되게 잘난 판사 아들을 둔 종배에게 열등감을 느낀다. 것도 모자라 짝사랑하는 미숙 씨가 요즘 들어 종배와 가까워진 것 같아 질투심에 사로잡혀 있다.

최종배(남/70대 후반)

낮은 담 하나를 사이에 둔 채, 두필의 옆집에 사는 앙숙. 남 앞에 체면 세우길 좋아하고, 눈치가 빠른 성격. 잘생긴 외모와 남다른 패션센스로 마을에서 멋쟁이 할아버지로 불린다.

판사로 성공한 아들이 자랑이지만, 정작 얼굴본 지는 까마득하다.

과거, 두필네 집에서 부모가 머슴을 살았는데, 부모가 두필네 재산을 갖고 튀는 바람에 두필에게 이완용이 보다 더한 매국노 취급을 받는다. 젊은 시절 외지에서 살다 마을로 돌아와 사사건건 두필과 부딪친다. 겉으론 매너 있고 점잖게 보이지만, 앙숙인 두필에게는 절대 지지 않고 다 받아친다.

홍지관(남/60대)

무섬 마을에 나타난 뮛자리 도사. 관심 있는 사람들에겐 산신령이라는 예명으로 불릴 정도로 유명하다. 이마에 있는 커다란 점은 신비스러움을 더해준다. 계량한복에 회색빛 수염과 머리카락이 두드러진다. 은은하게 풍겨 나오는 카리스마로 사람의 마음을 훔친다.

서미숙(여/60대)

두필의 짝사랑 상대. 무섬 마을에서 작은 카페를 운영한다. 나이가 무색할 정도로 곱다. 은은한 미소에 편안함과 기품이 묻어난다. 남편과 사별 후, 딸네 집에서 생활하다가 암수술을 받고 무섬 마을로 이사왔다. 두필에게 조금씩 마음을 열어가는 중.

김연식(남/70대 후반)

서글서글 사람 좋은 인상이다. 막역지우인 두필, 종배와 가깝게 어울려 지낸다. 성격이 순해 두필과 종배가 싸우면 언제나 둘 사이를 풀어주려 애쓰지만, 때때로 생각지 않게 이간질 하는 꼴이 돼 서로의 화를 돋운다.

박병수(남/40대)

두필의 조카. 외지에 나간 경식을 대신해 두필을 살뜰히 챙긴다. 두필의 고집에 어쩔 수 없이 두필의 축사 일을 돕고 있지만, 빨리 저놈에 똥내 풀풀~ 나는 축사를 정리했음 싶은 생각만 수두룩하다.

강조수(남/30대)

홍지관의 제자.

박경식(남/40대)

두필의 아들.

그 외 마을 할배 할매들, 영철 등등.

■ 줄거리

두필과 종배는 낮은 담 하나를 사이에 둔, 옆집에 사는 앙숙이다. 한때는 둘도 없는 벗이었던 두 할배. 하지만 어린 시절, 종배의 아버지가 두필네 집 재산을 들고 도망치는 바람에 사이가 틀어지고 현재는 무섬 마을 최고 미인 미숙을 사이에 둔 채 벌어진 삼각관계로 둘 사이는 점점 더 곪아가고 있다.

어느 날, 두필은 선산에 도로가 들어선다는 청천벽력 같은 소식을 듣게 된다. 조상대대로 내려온 묏자리를 다른 곳으로 이장해야 된다는 말에 하늘이 무너지는 두필인데…. 종배는 요즘 세상에 무슨 묏자리 타령이냐며 다 미신이고 돈지랄이라며 두필의 심기를 건드린다.

그러던 어느 날, 마을에 요상한 기운을 풍기는 묏자리 도사 홍지관이 등장한다. 홍지관은 두필에게 명당을 보여주겠다고 나서고, 대한민국서 세 손가락 안에 손꼽힌다는 명당으로 그를 안내한다. 후손 중에 대통령도 나올 수 있는 자리라며 흙까지 줘어먹는 홍지관의 모습에 마음이 혹한 두필은 당장이라도 자신이 이 땅을 사겠다고 선언하는데…!

하지만! 이미 홍지관이 점찍은 명당의 주인이 있었으니, 그는 바로 종배였던 것! 종배가 겉으로는 두필에게 면박을 줘놓고는, 뒤꽁무니로는 자신의 가족 묏자리를 알아보고 있었던 것이다. 명당을 차지하려는 두필은 홍지관 앞에서 종배의 가족사와 치부를 까발리고! 두필의 말에 흔들린 홍지관은 명당의 주인을 다시 생각해 보겠다며 결정을 보류하기에 이르는데….

묏자리는 하나! 그 묏자리를 탐내는 할배는 둘!

두 할배는 앞으로 남겨질 금쪽같은 내 자식을 위해, 후손들을 위해 대한민국 최고 명당을 차지하기 위한 양보 없는 싸움을 시작한다. 과연, 불굴의 의지를 가진 두필은 종배를 꺾고 묏자리를 차지할 수 있을 것인지! 두 할배는 결국 오랜 묵은 감정을 털어내고 화해할 수 있을 것인지! 두 할배의 불꽃 튀는 묏자리 쟁탈전 속으로 들어가 보자!

| 휘 문 |

■ 기획 의도

'안동!'하면 떠오르는 이미지는 양반과 선비로 이어지는 유교문화다.

지금도 안동에는 양반 가문과 권위 있는 종가의 전통, 선비들의 학문 공간인 서원들이 곳곳에 산재해있어 외지의 사람들에게 안동 사람은 다른 출신들에 비해 더 나은 기본적인 인격을 소유했을 것이란 생각이 강하게 들게 한다. 이는 안동 출신으로써 큰 혜택이다. 그러나 유교 문화의 전통이 드세다는 것은 곧 그만큼 보수적일 거라는 인식도 뒤따른다. 물론 여기서 보수적이라는 의미는 진보에 대비되는 정치적 의미는 결코 아니다. 새로운 것이나 변화를 적극적으로 받아들이기보다는 전통적인 것을 옹호하며 유지하려 하는, 말 그대로 사전적 의미를 뜻한다.

그것을 모티브로 해 이 시나리오를 기획 해보았다.

■ 등장인물

순돌(32)

게이. 이름 대신 세바스찬 이란 이름으로 활동하는 패션디자이너.

끼가 철철 넘치는 여성스러움으로 가득 찼지만 불의를 보면 독설도 서슴지 않는다. 정이 많아 곤경에 빠진 사람을 보면 돕기도 한다.

동환(32)게이.

공기업 연구소 박사. 헤어 디자이너가 되고 싶었지만 집안의 반대로 어쩔 수 없이 평범한 회사 생활을 한다.

기형(38)게이.

레스토랑 쉐프.

성수(28)게이.

이제 정착한 지 6개월 차 된 탈북 군인 출신. 택배 상차 일을 하고 있다. 북에 있을 때 자신의 정체성에 대해 고민하다 할머니가 돌아가시자 중국을 거쳐 남한에 들어왔다.

준섭(35)게이.

변호사. 임 영감의 아들.

 # 무지개 마을 주민들

동주(43)	이장.
뚜이(23)	베트남에서 시집 온 동주의 아내. 임신 중.
임 영감(75)	** 임 씨 12대 손. 준섭의 아버지.
형섭(48)	임 영감의 장남이자 준섭의 형. 평범한 공무원.
은희(47)	형섭의 아내.
그레이스(59)	나름대로 대구라는 대도시에서 왔다는 자부심을 가지고 있다.

의성댁(62)	아롬의 할머니.
연태모(62)	연태의 엄마.
연태(43)	청년회장. 태희를 사랑하고 있다.
영식(65)	임 영감의 동생이며 준섭의 숙부.
덕구(60)	해병대 출신이라는 자부심. 마초 중의 마초.
광자(38)	미친 여자. 영식의 딸.
태희(45)	읍내 정육점 주인.
장미(26)	읍내 〈첫사랑 다방〉 직원. 백치미.
아롬(6)	의성댁의 손녀.

청년회원1, 2, 3(60대 중 후반)

■ 줄거리

인구는 줄어들고 노인들만 남은 안동 근교의 무지개 마을,

마을 이장은 동네 원로 임 영감이 내준 종가집 고택을 펜션으로 부분 개조해 쇠락해 가는 마을을 살리려 손님을 유치하려는 시도를 한다.

한편 휴가 계획을 담당하게 된 순돌은 인터넷에서 펜션을 검색하던 중 우연히 게이로고인 무지개 표식을 보고 들어간 홈페이지에서 물놀이를 하던 청년회장 연태의 사진을 보고 한눈에 반하게 된다. 전화를 하는 순돌.

이반들 많이 오나는 물음에 무심코 일반으로 알아듣고 많이 온다고 대답하는 이장.

그러나 이장은 뒤늦게 이반이란 말이 이성애자를 일반이라 하는 데에 상대하여 동성애자를 이르는 말임을 알게 된다. 계약금은 이미 받았고, 해지하면 몇 배를 물어줘야 되는데 마을 공동기금은 오래전 이미 적자인 상태다.

마을은 난리가 났다. 경북 도내에서도 유교와 예의범절이 깍듯한 동네로 유명한 우리 마을에 게이들이라니…. 도저히 안 될 말이었다.

그들을 받을 것인가 말 것인가, 이제 우리 마을도 변해야 한다는 의견도 있었지만 극소수일 뿐 대부분의 주민은 입에 담기조차 거북스러워하는 분위기였다. 그냥 투표로 결정하자는 임 영감의 권유에 투표가 시작되고…. 하지만 결과는 그들을 받아들이자는 의견이 과반수를 넘고 말았다. 아연실색하는 임 영감과 마을 주민들….

부푼 기대를 안고 일행들과 무지개 마을에 온 순돌.

그러나 그들을 반기는 건 동네 사람들의 차가운 시선이었다. 더구나 자신이 반한 청년회장은 읍내 정육점 여자 태희에게 푹 빠져있는 상태였다. 죄송하다며 그냥 가시겠다면 위약금은 못 드리지만 환불 해주겠다고 말하는 이장의 말을 듣고 순돌은 휴가지를 옮기려 하지만 이번 휴가가 한곳에 머물며 쉬는 힐링 컨셉이니 그대로 지내자는 기형과 북한에 있는 고향마을에 온 것 같다는 성수의 말에 어쩔 수 없이 그대로 머무르기로 결심한다.

놀거리도 없고 자신들에게 적대적인 이 마을에서 순돌을 포함한 네 명의 게이들. 과연 4박5일을 버틸 수 있을까.

| 정의한 |

■ 로그라인

두 개의 다른 마음과 두 가지의 그릇을 두고 벌이는 두 남자의 오래된 이야기

■ 주제

화해는 서로를 용서하고 결국, 구원하는 것

■ 기획의도

사람들은 모두 사랑과 평화를 꿈꾸지만 현실은 그렇지 못하다. 반목과 질시, 증오와 저주 그리고 질투와 거짓말. 남는 것은 거대한 무관심. 따지고 보면 이러한 삶 속의 네거티브한 감정들은 서로가 마음을 열지 못하고 흘러와 커다랗게 만들어진 경향이 짙다. 조금만, 아주 조금만 틈을 열 것. 내가 먼저 열지 못한다면 상대방이 그 문을 열어 주었을 때 그 마음을 받고 바라볼 것. 그리고 넌지시 손을 내밀어 악수를 할 것. 결국 삶이란 서로 손을 맞잡는 것에 관한 이야기이다. 그 점

을 두 종류의 상반된 유기그릇을 만들며 혹독한 시간을 견뎌온 완호와 치호라는 두 어른이 우리에게 이야기해 주었으면 좋겠다. 물론 봉화의 아름다움을 곁들여서 말이다.

■ **등장인물**

최완호 (남 / 20~70세)

"말해라. 우찌된 일인지 내인데 말해라 당장!!!"

대량생산이 가능한 주물유기를 만드는 명진유기의 대표. 젊은 시절 정혼을 약조한 여인인 분란을 가장 친한 친구인 치호에게 맡기고 전쟁터로 향하나 오해에 오해가 얽혀 분란은 떠나고 그 까닭에 치호에게 등을 돌린다. 전쟁 통에 다리마저 다쳐 자신의 부족함을 치호에게 미움으로 표현하는 완호. 치호와 거리를 두지만 그래도 어린 시절부터 오랜 친구인 탓에 완전히 미워할 수는 없다. 치호의 딸인 은소와 함께 봉화의 유기를 알리기 위해 애쓰다 치호가 건넨 손을 잡고 오랜 구원을 푼다.

강치호 (남 / 20~70세)

"니는 와 내 말은 안 듣노! 친구 말을 안 들으면 누구 말을 듣노!!!"

한정 생산만이 가능한 방짜유기를 만드는 정한유기의 대표. 오랜 세월 동안 완호의 오해를 온몸으로 받아내지만 완호의 사정과 성격을 알기에 이유를 발설하지 않고 오랫동안 가슴에 켜켜이 묻어 둔다. 유기그릇 장인을 두고 치호와 경쟁하고 딸인 은소가 완호와 협업을 하는 데 있어 질투의 마음을 갖기도 하지만 많은 부분에 있어서 완호를 묵묵히 거든다. 친구니까 친구라서 그리고 친구이기에. 치호는 완호가 받아줄 것을 알고 있었기에 완호에게 먼저 손을 내밀었던 것이고 둘은 그렇게 오랜 오해를 거둔다.

강은소 (여 / 30대 초반)

"오해가 있으면 서로 풀면 되잖아. 어릴 때부터 둘도 없는 친구였다며."

치호와 완호, 명진유기와 정한유기 즉, 나아가 봉화의 유기를 통합하는 인물. 은소는 대척점에 서 있는 두 집안과 두 유기 그리고 두 사람을 이어주고 연결하며 결국 손을 맞잡게 하는 구원자 적인 역할이다. 방짜유기 딸이지만 주물유기를 위해 일을 하고 두 사람 사이에서 긴장의 균형을 유지하면서도 타협점을 이끌어내는 똑똑한 여성의 캐릭터.

사모 (여 / 60대 중반)

은소가 일하는 홈쇼핑의 사모. 회장 부인일뿐이지만 무식하고 안하무인의 성격.

봉화의 땅값이 오른다는 정보를 듣고 유기 공장의 땅을 얻기 위해 은소에게 접근한다. 치사하고 야비한 방법을 쓰지만 결국 실패. 검찰로부터 대대적인 세무조사를 받고 나락으로 떨어진다.

분란 (여 / 60대 중반)

완호의 정혼자였으나 전쟁 통에 미군을 따라 미국으로 갔다 다시 한국으로 돌아와 축서사에서 승려생활을 한다. 치호와는 계속 연락을 취하며 완호의 소식을 들었지만 불가에 귀의한지라 선뜻 나서지 않고 멀리서 지켜만 본다.

그 외 인수와 상철 등 명진유기와 정한유기의 인부들, 홈쇼핑 관계자와 완호의 아들이자 은소의 약혼자인 수용 그리고 대통령과 비서실장 등

■ 줄거리

한반도 최초로 유기가 만들어진 곳으로 알려진 봉화. 산 좋고 물 맑고 산세 아름다운 이 봉화 땅에 주물유기와 방짜유기로 나뉘어 오랜 세월 동안 라이벌 관계를 형성해 온 두 집안 최씨와 강씨가 살고 있다. 사사건건 대립하며 서로의 자존심만 내세우는 둘. 하지만 최씨와 강씨는 어린 시절부터 둘도 없는 친구였다. 6.25 전쟁 당시 얽히고설킨 과거로 관계가 틀어져버린 두 사람. 강씨의 딸인 은소가 나서 둘의 통합과 화해를 추진하지만 자꾸만 일은 꼬여가고 둘 사이는 더욱 멀어져만 간다. 은소가 추진하는 주물유기의 홈쇼핑 대히트로 최씨의 공장이 흥하고 아버지인 강씨의 공장이 문을 닫을 무렵 강씨에게 무형문화재라는 역전의 기회가 찾아오고 최씨는 다시 몰락한다. 친구의 몰락을 지켜볼 수 없었던 강씨. 최씨에게 손을 내미는 강씨 그리고 강씨의 손을 잡는 최씨. 둘은 몇십 년만에 극적으로 화해를 하고 주물과 방짜를 통합해 봉화유기로 새롭게 출발한다.

뜻밖의 부역자

| 김효정 |

■ 작의

부역자(附逆者); 국가에 반역이 되는 일에 동조하거나 가담한 사람.

만일 어떤 일에 동조하거나 가담했는데, 그 일이 국가에 반역이 되는 일인지 몰랐다면, 그 자는 부역자인가, 아닌가?

혹은, 반역이 되는 일인지 알고 있었지만 가담하지 않으면 목숨 혹은 생계를 잃을 수도 있는 상황이었다면, 그는 부역자일까, 아닐까?

또, 부역자이면서 자신은 부역자가 아니라며 애써 합리화함으로써 정신 승리에 이르는 사람도 있다.

우리는 너무 쉽게, 다른 사람을 비난하고, 부역자를 만들고, 또 너무 쉽게! (자신 혹은 타인을) 용서하는 것은 아닐까.

■ 등장인물

고민형(30대 후반. 사주명리학자 도월 선생의 수제자)

도월 선생이 입산수도를 위해 거처를 떠날 때마다 도월을 사칭하며 손님들의 사주를 봐 주고 뒷돈을 챙기고 있지만 딱히 악의는 없는, 나름 순수하고 평범한 청년이다.

15년 전, 찢어질 듯한 가난과 사고무친의 처지를 비관하며 세상을 하직하려고 결심했을 때 운명적으로 명리학의 세계와 조우하게 되었다. 삶과 죽음의 기로에 서서 우연히 만난 도월 선생은 그에게, 38세에 대운에 크게 발복하게 되는 운을 타고 났다며, 조금만 삶을 견뎌보라고 했다.

바로 올해, 1979년이 38세 대운으로 접어드는 해인데, 11월 말 그에게 닥친 운명은 발복은커녕 목숨이 위태로운 절체절명의 위기가 아닌가.

12월 12일 이후 그의 운명은 과연 어찌 흐를 것인가?

도월 선생(60대 초반. 사주명리학자)

대대손손 만석꾼의 가문에서 독자로 태어나 사랑과 주목을 독차지했으나 성년이 되기 전 돌연 명리학에 깊은 뜻을 품고 홀연히 집을 떠나 산천을 떠돌며 수도의 길을 걸었다.

명리와 풍수에 대한 해박한 지식은 기본으로 장착했고, 계룡산과 금강산을 넘나들며 입산수도를 수십 년 해오면서 도사의 반열에 올라섰고, 거기에 10만 명에 가까운 사주임상 경험이라는 어마 무시한 데이터베이스를 구축, 명실상부한 당대 최고의 사주명리학자로 자리매김했다.

날고 기는 권력자, 부호들이 그의 명성을 듣고 찾아와 더 큰 권력과 더 큰 부를 얻고자 했지만, 그들의 요청을 단호히 거부해왔다. 개인의 세속적 욕망을 실현하는 도구로 명리가 쓰이는 것을 절대 거부하며, 만인의 행복을 위한 명리를 자신의 업으로 삼고 있기 때문이다.

영자(20대 중반)

도월 선생의 거처에서 허드렛일을 봐 주고 있는 식모 겸 비서.

요즘으로 치면 사주아카데미의 리셉셔니스트라고 할 수 있겠다.

민형과 마찬가지로 갈 곳 없는 처지라 도월 선생이 보살펴주고 있는 셈이다.

부지런하고 눈치 빨라 살림살이에 여러 모로 도움이 되고 있는데, 민형이 납치된 후 민형을 찾겠다며 혼자 집을 나섰다가 나름의 고초를 겪는다.

장기동(합동수사본부 수사과장. 소령): 가상인물

하나회 멤버이자 전두환-허화평으로 이어지는 보안사의 핵심 권력 라인의 '끄나풀'이다.

허화평의 명을 받고 도월 선생을 납치하는 '작전'을 벌이는 실무자다. 사주팔자 따위 개소리라고 믿지 않지만 상관의 명이라 어쩔 수 없이 따르고 있다.

권영국(합동수사본부 수사원. 대위): 가상인물

사이코패스가 아닐까 싶을 정도로 감정이 드러나지 않는 인물로, 치가 떨릴 만큼 냉혹한 면모를 유감없이 보여준다.

납치된 민형을 이틀 전 YWCA 위장 결혼식에 참석한 시위자로 오인, 대놓고 폭력부터 행사하는 만행을 저지르고도 속눈썹 하나 깜짝하지 않는다.

허화평(합동수사본부 비서실장. 대령. 전두환의 최측근으로 12. 12 핵심멤버)

오래전부터 5. 16과 삼국지를 연구하며 거대한 시나리오를 준비해 왔다.

뛰어난 두뇌와 실력, 일단 밀어붙이고 보는 캐릭터로 전두환의 신임을 받고 있는 측근으로, '전복'의 밑그림을 제공하고 있다.

79년 11월 말 현재, '거사'를 위한 모든 준비를 완료했고, 인간사는 매사가 운칠기삼이라 판단, 치밀한 준비의 화룡점정으로 사주 감정을 선택했다.

김진기(정승화 총장의 측근. 헌병감. 준장)

도월 선생과 비밀리에 접선, 전두환의 사주에 대한 비밀을 듣고 깜짝 놀란다.

정승화 총장에게 일을 그르치기 전에 전두환을 경질해야 한다는 제안을 하지만, 정 총장은 대수롭지 않게 받아들인다.

김옥숙(9사단장 노태우 소장의 아내)

40대 초반으로, 남편의 사주팔자를 보기 위해 수소문 끝에 도월 선생을 찾았으나, 민형을 도월 선생으로 착각하고 팔자 감명을 의뢰한다. 남편의 신분을 숨긴 채 개업일자(실제로는 쿠데타 날짜)를 택일해 달라고 한다.

지담(풍수학자)

60대 초반으로, 도월과 친분이 있다.

경북 금릉군에 있는 김재규의 조상 묏자리를 봐주며 왕혈이라고 했다는 의혹으로, 10. 26 이후 신군부 세력에게 끌려가 고문을 당한다.

고수훈(81년생으로, 민형과 영자의 아들)

대학생 때 운동권으로 활동하다가 2018년 현재 초선의 국회의원이 되어, 청문회에 출석한 민형에게 질문을 던진다.

■ 줄거리

사주명리학에 심취해 당대의 내로라하는 명리학 도사의 문하생이 되어 명리의 이치를 하루하루 깨우쳐가고 있던, 소박하고 평범한 30대 후반의 한 사내가 있다.

그런데 그가, 어느 날 갑자기 날벼락을 맞았다.

정체불명의 사내들에게 납치되어 목숨을 위협받는 위기에 놓인 것이다.

때는 1979년 11월 26일.

영문도 모른 채 민형이 끌려간 곳은 보안사의 비밀 분실.

정체불명의 사내들은 군인들이었고, 말로만 듣던 '고문'의 위협과 함께 그들이 민형에게 요구한 것은 바로, 자신들의 사주팔자로 앞날을 예견해 달라는 것이었다.

자신에게 왜 이런 일이 일어났는지 차츰 사태를 파악해가던 민형은, 쿠데타를 기도하려는 신군부 핵심 멤버들이 '반역'의 성공 여부를 미리 알아보기 위해 유명한 역술인을 수소문했고, 도월 선생을 납치하려 하였으나, 자신을 도월 선생으로 착각하여 데려왔다는 사실을 깨닫게 된다.

자신의 정체가 발각될 경우 어떤 일이 일어날 것인지, 발각되지 않더라도 운명 감정이 끝난 후에는 어떻게 처리될 것인지 도무지 종잡을 수 없는 그에게, 신군부는 어려운 숙제를 던져준다.

그건 바로, 자신들의 거사 일자와 시각을 뽑아달라는 것.

인생 최대의 위기에 선 민형은, 이들의 쿠데타가 성공할 날짜를 뽑아줘야 할 것인지, 실패할 날짜를 뽑아 '좋은 날'로 속여야 할 것인지, 목숨을 건 선택의 기로에 서 있다.

한편, 계룡산으로 수도를 하러 떠난 것으로 알려진 도월 선생은, 민

형에게도 행선지를 숨긴 채 육군참모총장 겸 계엄사령관 정승화의 측근을 계룡산에서 접선한다.

보안사령관 전두환의 사주를 가늠한 결과가 심상치 않아 쿠데타를 사전에 막아야 한다는 사실을 귀띔하기 위해서다.

본의 아니게 극과 극의 대립각에 서서 '운명참모'의 역할을 맡게 된 스승과 제자, 도월 선생과 민형.

12월 12일 이후, 이들의 운명은 어떻게 갈라질까?

**이 이야기는 12. 12 쿠데타 이틀 후인 1979년 12월 14일, 신군부 멤버들이 당시의 유명한 사주명리학자 중 한 명인 도계 박재완 선생을 납치해 자신들의 명운을 들어보았다는 일화에서 모티브를 따왔다. 신군부 쿠데타 세력의 이름들은 편의상 실명을 차용하였고 그들의 사주팔자 역시 인터넷에 떠도는 자료들을 참고하여 일부 변형하였으며, 역사적 기록과 풍문을 참고로 하였으나, 모든 스토리는 허구임을 밝힌다.

| **수상작 엿보기** | 제16회 경북 시나리오 공모전-장려상

| 심상미 |

■ 작의

시소는 두 사람이 타야만 하는 놀이기구다.

우리가 혼자 세상을 살아갈 수 없는 것과 같다.

두 사람이 힘의 균형을 맞춰 타야만 하는 시소처럼 타인이 만나 조금씩 삶의 균형을 맞춰갈 때 삶은 더욱 풍부해지고 따스해지지 않을까.

더불어 시소는 see+saw라는 '보다, 보았다'를 의미하며 과거의 악연으로 불행하게 살아가는 사람들이 현재, 지금은 그 악연을 풀고 행복하게 살아가자는 자의적 의미를 담고 있다.

살인자의 아들과 살인자를 잡아야만 하는 형사의 불편한 동거.

악연이었지만 정을 나누며 서로의 상처를 보듬고 살아가는 삶의 반전. 이것이 진정한 행복의 가치라고 믿는다.

■ 등장인물

강형만(남, 32, 35세) 강력계 형사

형사 5년차. 아버지처럼 따르던 파트너 정 형사를 한철수에게 잃고 3년 동안 한철수를 잡겠다는 굳은 신념으로 살아왔다.

경찰서에서 보내는 밤이 더 편안하다. 불안하지 않으면 불편하다. 가끔, 자기도 모르게 다혈질로 변한다.

한 산(남, 4, 7세) 한철수의 아들.

아빠와 할머니까지 떠나보내고 보육원 생활을 시작했다.

밝진 않지만 순수하다. 너무 외로워서 사탕을 쫄쫄 빨고 다니지만 그것보다 더 좋은 건 아빠와 함께 사는 거다.

남 형사(남. 30세)

강력계 형사, 형만의 파트너. 말이 많지만 잔정이 많다.

양 반장(50세)

경주경찰서 반장. 형만의 상사.

정 형사(남, 59, 62세)

강력계 형사. 형만의 전 파트너. 퇴직을 앞에 두고 한철수 칼에 찔려, 3년간 코마상태에 빠져있다.

유정(여, 31세)

이혼한 형만의 아내

한철수(남, 33, 36세)

산의 아버지. 광수파 행동 대장이자 살인자.

인주(여, 30세)

정 형사의 딸. 형만에게 원망 없이 묵묵히 아버지 정 형사를 지킨다.

국밥집 할매(여, 65세)

경주 남산 자락에서 국밥집을 운영한다. 죽은 외동딸이 거둔 자식, 무명을 보살피며 사고치는 무명을 끝까지 감싼다.

무명(남, 23세)

국밥 할매의 돈을 노리는 불량한 의붓 손주. 시라소니의 사주로 한철수를 죽이려 한다.

강대식(남, 45세)

한때 시라소니라 불렸던 광수파의 뒷정리자.

그 외, 보육원 원장, 소매치기남, 형사(1, 2, 3, 4), 설 반장, 신경정신과의사, 기타의 사람들.

■ 줄거리

형만의 시소– "니 아들 잡아놨다구, 나타나기만 해!"

혈혈단신 형만에게 동료인 정 형사는 아버지이자, 친구며, 가족이었다. 그런 정 형사를 형만은 눈앞에서 잃었다. 형만의 결혼기념일을 위해 혼자 잠복근무를 하다 그놈에게 당한 것이었다. 그놈, 한철수! 반드시 잡아 이 불행을 끝내고 싶다. 드디어, 놈이 수면 위로 기어올랐다, 놈의 아들을 미끼로 어제의 복수를 다짐, 또 다짐으로 잠에서 깬다.

산의 시소– "우리 아빠 온댔어, 꼭 꼭 꼭!"

3년 전, 생일날 아빠와 헤어진 산은 지금 혼자다. 너무 외로워 사탕을 빨고 다니지만 7살 생일날, 아빠가 꼭 찾아오겠다던 약속을 믿는다. 드디어 아빠가 돌아온다고 한다. 자기와 함께 있으면 아빠가 올 것이라고 말하는 아저씨, 형만을 주저 없이 따라나섰다.

아빠만 만나면, 산은 예전처럼 행복해질 거라고 믿으니까.

두 남자의 시소

아빠(한철수)만 만나면 다시 행복해질 거라 믿는 일곱 살의 산.

이 꼬마의 아빠만 잡으면 불행한 지난날의 종지부를 찍을 것이라 믿는 형만이다.

두 남자의 동상이몽으로 불편한 동거가 시작되지만 한철수는 쉽게 모습을 보이지 않는다. 오히려 산의 존재가 거치적거려 부담스럽다.

심지어 형만은 3년 내리 허탕만 치고 정직과 감봉으로도 모자라 종국엔 지방으로 좌천되는 수모를 겪는데 그 순간 한철수의 소식이 들려온다.

산의 생일날, 한철수가 나타날 거라는 정보를 알게 된 형만은 산을 미끼삼아 한철수를 잡기 위해 사력을 다한다. 하지만 자객, 무명에게 오히려 화를 입고 쫓기던 한철수는 아들 산이의 생사가 아닌 아들 목에 걸어둔 비밀장부 USB를 찾기에 혈안이다.

이 사실을 안 형만은 격분하고 무명과 그 일당, 한철수를 한꺼번에 잡기 위한 필살의 한판을 벌이고, 산은 형만이 자신을 미끼로 아빠를 잡으려 했다는 것을 알고 실망한 채 쓸쓸히 보육원으로 돌아간다.

한편, 형만은 한철수를 잡고 귀찮았던 산도 돌아가고 일상으로 돌아왔지만 좀처럼 마음이 개운치 않다. 그러던 중 한통의 전화로 한철수와 산에 관한 충격적인 사실을 알게 되고 이내 형만은 자신의 생에서 가장 큰 결심을 하게 된다.

과연, 형만과 산은 운명의 시소를 잘 탈 수 있을까?

2018
SCENARIO
서울시나리오써포트

2017년도 6회까지 진행되었던 "영상크리에이티브 멀티마켓"이 "Seoul Scenario Support_서울시나리오서포트"의 이름으로 다시 탄생되었습니다.

SSS프로그램은 영화화를 추진하고 있는 우수 시나리오를 선정하여, 4개월의 기간 동안 심층 개발을 위한 교육, 평가, 발표를 함께 진행하는 시나리오 코칭 프로그램입니다. SSS프로그램에서는 시나리오의 개발을 위한 전문 강의를 비롯하여, 쇼박스, 메가박스플러스, (주)트리플픽쳐스, (주)트릭스터 등 대한민국 영화산업을 이끌고 있는 투자기획 전문가들이 멘토로 참여하여 상업영화로서의 개발 가능성을 높였으며, 시나리오 닥터링(컨설턴트)를 통해 초기 버전의 시나리오를 재구성, 보완, 각색의 과정을 거치며 더욱 보강된 시나리오로 만들어졌습니다. 또한 개별 멘토링을 통한 리얼리티, 일반인 모니터링을 통한 대중성까지 확보함으로써 더욱 완성도 있는 작품으로 개발되었습니다.

참여한 10명의 작가들이 혼신의 노력을 다해 더욱 견고하고, 재미있고, 느낌 있는 좋은 시나리오로 만들기 위한 목표로 모든 과정을 성실히 수행하였고, 이러한 결과물을 2018년 11월 29일 서울시나리오서포트 피칭 쇼케이스를 통해 영화 투자사, 제작사, 영화 관계자분들께 소개하는 시간을 가졌으며, 이후 비즈니스 미팅이 개별적으로 진행되고 있습니다.

각 작품에 대한 정보와 투자 진행상황은 서울영상위원회 홈페이지(www.seoulfc.or.kr)을 통해 확인하실 수 있으며, 작가와의 미팅을 원하시는 분은 서울영상위원회 국내사업팀(02-777-7185)를 통해 언제든 진행하실 수 있습니다.

작품 소개 | 가나다순

1. 강신규 - 〈경숙과 유미〉

독재자로부터 남편의 신문사를 지켜야 한다. 가정주부 박경숙.

"지유미 씨는 왜 이렇게 함부로 말씀하세요? 교양 없게."

1972년, 일간지 사주 부인으로 우아하게 살아가는 경숙. 그녀는 하루하루가 행복하다.

자신을 끔찍이도 사랑하는 남편 조현식 때문에. 어느 날, 중앙정보부가 현식을 용공분자라며 전격 체포한다.

어쩔 줄 몰라 하던 경숙은 중정으로부터 제안을 받는다. "신문사를 대통령 각하에게 넘기면 남편을 풀어주겠소."

경숙은 남편을 설득하지만 현식은 완강하다. "당신이 대신 경영을 맡아줘."

뜻밖의 제안에 좌절한 경숙에게 동양신문 기자 지유미가 찾아온다.

특종이라면 자다가도 벌떡 일어난다. 열혈기자 지유미.

"취재를 하면 뭐합니까? 여자라고 안 실어주는데." 정론직필의 언론사, 동양 신문의 일원이라는 사실에 유미는 뿌듯하다. 동시에 편집국에서 벌어지는 남녀차별에 화딱지가 난다. 중앙정보부가 사장을 체포하고, 회사가 위기에 빠진다.

자기 살길만 찾는 동료들에게 실망한 유미. 사장 부인 경숙을 찾아간다. "이대로 회사가 망하게 내버려 둘 겁니까?!"

며칠 후, 유미는 자신을 도와달라는 경숙의 제안을 받는다.

그렇게 손을 맞잡은 경숙과 유미는 무시무시한 중앙정보부와 맞서 싸운다.

2. 권영인 – 〈미씽링크〉

어릴 적 납치된 경험을 가진 실종전담반 형사 연주는 가출소녀를 찾아 헤매다 열다섯 소녀 지은을 알게 된다. 어딘가 이상해 보이는 지은에 관심을 가지게 된 연주는 그 애한테서 충격적인 얘기를 듣게 되는데, 양 아빠 민철이 자신이 데리고 온 가출소녀들을 살해 유기한다는 사실이다. 하지만 증거도 시신도 없다. 경찰은 그 애를 조사하지만 제대로 기억도 못하고 횡설수설하는 지은을 다시 민철에 돌려보낸다. 연주는 이대로 지은을 돌려보내면 민철이 죽일지도 모른단 생각에 지은을 납치해 달아난다. 경찰에 비상이 걸리고, 실종전담반 팀장 석현을 주축으로 연주를 쫓는 팀이 조직되는데….

3. 박경환 – 〈국풍 81〉

80년 5월을 지우기 위해 81년 여의도에서 펼쳐지는 5일간의 관제축제 국풍 81. 전남을 대표할 음식으로 나주곰탕이 선정된다. 행사가 무사히 치러지길 바라는 전남 도청 공무원 호창의 이야기.

4. 박선주 – 〈잠만잘분〉

– 투자 및 제작 진행 논의 중.

5. 박진원 – 〈26세 박봉단 희망노트 날려버려〉

26세 여성 박봉단은 대기업에 들어가 성공하고 싶으나, 번번이 입사에 실패하고 애인한테도 차였다. 어느 날, 봉단은 입사 면접을 보러 가는 도중 버스정류장에서 어떤 노인으로부터 자그마한 노트를 구입하게 된다. 이 날 면접을 망쳤다 낙심하고, 일기 쓰듯 푸념과 소망을 기록하는데, 다음 날 면접을 통과하여 합격했다는 통지를 받는다.

봉단은 들뜬 마음으로 회사 생활을 시작하나, 쏟아지는 많은 업무와 일상에 스며있는 차별 속에 녹초가 된다. 노트의 효능을 조금씩 알게 된 봉단은 욕심이 생긴다. 욕심이 커질수록 봉단의 희망 노트가 절망 노트가 되어 봉단을 위험에 빠뜨린다. 노트의 비밀을 알게 된 자들이 노트를 차지하려는 과정에서 결국 봉단은 죽을 고비에 처한다.

6. 배경헌 – 〈유령도시〉

카지노의 도시 정선. 전직 광부인 화숙과 도박꾼 춘자가 은행을 턴다. 은행 직원 도연이 은밀히 공모해 범행은 성공한다. 아들 태구의 강원랜드 취업을 청탁하려는 화숙과 도박을 끊고 미국에서 새롭게 출발하려는 춘자, 강도 사건을 통해 횡령 금액을 조작하려는 도연을 형사 광철이 뒤쫓는다. 화숙은 지역의 유력 정치인에게 태구의 취업 약속을 받아내는 데 성공하지만 다시 도박에 빠진 춘자가 화숙의 돈에 손을 대고, 도연도 새로운 지점장에게 횡령 사실을 적발 당하면서 세 여자는 점점 수렁으로 빠져든다. 게다가 화숙이 은행을 털었다는 것을 알게 된 광철이 돈을 요구하고, 태구는 또 다른 살인 사건에 엮여 있다는 것이 드러나면서 이야기는 새로운 방향으로 흘러간다.

7. 신해강 – 〈달빛요정〉

– 투자 및 제작 진행 논의 중.

8. 윤주훈 – 〈어른동화〉

– 투자 및 제작 진행 논의 중.

9. 임경동 – 〈신용인들〉

'진하'는 수유리의 대부중개 실장. 그가 하는 일은 저축은행 간부들에게 굽신거려서 저신용자의 DB를 빼내는 일이다. 그 DB는 대부중개 사무실로 보내지고, 콜직원들은 그 DB의 저신용자들을 꼬드겨 고금리 대출을 실행시킨다. 그리고 승인이 나면 진하에게는 4~5% 리베이트가 떨어진다. 그렇게 돈이 될 만한 대출들을 실행시키던 진하는, 어느 날 전 여자 친구 세화가 그가 대출을 한다는 것을 알고 돈을 빌려달라며 찾아오지만 그녀의 신용등급은 이미 돈 한 푼 안 나오는 신용불량자 신세이다. 세화의 딱한 사정을 들은 진하는, 한때 사랑했던 그녀를 위해 대규모 불법 대출 속으로 뛰어드는데….

10. 조은희 – 〈연변웨딩〉

우리 하나 될 수 있을까? 우리 사랑하면 안 돼요?!!

서울을 넘어, 평양을 넘어, 연변을 넘어… 절대로 하나 될 수 없을 것 같은 집안이 만났다. 오해와 편견, 이념과 대립으로 점철된 첨예한 갈등 속에 한국인 변호사와 조선족 엘리트 녀의 사랑이 피어난다. 그들의 결혼에 안티를 걸고 들어오는 양가 부모와 북한 친척들의 방해 공작! 국정원까지!! 간첩 혹은 산업스파이, 국정원이라는 오해와 질시 속에 우리의 주인공, 과연 꿋꿋이 이 사랑 지켜낼 수 있을까? 한 몸 바쳐 패밀리 통일(?)을 이뤄낼 수 있을까?!! 웃음과 눈물로 점철된 결혼성사 작전 + 한민족 화해 프로젝트. 국경과 3.8선을 넘어 한 가족 성사 프로젝트가 시작된다.

충무로 비사(祕史) 〈6〉

한유림

1941년 함경남도 함흥에서 태어났다. 대학 졸업 후, 영화 월간지였던 〈영화 세계〉에 근무하다 김기영 감독의 〈하녀〉 시나리오를 접하고, 그 매력에 이끌렸다고 한다. 이후 시인이자 시나리오작가였던 김지헌의 집에서 3년 동안 머물며 사사했다. 1965년 〈성난 얼굴로 돌아오라〉의 시나리오로 영화계에 데뷔한 후, 1966년 이광수의 《유정》을 각색한다. 이후 1970년대 중반까지 다양한 장르의 시나리오 작업을 하는데, 그 가운데는 〈수절〉(1973)과 같은 공포물, 〈아빠하고 나하고〉(1974) 같은 가족 멜로 드라마, 〈금문의 결투〉(1971) 같은 무협물 등이 폭넓게 펼쳐져 있다. 1970년대 중반 이후로는 방송극으로 주요 활동 무대를 옮기는데, 1980년대에는 특히 기업 관련 다큐멘터리 드라마에 집중하여 현대건설, 대우그룹, 국제그룹 등의 기업사를 다룬 라디오 방송극은 단행본으로 출간되기도 한다. 1989년에는 백시종, 김녕희, 전범성 등의 작가들과 함께 기업문학협의회를 결성하여 기업사를 문학 장르로 넓히려고 시도한다(매일경제).

| 각본 | 안개도시(1988), 동백꽃 신사(1979), 천하무적(1975), 출세작전(1974), 연화(1974), 대형(1974), 아빠하고 나하고(1974), 위험한 사이(1974), 요화 배정자(속)(1973), 여대생 또순이(1973), 협기(1973), 수절(1973), 금문의 결투(1971), 월남에서 돌아온 김상사(1971), 첫정 (1971), 현대인(1971), 지금은 남이지만(1971), 미워도 안녕(1971), 당나귀 무법자(1970), 버림받은 여자(1970), 어느 소녀의 고백(1970), 불개미 (1966)
| 각색 | 며느리(1972) – 윤색, 괴담(1968), 유정(1966)
| 원작 | 여대생 또순이(1973)

영화인은 위악자(僞惡者)인가

| 한유림 |

‘위선자’란 말이 있다. 선함을 가장한 악인, 양의 탈을 쓴 이리와 같은 인간을 일컫는 말이다. 그렇다면 ‘위선자’의 반대말은 무엇일까? ‘위악자’이다.

위악자란 악함을 가장한 선인이라는 결론이 나온다. 결과적으로 위악자가 위선자보다 낫다고 본다.

보통 우리 사회에서 종교계에는 위선자가 많고, 영화계에 위악자가 많다는 정평이 나있다.

실제로 K라는 제작자는 하도 악당 노릇을 많이 하니까 어느 영화기자가 물은 일이 있다.

“K 사장님, 왜 그렇게 영화인들한테 인심을 잃어가며 독하게 영화를 만듭니까?”

“아, 나요? 하하하. 난 위악잡니다! 착해가지고 영화 못 합니다. 내가 나쁜 인간이 되지 않으면 당장 부도가 나서 영화계를 떠나야 하니까요.”

“나쁜 인간이라야 흥행이 된다, 이겁니까?”

“이봐요, 기자양반. 영화가 뭡니까? 개가 사람을 물어봐야 재미가 있습니까? 사람이 개를 물어야 드라마가 생기죠. 하하. 영화에 가다끼(악역)가 없다면 무슨 재미로 영화를 보겠소?”

실제로 K 사장은 다른 제작자가 3개월짜리 어음으로 개런티를 지불할 때 5개월, 6개월짜리를 끊어줘 빈축을 사기도 했다. 그만치 지불을 늦추면 이자수입도 만만치 않고 그동안 현금을 이용할 수 있으니 일거양득이란 이론이었다.

게다가 이 제작자는 자기가 발행한 어음을 와리깡(어음할인)해 주었다. 일례로 A 감독이 5천만 원의 개런티를 받았는데 5개월, 6개월 기다려서 은행에서 돈을 결제하면 조수들 월급도 줄 수 없고, 생활도 할 수 없게 되므로 어음을 바꿔야 하는데 그 이자율이 가히 살인적이었고, K 사장은 자기 경리 여직원 미스 김을 시켜서 어음할인을 해줘서 꿩 먹고 알 먹고 하여 어느 영화인의 표현에 의하면 사일록보다 더 악랄하다고 했다.

K 사장은 이렇게 축적된 돈으로 땅을 샀고, 그 땅 위에 빌딩을 짓고 극장도 지어서 떼돈을 벌었다.

영화계에서 존경을 받았던 지우성(池宇成)이란 제작자가 있었다. 주로 사극영화를 찍어 재미를 보다가 영화인들을 위해 많은 일을 했고, K 사장이 4부, 5부로 어음할인을 해줄 때 지사장은 2부로 할인해 주었다.

어떻게 된 셈인지 K 사장은 날로 흥하고 지 사장은 결국 부도가 나서 충무로를 떠나고 말았다.

K 사장은 극장 짓고 U.I.P 영화 붙여서 그야말로 떼돈을 벌었다. 그래도 불우한 영화인이 찾아가 도와달라고 하면 사장실을 나가버린다고 했다.

시나리오 작가협회가 K 사장 영화사와 이웃하고 있어서 가끔 K 사장과 마주칠 때가 있었다. 통금이 있던 시절, 스태프들과 과음하고 집에 들어가지 못 했는데, 새벽에 청대문집에서 해장을 하고 작가 사무실로 나오다가 나는 해괴한 장면을 목도했다.

K 사장과 그 회사 사환 아이가 결투를 벌이고 있었다. 나는 영화 찍나 하고 지켜보려니까 싸움이 심상치 않았다.

"이 새끼, 오늘 당장 나가!"

"나가지 말래도 나간다. 이 지독한 사장 놈아!"

"뭐 이 자식!"

이러고 치고받고 하여 사환 아이가 코피가 터지고 K 사장의 입술이 터졌다. 나는 두 사람을 말렸고 떼어놓았다. 사환 아이라고 하지만 덩치가 꽤 커서 K 사장과 맞장을 떠도 결코 밀리지 않았다.

"임마, 이 연탄 물어내!"

K 사장이 반쯤 타다 꺼져버린 연탄덩어리를 손으로 가리켰다.

"그래 물어준다. 어서 석 달 밀린 월급이나 줘!"

"그래, 주니까 오늘부터 그만 둬."

"알았어. 붙잡아도 이런 지독한 회사 안 있어!"

나는 사환이 안정되기를 기다려 싸우게 된 연유를 물었다.

"저 연탄 때문이죠. 어제 내가 잘못해서 난로에서 저 연탄 꺼트렸지 뭐예요. 그런데 K 사장이 새벽에 출근하다 내가 내 논 저 연탄 보고 돈 물어내라고…."

"지독하군. 그런데 월급이 왜 석 달 치나 밀려있지?"

"저 사장새끼, 진짜 치사해요. 중국집에 점심 시켜 먹는데 거기도 석 달이나 외상 안 갚아요."

"왜 그러지? 저 사장 돈 잘 벌잖아? 지난번 영화도 오이리(만원사례) 나지 않았어?"

"그 돈 다 어디다 쓰는지 모르지요. 중국집 외상 늦게 주면 그만치 돈 번다는 거예요. 그 이자가 어디냐는 거죠."

"그래서 네 월급도 자꾸 미룬다?"

"그래요. 내 월급뿐 아니라 미스 김 월급, 조 부장(제작부장) 월급도 벌써 두 달 안 주고….”

나는 죽었다 깨어나도 이런 회사와는 일하지 못 한다고 생각했다. 그런 K 사장이었다. 그런데 이성구 감독이 나를 찾는대서 만났더니 선배가 초고(草稿)를 쓴 〈지열(地熱)〉이란 시나리오를 고치자고 했다. 원로 배우 강계식(姜桂植) 씨 동생 강근식(姜槿植) 선배가 썼는데, 당시 박정희 대통령의 새마을 운동에 부응하기 위한 농촌드라마였다. 훈훈한 농부의 인정이 느껴지는 좋은 작품이어서 나는 영화사도 따지지 않고 이 감독과 같이 〈지열〉을 윤색했다.

그 작품 독회날이 되어 나갔더니 다름 아닌 K 사장 영화사였다. 나는 이 감독에게 원고를 넘기고 도망쳐 나오려 했다. 이 감독이 눈치 채고 나를 꽉 붙들었다. 이 감독은 한 번도 독회를 해보지 않았고 자신이 없으므로 내가 꼭 독회를 해줘야 한다고 애원했다.

그날따라 지방흥행사 두 사람, 촬영, 세트맨, 조명, 음악, 편집기사까지 참석해서 내 입만 바라보고 있었다.

사정이 사정이니만치 나는 할 수 없이 원고를 읽어 내려갔다. 그때가 점심시간이었는데 갑자기 K 사장이 미스 김을 불러 식사를 시켰다. 나는 잠시 중단하고 저 지독한 K 사장이 어떤 메뉴를 시키나 기대했다. 그런데 K 사장은 설렁탕 한 그릇만 시키라고 했다. 모두 아연했다. 모두 손님으로 초대된 영화인들인데 자기 혼자만 설렁탕을 시켜서 후루룩 불며 맛있게 먹는 K 사장을 아연히 바라볼 뿐 아무 소리도 하지 못 했다.

“빨리 읽어.”

K 사장이 뚝배기를 기울여 국물을 마시며 독회를 재촉했다. 나는 더 이상 참을 수 없었다.

“못 읽겠습니다.”

하고 원고를 탁 덮어버렸다.

"어? 왜 못 읽어?"

"배가 고파서 못 읽습니다. 사장님 입만 입이고 우리 입은 입이 아닙니까?"

그제야 영화인들은 속이 후련해서 킥킥 웃었다. 순간 K 사장은 당황하더니 이내 그 특유의 포커페이스로 미스 김을 부르더니 인원수대로 설렁탕 더 시키라고 말했다.

이런 K 사장이었다.

나는 그 후 또 한 번 K 사장 때문에 놀랐는데 영화계의 마당발 김갑의(金甲毅)가 찾아와 영화인 신우회(기독교)를 창립하니 누굴 만나자고 했다.

어느 식당 안방에 영화인 몇이 모였고 앞으로 〈벤허〉같은 좋은 종교영화도 만들자며 꿈을 피력했다. 그러면서 김갑의와 주최자측은 팔목시계를 보며 누굴 기다렸다.

"누가 또 와야 됩니까?"

내가 물었고 김갑의가 고개를 끄덕이자 방문이 열리며 한 제작자가 나타났는데 바로 K 사장이었다.

"엇, 사장님 웬일로…?"

"여기서는 사장님이라 하지 말고 장로님이라고 부릅시다."

하며 주최자가 기도회를 시작했다.

찬송 부르고 대표자 기도가 있었다. K 사장이 묵직한 베이스 음성으로 기도하는데 바로 청산유수였다.

"음…."

나는 할 말을 잃었다. 영화계에서 이렇게 기도 잘하는 사람을 만난 일이 없다. 그때부터 나는 K 사장을 다른 각도로 보게 되었다.

"K 사장은 위악자다!"

어느 누가 말했다. 위악자. 마음먹고 악한 척하면서 영화인들로부터 무리한 요구를 미리 차단한다는 얘기였다. 사장이 위악잔데 감히 가불해달라는 소리가 나오겠는가? 그 후 몇 번 K 사장과 식사도 하고 대화도 나눠보았다. 의외로 순진한 데가 있었다. 나는 한동안 영화에서 외도하여 방송일과 책 만드는 일을 한 적이 있었다. 영화가 불황을 맞아 '집념'의 덩어리 영화인들이 반 이상 충무로를 떠나 고무신 장사, 식당일, 공장직공, 공구판매원 혹은 보험회사 외판원, 책 외판원 등으로 빠져나갈 무렵, 나는 몇 편의 방송원고로 호구지책을 삼았고 다큐멘터리를 맡으며 기업에 취재를 나가지 않으면 안 되었다.

기업취재는 참으로 힘들다. 정부에서 이러이러한 사람이 가니 취재에 협조해 달라는 공문이라도 떨어지면 몰라도 글 쓰는 사람 혼자 찾아가면 번번이 문전박대를 당할 수밖에 없었다.

경비원한테 번번이 쫓겨나는 수모를 당하고 지혜를 짜내 도시락 작전을 편 끝에 기업총수를 만날 수 있었다.

도시락 작전이란 비서실까지 쳐들어가 점심때가 되면 도시락을 꺼내 먹으며 취재를 기다리는 것인데, 몇 번 반복되자 기업총수가 걸어나와 인터뷰에 응해주었다.

그때 모그룹 J 회장을 만났다. 그는 늘 짜깁기한 바지에 15년 지난 가방을 들고 다녔다. 대기업 총수면 차림새에도 신경을 써야 하지 않느냐고 질문했더니 J 회장은 껄껄 웃으며 이렇게 말했다.

"내가 이렇게 짜지 않으면 부하들이 나에게 무리한 요구를 해 온다네. 우리나라 샐러리맨들 좀 보라구. 월급 얼마 받는데 도시락도 싸오지 않고 저렇게 비싼 점심을 매일 사먹는지 몰라. 한심한 일이야. 그래가지고 언제 저축하구 집 장만 하겠어? 난 저자들에게 보여주려고 이 헌 바지 헌 가방 들고 다니네."

말하자면 J 회장도 위악자가 되는 수밖에 없으며 우리나라 기업가나

고위공무원, 기업의 장들은 도리 없이 위악자가 되지 않고서는 부지할 수가 없다는 이론이었다.

그만치 K 사장은 악당으로 위장하여 직원들에게 소위 카리스마를 보여 통솔해 나간다는 얘기고 보면 더 할 말이 없어졌다.

한번은 K 사장을 찾아가서 '작가협회 회보'를 만드니 광고를 실어달라고 요청했다.

"야, 내가 그런 광고 왜 내니? 내 돈이 썩어나도 그런 덴 안 해."

하고 K 사장 특유의 냉혈인간 작전으로 나왔다.

"그럼 내가 점심 살 테니 갑시다."

하고 작전을 바꿔 일어섰더니

"야, 니가 점심을 사?"

"점심 한 끼 못 사겠습니까? 가시죠. 사장님 보신탕 좋아한다는 소리 들었습니다."

했더니 K 사장은 금세 화기가 돌며 따라나섰다.

충무로 A호텔 뒤편에 유명한 보신탕집이 있었고 이곳이 K 사장 단골집이었다.

"아주머니, 배바지 좀 보여주세요."

하고 나는 큰소리를 냈다.

그날그날 고기가 바뀌므로 단골손님에게 좋아하는 부위를 직접 보여주고 요리하는 게 이집의 전통이었다. 배바지는 꽤 비쌌다.

"야, 비싼 거 왜 시켜? 싼 걸루 해."

"왜 이러십니까. 어제 원고료 두둑하게 받았으니 염려마세요."

했더니 K 사장, 해죽 웃으며

"주동진이하구 일하지?"

"아닙니다. 정진우 감독하고 계약했습니다."

일부러 K 사장 라이벌 이름을 대며 소주를 시켰고, 배바지 전골로

술이 몇 순배 돌았다.

"역시 이 집이 최고야!"

하고 나는 K 사장의 비위를 맞춰줬더니,

"그렇지? 그래서 난 다른 데선 못 먹어. 헤헤헤."

K 사장은 소년처럼 웃었다. K 사장은 진짜 마음이 통하면 그의 착한 일면을 보여줬다. 나는 이때다 싶어 협회의 재정이 요즘 어려우니 K 사장의 광고가 필요하다고 슬쩍 운을 띄웠다.

"야, 극장광고 어떻게 내? 영화면 몰라도 요즘 우리 회사 방화 제작 안 하는 거 알고 있잖아?"

"아, 영화광고만 광곱니까? 사장님, 이미지 광고라는 거 아시죠? 극장의 이미지가 중요한 겁니다. 문화의 전당으로써 품위를 지킨다. 기막힌 이미지 디자인으로 크게 낼 테니 200만 도와주세요."

"200이나?"

"아이구, 사장님한텐 껌 값이죠."

"좋았어. 히히."

이래서 이 짜디짠 K 사장한테서 200만 원을 받아냈다. 주위에선 모두 믿지 못하는 눈치였다. 그 자린고비 K 사장이 200짜리 광고를 낸다고 현금을 지불했다니 믿지 못하는 눈치였다.

"K 사장, 나쁜 인간 아니라고. 의외로 순진한 데가 있어."

"뭐 순진해? 하늘이 웃겠다."

"경험해 봐. 세상에 악인이 어디 있어?"

그 후로는 나를 친K 사장파라고 치부해 버렸다.

그 덕에 나와 두 작가(이일목, 김하림)가 작품계약을 하고 호텔에 들어갔다.

새마을 영화였는데 방송드라마를 각색하는 작업이었다.

"야, 이거 내가 제작, 감독할 거야."

"예?"

우리는 영화사 사장이 감독한다는 걸 믿을 수가 없었다.

"가수도 하는데 내가 왜 못해?"

"그럼 실력파 조감독 써야겠네요."

하고 내가 보조를 맞춰줬더니,

"암, 너희들이 써주는 대로 찍을 거야. 그러니까 잘 좀 써줘."

"알겠습니다."

영화각본은 팀 작업이 가능한 문학 장르였다. 신봉승 작가는 "친구의 문학이다."라고 각본 작법에 썼다. 서로 의논해서 씬을 나누고 테마를 설정하노라면 밤을 새우기 일쑤였다. 각본만치 어려운 장르는 없었다. 소설이나 다른 문학은 문장력만 있으면 줄줄 써 가면 되지만 각본은 영상, 즉 카메라를 통해서 표현되는 매체이므로 이미지의 에센스만 골라서 표현해야 감독이 연출을 쉽게 할 수 있었다. 방송극본은 엿가락처럼 늘여야 되지만 영화각본은 1시간 40분 동안 모든 주제, 재미, 인생을 표현해야 되므로 압축, 또 압축도 모자라 최대한 생략, 생략의 표현법을 써야 하는 장르였다.

소설가나 시인이 각본을 쓰다가 도망치는 예도 이런 이유에서였다.

어쨌든 우리 세 친구는 C호텔에 투숙해서 방송드라마를 어떻게 각색해야 할지 밤새 토론했다.

밤 11시쯤 K 사장이 찾아왔다. 우리는 의례 사기 진작을 위한 방문인 줄 알았다.

"야. 나도 옆방에 들었어. 나도 밤 샐 테니까 파이팅 하자구."

"아니, 책도 안 나왔는데 감독이 웬일로 옆방에 듭니까? 우리 감시하려는 겁니까?"

"야, 나도 콘티 계획 짜야 하잖아? 어쨌든 무슨 일 있으면 옆방으로 오라구."

K 사장은 사라졌다. 우리는 그가 무슨 꿍꿍이속으로 비싼 호텔비를 쓰나 의아했는데 그 궁금증이 곧 풀렸다. 그의 부인한테서 전화가 온 것이다.

"나 K 사장 안사람인데요. 옆방에 K감독 들었죠?"

"예, 그렇습니다."

"지금 외출한 모양인데 들어오면 전화 좀 해달라고 전해주세요."

"네, 알았습니다."

우리는 이게 무슨 시추에이션인지 곧 알아차렸다. 11시가 지나자 이 호텔 스카이라운지 캬바레에서 쿵쿵 음악소리가 들려온 것이다.

이일목이 방을 나가 염탐하고 돌아오더니 입이 헤하고 풀렸다.

"기가 막히던데?"

"뭐가?"

"쭉 뻗은 댄서하구 신나게 돌더구만."

"그래?"

나중에 K 사장이 우리에게 고백한 거지만 우리는 배를 잡고 웃었다.

"야, 난 외도한 거 아니야. 정말이야. 마누라한테 매여 있으니까 숨이 막혀. 그래서 잠시 해방감 맛보려고 춤춘 거야. 그뿐이라구. 정말이야."

정말이야, 정말이야를 연발하며 그는 우리에게 알리바이를 증명해 달라고 애원했고, 이튿날 근사한 도시락을 싸온 그의 부인에게 밤새워 작품토론 했노라고 알리바이를 증명해 주었다.

그는 해방감을 맛보려고 감독으로 '입뽕' 했고, 그 작품은 흥행은 별로였으나 우수 '새마을 영화'로 인정받아 외화쿼터를 받아냈다.

K 사장과 유동훈 작가가 남산에서 격투를 벌인 건 유명한 이야기다. 깐깐한 유동훈이 K 사장과 지나치며 슬쩍 농담을 던졌다가 싸움이

되었다.

"뭐야 임마? 쬐끄만 놈이 까불어!"

하고 K 사장이 체구가 아담한 유동훈쯤 상대가 안 된다는 듯이 깔보듯 뇌까렸다.

"뭐, 쬐끄만 놈? 이 자식이!"

깐깐한 유동훈이 참지 못하고 K 사장의 멱살을 틀어쥐었다. 두 사람 사이에는 작품관계로 옛날부터 유감이 있었던 모양이다.

"이거 못 놔?"

"못 놓는다, 이 자식아!"

"한 판 뛰자!"

하고 K 사장이 결투를 신청했다. 충무로에서 사환과 격투를 벌인 K 사장이라고 소문이 난 터라 유동훈과의 격투는 이상한 일도 아니었다.

"여기서 뛸 순 없잖아? 남산 가자구!"

"좋아 가!"

K 사장은 그의 차 피아트로, 유동훈은 자가용차가 없으므로 택시를 잡아타고 남산 팔각정으로 갔다.

그날 몇 합을 싸웠는지 누가 이겼는지는 모른다. 서로 이겼노라고 서로 상대방 목을 밟고 항복을 받아냈노라고 하지만 우리의 생각으로는 무승부로 끝난 것 같다.

K 사장의 소년 같은 심리는 그 후로 유동훈과 단짝이 되었다는 얘기와 상통한다.

유동훈이 경제신문사 기자노릇을 잠깐 한 일이 있었다.

어느 날 S극장에서 외화를 보고 나오는데 내 어깨를 누군가 툭 쳤다. K 사장이었다.

"아니, 사장님이 이런 데도 나옵니까?"

"요즘 유동훈이 어떻게 지내?"

"왜요? 경제신문사 사표 내고 작품 쓸 걸요. 아마 경화장 호텔에 있을 겁니다."

"만나면 나 좀 보자구 전해 줘."

"알았습니다."

그 전갈을 유동훈에게 들려줬더니 며칠 후 유동훈이 xx영화사 부사장이 됐다고 소문이 돌았다. 유 작가는 작품도 잘 쓰지만 세상 돌아가는 이치에 능하고 머리회전도 빨라 작가협회회장도 일곱 번인가 지낸 사람이었다.

남산에서 격투한 보람이 있어 유동훈은 S극장에서 3년간 녹을 먹었다. 말은 부사장이지만 기획실장과 같은 역을 했고, 영화계의 복잡다단한 여러 가지 동정을 캐치하고 K 사장에게 보고, 영화계의 이니시어티브를 쥐는 데 꽤 공헌했다.

그런데 3년이 지난 어느 날, 오랜만에 충무로에 나왔더니 유동훈과 K 사장이 대판 싸웠고, 유동훈이 부사장을 사표 내고 나왔다는 얘기가 들렸다.

"야, 3년이면 긴 거야? 위태위태했다고 두 사람."

동료들은 이렇게 말했다.

그 후 얼마 안 되어 S극장에서 영화를 보고 나오는데 K 사장이 차나 같이 하자며 사장실로 안내했다.

"요즘 어떻게 지내십니까?"

"재미없어."

"그래도 서울시내 돈은 다 끌어 모은다던데요."

"돈은 무슨…. 참 유동훈 그 새끼 어떻게 지내?"

"모릅니다."

"한번 만나면 점심이나 같이하자구 그래."

"알았습니다."

나는 항상 메신저 역할이었다. 유동훈을 만나 K 사장과 화해하라고 충고했더니 한 달 후, 유동훈은 다시 S극장 부사장으로 복귀했다.

두 사람 사이에 어떤 드라마가 펼쳐졌는지 자세히 알 길은 없지만 전후 사정으로 어떤 일이 있었는지 대강 짐작은 갔다.

두 사람은 그 후 찰떡궁합이 되어 K 사장이 유동훈을 감독 '입뽕' 시켰다. 〈심장이 뛴다〉라는 청춘영화였다. 그 외에도 몇 편 더 만들었지만 유 작가는 감독으로써는 큰 성공을 거두지 못했다. 흥행이 신통치 않자 두 사람은 다시 헤어졌다. 유동훈이 나왔다는 게 더 맞는 얘기일 것이다.

유동훈은 제작자 이태원과 손을 잡았다. 당시 영화계는 K 사장과 이태원 사장의 양대 구도로 나뉜다고 해도 과언이 아닐 정도였다. 유 작가는 이태원을 찾아가 〈서울의 눈물〉 각본을 보이고 제작을 밀어달라고 말했다.

드디어 양재동 교육문화회관을 빌려 거창하게 제작발표회를 열고 유 작가의 영화제작이 스타트했다.

그때 연락을 받고 뛰어갔더니 유동훈은 〈서울의 눈물〉 각본을 보여주며 윤색을 부탁했다. 읽어보니 문제가 많은 작품이었는데, 우선 타이틀이 마음에 걸렸다. 〈서울의 기쁨〉이라 해도 시원치 않은데 '눈물'이라는 게 마음에 걸렸다. 그리고 소재도 당시 지긋지긋한 데모가 주 배경이어서 관객이 데모라면 식상할 때였다.

"윤색이 아니라 전면 개작해야겠어. 타이틀도 고치고…."

"뭐?"

"일본말로 눈물을 '나미다' 하면 무드가 있을지 모르지만 눈물하면 아무래도 비극이 느껴져."

유동훈은 말도 안 된다는 듯이 눈을 치켜떴다.

"너무 부정적인 소재야. 주제도 분명치 않고… 우선 재미가 없어."

이래서 윤색 건은 없던 일로 하고 헤어졌다. 주연은 정보석으로 하고 촬영이 개시되었는데 조마조마한 심정으로 결과를 지켜보는 수밖에 없었다.

〈서울의 눈물〉이 단성사에서 개봉한다고 신문광고에 났다. 개봉 첫날 첫 시간에 단성사로 뛰어갔더니 유동훈과 제작후원자 이태원과 감독, 관계자들이 극장 앞에 진을 치고 있었다.

초대권 손님 외에는 관객이 별로 없었다. 유동훈의 안색을 살폈더니 실망의 빛이 역력했다. 이태원 사장은 우리를 이끌고 근처 찻집으로 향했다.

커피를 마시면서 이태원 사장은 '흥행감각'에 대한 체험적 강의를 시작했다. 강수연의 〈씨받이〉 〈아제아제 바라아제〉 등으로 크게 히트한 이 사장의 강의는 공감을 불러 일으켰다.

"나는 개봉 첫날 극장 화장실에 제일 먼저 가봐. 그것도 여자화장실."

"아니, 사장님이 어떻게 여자화장실을…?"

"야, 내가 가니? 여직원 들여보내지."

"그래서요? 여자화장실에 흥행의 꿀단지라도 있다는 얘깁니까?"

"있지. 흥행이 터지면 화장실에 휴지가 산더미처럼 쌓여. 무슨 말인지 알겠어?"

"아니, 여성관객들이 극장 안에서 울지 다 보고 나와서 화장실에서 운단 말입니까?"

"아이구, 이렇게 둔해서야. 눈물도 흘리지만 여성은 감성이 자극되면 호르몬 분비가 많아. 그래서 휴지가 필요한 거지."

우리는 그 말에 "왓하!" 하고 웃었다. 핵심을 찌르는 체험담이었다. 그동안 히트한 작품, 예를 들면 〈미워도 다시 한 번〉 〈씨받이〉 〈성춘향〉 〈유정〉 〈저 하늘에도 슬픔이〉 〈팔도강산〉 등 여러 영화를 보려고 극장에 꼭 들른다는 이태원 사장, 그곳에서 그는 산더미 같이 쌓여 그걸 치우느라고 투덜거리는 극장 청소부를 바라보며 이 영화 30만, 50만 들겠다고 점을 쳤다는 얘기였다.

어쨌든 유동훈 제작담당과 김현명 감독은 혹시 후반에 손님이 들지 않을까 기대했지만 여지없이 깨지고 말았다. 김현명 감독은 이 작품에 약간의 제작비를 투입했으므로 더 안달이었다.

영화란 이상한 마물이다. 잘되면 충신, 못되면 역적, 바로 그것이었다. 흥행이 좀 되면 촬영 때의 불미스럽고 후회스런 일들이 다 묻혀버리고 만원사례 봉투 받아 대폿집에서 밤을 새며 촬영 때 일화를 얘기하느라 꽃을 피우지만, 흥행에 실패하면 스태프는 물론 배우 하나 얼씬거리지 않아 제작자는 우울증에 빠진다. 세 작품, 다섯 작품 계속 깨지고 부도가 나게 되면 제작자는 갈 길이 없다. 그동안 자살하거나 외국으로 망명(?)한 인사들도 꽤 많았다.

K 사장은 그래서 영화계에서 살아남으려면 악당 아닌 악당이 되어야 하고, 한 푼도 아껴서 다음 작품을 계속 찍을 수 있어야 한다고 주장했다.

신상옥 감독의 예를 들어보더라도, 한동안 신필름하면 세계적인 메이커였고, 〈성춘향〉 〈사랑방손님과 어머니〉 〈상록수〉 〈빨간 마후라〉 등으로 계속 히트하면서 한국을 대표하는 영화사였지만, 신 감독이 기획을 잘못하여 그 뒤 흥행에 연속 실패하자 부도가 났다.

영화와 문화를 사랑하는 김종필 총재가 많이 도와줬지만 결국 홍콩으로 몸을 피했다.

영화인들은 잘 알았다. 신상옥 감독이 얼마나 영화에 집념하는가를…. 부도가 나서 신 감독은 편집실에서 직접 편집을 하고 있었다. 신상옥은 연출뿐 아니라 카메라, 편집에도 능했으므로 직접 필름을 두 손으로 잡고 영상을 들여다보며 편집을 했다. 부도 후 편집비 아끼기 위해서 직접 뛰어든 것이다.

그런데 빚쟁이들이 몰려들었다.

"이봐, 신 감독. 내 돈 내놔!"

"돈 내놔!"

성난 빚쟁이들은 처음엔 신 감독의 뺨을 찰싹찰싹 쳤다. 그래도 대꾸 없이 필름만 들여다보는 신 감독이 미웠던지 주먹으로 면상을 쳤다. 코피가 주르륵 흘렀다. 그래도 신 감독은 개의치 않고 옷자락으로 코피를 훔치고 말했다. 눈은 여전히 포지필름을 들여다보면서….

"갚아줍니다. 영화 개봉하면 갚아준다구요."

이 일화는 영화인이라면 다 아는 얘기다. 그런 집념을 가진 신 감독도 결국 영화로 재기하지 못하고 홍콩에 피해 있다가 최은희가 납북을 당했다. 결국 그도 납치되어 영화광 김정일을 위해 영화를 만들 수밖에 없었지만….

여기 재미있는 일화가 있다. 이 얘기는 김강윤 선배와 나만이 아는 비밀이지만….

신상옥 감독이 북에서 영화는 찍어야겠는데 각본이 없었다. 예전에 김강윤 각본으로 〈쌀〉을 찍어서 그해 새마을 영화상을 수상하기도 했다.

신 감독은 〈쌀〉을 기억해내고 일본 송죽영화사에서 활동하는 교포 유심평(柳心平) 촬영감독에게 편지하여 서울에 있는 김강윤에게 연락, 〈쌀〉 각본을 좀 보내달라고 요청했다.

유심평 기사에게 이 연락을 받고 김강윤 선배는 잠시 고민에 빠졌다. 잘못했다가 이적행위로 그 당시 유행하는 '간첩죄'를 뒤집어쓰는 거 아니냐 하고 말이다.

김 선배는 나와 의논했다. 나는 과감히 보내라고 주장했다. 신 감독이 비록 북이지만 거기서 〈쌀〉을 원작 삼아 걸작을 만들지 누가 아느냐고.

김강윤 선배는 S대 문리대 시절 문리대 사건의 연루자였기에 몹시 꺼렸지만 신 감독과의 우정을 생각해서 보냈다.

이 〈쌀〉이 신 감독의 각색으로 〈소금〉으로 리메이크 되었다.

솔직히 이 작품 〈쌀〉은 이태리 영화 실바나 망가노 주연의 〈수전지대(水田地帶)〉와 비슷한 작품이었다. 〈수전지대〉는 말괄량이 처녀 실바나가 염전지대에서 소금을 거두며, 투박한 사내들 틈에서 꿋꿋하게 살아가는 이야기를 시정 넘친 카메라에 담은 작품이었다.

신 감독은 아예 〈쌀〉의 원형 〈소금〉으로 돌아가 최은희를 주연으로 평안도 수전지대(염전)에서 찍었다고 했다.

이 작품이 모스크바 영화제에서 그랑프리를 받았고, 일본 영화잡지 '키네마준뽀'에 실렸다. 일본어를 아는 영화인들은 이 각본을 다 읽었다.

이야기가 옆길로 흘렀지만 〈서울의 눈물〉로 고배를 마시고 정말 눈물을 흘린 유동훈은 몇 달 인고(忍苦)의 세월을 보냈다.

그런데 K 사장한테서 또 초청장(?)이 날아들었다. 여러 번 만났다 헤어졌다 감정싸움을 벌였던 K 사장이 보기 싫었지만 재기를 위해서는 K 사장과 면담할 수밖에 없었다.

"야, 넌 나하구 일해야 돼. 이태원이하구는 운대가 맞지 않는 거라구."

영화인들은 이 '운대' 때문에 정말 웃고 울 때가 많다. 운대(運帶)에서 나온 말이지만 사람을 잘 만나 구미를 잘 짜야 영화계에서 성공한다는 말이었다.

영화인이라면 최고의 지성과 인성을 갖춘 이들이 많다. 대개 최고학부 출신이고 남다른 천재성과 집념, 장인정신, 작가정신을 두루 갖춘 이들이 대부분이지만, 아직도 크랭크인 하면 돼지머리를 놓고 절하며 고사를 지낸다. 인공위성이 날고 인공장기를 만들어 갈아 끼우는 첨단 시대에 이건 무슨 전통(?)인지 모르겠다.

실로 기독교인이나 천주교를 믿는 영화인들은 크랭크인 때만 되면 여간 난처하지가 않다. 영화인 신우회 회원들은 돼지머리에 절하지 않지만 천주교인들은 제사도 지낸다면서 꾸벅꾸벅 절하는 모습을 보고 실소를 터뜨리지 않을 수 없었다.

고사를 해야 촬영이 순조롭고 흥행이 잘됐다지만 한국 영화 10개 만들어 한두 작품 흥행에 턱걸이를 하고 80% 이상이 실패한다면 '고사'도 소용이 없다는 증거가 아닐까. 제발 이것만은 없어졌으면 하고 바랄 뿐이다.

정말 유동훈은 남산 팔각정에서의 격투 이후 K 사장과 운대가 맞았던 것일까.

이태원 사장이 도와준 반작용으로 천하의 자린고비 K 사장이 제작비를 대줬다.

당시 가요계에는 김건모가 주가를 올리고 있었다. 그가 부른 '핑계'는 100만 장의 판매기록을 올리며 김건모의 춤은 아이들도 따라할 정도였다.

유동훈은 '핑계'를 샀다. 김건모를 주연으로 쓰고 주제곡 일체를 영화에 삽입한다는 조건으로 2억에 계약하고 1억을 계약금으로 주었다.

감독은 역시 〈서울의 눈물〉의 김현명 감독이었다.

약 20명의 스태프를 이끌고 유동훈 제작담당은 미국으로 로케이션을 떠났다. 아마 배우, 스태프들 비행기 값, 여비해서 꽤 많은 예산이 들었을 것이다.

뉴욕에서 찍는데 김현명 감독이 찍는 방식이 영 마음에 들지 않아 유동훈이 몇 번 지적해 주었다.

처음엔 김현명 감독도 제작담당이자 각본담당이므로 그의 말을 따랐다. 〈서울의 눈물〉 때도 유동훈의 의견을 따랐다가 커트가 영 마음에 들지 않았기에 김현명 감독도 속에서 욱하고 뭔가 치밀어 올랐다.

"좀 그만 하세요, 유 선배."

생전 토를 달지 않던 김 감독인지라 유 작가는 움찔 놀랐다. 영화계 연륜으로 보나 나이로 보나 네가 감히 나에게 반기를 들 수 있느냐는 거였다.

"유 선배가 자꾸 그러니까 헷갈리잖아요? 서울의 눈물 때도 그러더니 여기까지 와서 왜 또 이러십니까?"

"뭐야? 이 새끼!"

"씨팔, 안 해!"

하고 김현명은 대본을 내동댕이쳤다.

"차라리 당신이 감독하라구!"

이래서 촬영이 삼분의 일도 못 찍고 중단이 되었다. 스태프와 연기자들이 나서서 두 사람 사이를 화해시키려 했지만 실패하고 촬영반은 귀국을 서둘렀다.

서울에서 기다리던 K 사장은 깜짝 놀랐다. 김건모에게 1억, 스탭에게 5천, 여비 5천… 해서 2억이 그대로 날아갔기 때문이다.

유동훈은 서울에 돌아와 감독을 바꾸겠다고 했다.

"야, 그럼 누굴 감독 시켜? 남이 하던 작품 누가 할려구 하겠어?"

"내가 합니다!"

유동훈의 고집을 알고 있었으므로 K 사장은 울며 겨자 먹기로 유동훈의 각본 개작 비용을 댔다. 몇 달을 고치고 고친 끝에 다시 시작하려고 했는데 이번엔 김건모가 출연을 거부했다.

"아니, 왜 이래 김건모?"

"김이 새서 못하겠습니다. 감독도 바뀌고 뭐가 뭔지 모르겠어요."

"야, 이건 계약위반이야! 계약금 1억 돌려줘."

"천만에요. 전 미국 가서 할 일 다 했습니다. 나도 노동했어요. 계약금 못 돌려줍니다."

이래서 소송까지 갔으나 그 돈은 끝내 받지 못하고 김건모를 써서 3분의 1을 찍었기에 주연도 바꿀 수 없고 차일피일 시간이 가고 이 작품은 결국 기획보류가 되었다.

K 사장과 유 작가 사이가 냉각된 것도 자명하게 된 일이다. 2억 5천을 몽땅 날린 자린고비 K 사장은 유동훈과 헤어졌고 영화 〈핑계〉는 영원히 제작되지 못했다.

후일 김현명 감독은 이렇게 말했다.

"사필귀정 아닌가요? 옛날부터 감독이 바뀌어 잘된 영화 못 봤습니다. 영화인은 감정 때문에 일을 그르치는 경우가 많아요. 나도 잘못이 있죠. 유 선배가 연출에 간섭하건 말건 꾹 참고 연출했으면 신나는 뮤지컬 영화 하나 나오는 건데…."

영화인들은 종종 자존심 싸움으로 일을 망치는 경우가 있었다. 개성이 강하고 자존심 강한 영화인들. 그래서 자기만의 세계에서 고집스럽게 자기만의 영화를 만드는지 모르겠다.

드라마 시나리오 작법 〈8〉

신봉승 작가/석좌교수

1933년, 강원도 강릉 출생. 경희대학교 대학원 국문학 석사. 1960년 현대문학 시와문학평론 추천 등단. 2009년 추계예술대학교 문화예술경영대학원 영상시나리오학과 석좌교수. 한국방송대상, 대종상 아시아 영화제 각본상, 한국펜문학상, 서울시문화상, 대한민국예술원상, 위암 장지연 상 등 수상. 《영상적 사고》 《신봉승 텔레비전 시나리오 선집》(5권) 《양식과 오만》 《시인 연산군》 《국보가 된 조선 막사발》 등 다수. 대하소설 《조선왕조 500년》(48권) 《소설 한명회》(7권) 《조선의 정쟁》(5권) 등 다수.

제8장 시간적 구조

| 신봉승 |

Ⅰ. 영화는 시간예술이다.

모든 예술의 양식을 크게 두 가지로 나눈다면, 시간예술과 공간예술로 분류할 수 있다. 음악, 연극, 무용, 문학, 영화 같은 것은 특정 시간 안에 연주(상연)되는 것이므로 시간예술이라 하겠고, 그와 반대로 회화, 조각, 건축 등은 시간보다 부피로 차지하고 있는 공간으로 인해 공간예술이라고 한다.

이와 같은 영화예술의 시간성에 대하여 이영일(李英一)은 그의 『영화개론』에서 다음과 같이 적고 있다.

영화는 그 오브제에서 공간적이며, 표현에 있어서 시간적이다. 그러므로 본질적으로, 영화도 우선 시간예술이라 하겠다. 시간예술의 특징은 인간의 모든 심리적 동기, 그 발전과 갈등이 어떤 시간적인 계기에서 시작되고, 시간적 종말로써 완결된다. 가령 『목로주점』이나 『여자의 일생』 같은 소설이나 영화작품을 보더라도, 그것은 모두 히로인의 일생이 시간적인 흐름 속에서 시작하고 끝이 난다. 그 흘러가는 시간 속에 온갖 극적 갈등과 정서적, 관념적 주제가 이루어지게 된다. …〈중략〉… 여기에 비하여 공간예술은 어떤 형태적 표현을 가지고 있으며, 그것은 시간의 제한을 받고 있지 않는 특징이 있다. 로마에 세워진 성 피터 사원이나 루브르 박물관에 보존된 미로의 비너스상이나, 렘브란트의 그림 등은 모두 공간적 특징으로 하여 살아 있는 예술작품이다. 『목로주점』의 히로인 제르베제는 기복과 파란이 중첩된 일생을 보냈지만, 미로의 비너스는 꼭 같은 아름다운 자세로 수백 년을 서 있는 것이다.

영화라는 표현형식의 특징을 〈시간적인 표현〉이라고 말하는 까닭이 바로 여기에 있다.

앞에서 설명한 장면전환의 기법도 대부분 시간처리와 직접적인 관계를 갖고 있다는 것을 감안한다면 영화에 있어서 장면의 전환이란 곧 시간경과를 의미하는 것이고, 영화가 시간예술이라는 조건을 충족하게 하는 것일 것이다.

- cut back은 〈이때 한쪽에서는…〉
- O · L 또는 DIS는 〈시간은 흘러서…〉
- Wipe는 〈한편…〉

등으로 표현할 수 있는 것도 따지고 보면 시간의 생략과 경과를 설명하는 것이나 무엇이 다르겠는가.

20세기 예술의 상징과 같은 존재였던 쟝 콕토(Jean Cocteau · 1899~1964 · 프랑스)도 그의 『회화론』에서 시간의 문제를 다음과 같이 적고 있다.

영화가 정지된 자연을 묘사하고 있지만, 일반 정사진(靜寫眞)과 다르게 보이는 것은 영화가 시간을 찍고 있기 때문이다.

영화와 시간과의 관계를 명쾌하게 기술하고 있다고 보겠다. 좀 더 구체적으로 부연하면, 영화가 시간을 찍고 있다는 것은 보이지 않는 시간을 정지된 풍경 위에 놓고, 누구나 〈알 수 있는 시간을〉을 영상에 담고 있다는 것이 될 것이다.

II. 스토리의 시간적 구조

영화가 시간적인 표현 형식임은 앞서 말한 바와 같다. 하지만 한 편의 극영화에 담겨진 스토리의 시간이 상영시간과 일치하지 않는 것은 누구나 다 알고 있을 것이다. 어느 하루 동안에 생긴 일을 영화화 한다고 해도 실제의 시간(현실의 시간) 속에 모두를 담을 수는 없을 것이다. 하지만 수천 년 동안에 걸쳐 생긴 일을 2시간짜리 영화 속에는 능히 담을 수 있다는 것은 무엇을 의미하는 것일까.

이는 영화가 일정한 시간적 제한을 숙명적으로 받고 있음과 동시에 그와 같은 시간적 제약을 역용(逆用) 할 수도 있는 표현 형식임을 말해주기도 하는 것이다. 이와 같은 영화예술의 시간적인 특성을 살려 〈극적인 시간〉을 창조한다면, 현실의 시간보다 훨씬 더 감동적인 체험을 관객에게 전해 줄 수가 있을 것이다.

여기서 스토리가 지닌 시간적인 구조를 보다 구체적으로 살펴보기로 한다.

1. 압축된 시간(漸進法)

가장 많이 쓰이는 방법은 시간적 흐름을 순서대로 이어가는 것으로서, 커트나 몽타주에 의하여 영화상의 불필요한 시간을 모두 생략해

버린 시간을 말한다. 다시 말하면 현실적인 시간에서 생겨나는 모든 사건에서 드라마를 형성할 수 있는 직접적인 시간의 요점만을 찾고, 스토리의 발전에 직접적인 관계가 없는 시간… 즉, 소변을 본다든가, 점심을 먹는다든가 하는 따위의 극히 일상적인 요소가 안고 있는 시간을 제거한 시간을 압축된 시간이라 하며, 이와 같이 시간의 전도(轉倒)가 없이 자연스럽게 흘러가는 것을 점진법에 따른 압축된 시간이라고 한다. 이와 같은 방법을 작품의 내용을 들어 설명하면 알기 쉬울 것이다.

⑴ 죠니라는 광폭한 보스가 뉴욕의 부두를 지배하고 있다. 테리는 마음이 내키지 않으면서 그의 부하 노릇을 하고 있다.
⑵ 테리는 에디에게 사랑을 깨닫게 되어, 죠니 일당의 폭력을 싫어하게 된다.
⑶ 죠니는 테리를 협박하여 그들의 비밀을 지키게 하려고 한다. 테리는 에디와 죠니의 틈바구니에서 고민한다.
⑷ 테리는 부두의 노동자들과 합심하여 죠니 일당을 내쫓는다.

엘리아 카잔(Elia Kazan)이 감독하여 세계의 영화애호가들을 열광시켰던 「워터 프론트 · Water pront」의 시간적인 구조이다. 보는 바와 같이 1, 2, 3, 4의 순으로 시간이 발전하고 있다. 이러한 점진법은 시나리오의 시간적 구조에 가장 많이 쓰이는 방법이라 하겠다.

2. 전도된 시간(遡及法)

영화의 시간에는 현재에서 미래로 진전되는 것이 있으며, 현재에서 과거로 거슬러 올라가는 경우도 있다. 앞의 것은 말할 것도 없이 〈압축된 시간〉을 의미하는 것이 되겠고, 뒤의 것은 전도된 시간이라고 할 것이다. 지금 설명하고자 하는 것은 영화가 지닌 가장 편리한 기능의 하나인 소급법에 의한 스토리의 발전, 즉 전도된 시간인 것이다.

마빈 르로이(Marvyn Leroy)가 만든 「애수(哀愁) : 워털루 브리지」는 세계의 여성들을 애타게 했던 화제의 영화였다. 로이 클로닌 대령은 제2차 대전에 출전하는 도중 워털루 교에서 차를 세우고, 그가 지닌 행운의 마스코트를 꺼내면서 회상에 잠기는 것으로 연인과의 인연을 뒤돌아보지만, 회상에서 깨어나고 영화가 끝나는 데도 여전히 워털루 교에 서 있는 것이다.

이와는 달리 어떤 결과에서 원인을 알려는 노력으로 스토리가 발전되어 가는 형식도 있다. 다음의 경우를 보자.

(1) 거대한 별장에서 케인이 죽는다. 평화주의자, 애국자, 민주주의자, 관념론자 등으로 불리던 케인의 죽음은 쇼킹한 것이었다. 그러나 그가 마지막으로 남긴 말 〈장미의 봉오리…〉 그것은 영원한 불가사의로 남는다.

(2) 뉴스영화사의 롤스톤이 케인의 사생활을 알기 위하여 애를 쓴다. 특히 그가 남긴 〈장미…〉 운운한 말의 뜻에 모든 관심을 기울인다.

(3) 톰프손도 롤스톤과 함께 숨겨진 케인의 과거를 알려고 한다.

(4) 케인은 콜로라도 주의 벽촌에서 태어나 큰아버지의 유산으로 재계에 두각을 나타내기 시작했다.

(5) 케인의 사업이 날로 번창해 갈 무렵 스잔이라는 여자와의 관계로 뉴욕주지사 선거에서 낙선했다.

(6) 그 후 케인은 고독 속에서 늙어 가며 친구들과도 차츰 거리가 멀어져 갔다.

(7) 거대한 부자였던 케인도 인간으로서는 가장 쓸쓸한 생애를 보내야 했다.

(8) 톰프손은, 케인이 쥐고 있던 유리알과 〈장미의 봉오리…〉 는 케인이 지닐 수 없었던 모든 것이라고 말하면서, 한 마디의 말이 인간의 전 생애를 설명할 수는 없다고 생각하게 된다.

세계영화 1백 년 사상에서 가장 수작으로 평가되는 오손 웰스(Orson Welles)가 각본 · 감독 · 주연한 「시민 케인 · Citizen Kane」의 스토리를 요약한 것이다.

한 인간(케인)의 죽음으로 인하여 생기는 일, 그 가운데서도 그가 쥐고 있던 유리알 속의 환상적인 풍경과, 그가 남긴 〈장미의 봉오리…〉라는 말의 진의를 캐내기 위한 노력이 전체의 내용이 되는 것이다. 그러니까 이 시나리오가 쓰인 1940년을 기점으로 하여, 시간은 케인이 살고 있던 70년간을 마구 치달린, 그야말로 전도된 시간을 그리는 전형일 것이다.

한담 한 가지. 독자들이여, 필름 라이브러리나 방송국의 자료실에 가서라도 명화 「시민 케인」과 「전함 포템킨」만은 보아두기를 바란다. 지금 보면 지루할 것이 분명하지만, 그래도 영화를 공부하면서 그 정도는 보아두어야 하질 않겠는가.

3. 혼합된 시간(複合法)

혼합된 시간이라는 것은 문자 그대로 과거의 시간과 현재의 시간이 교차되는 경우를 말한다. 등장인물의 심리적인 상황을 설명하기 위하여 현실→과거→현실→과거를 넘나들면서 의식의 흐름을 살피는 기법이라고 하겠다. 제9회 아시아 영화제에 참가하였던 「아내는 고백한다」라는 작품의 구조가 거기에 해당할 것이다.

일본인 시나리오 작가 이테 마사토의 시나리오를 마스무라 도시소라는 신인 감독이 연출하여 충격적인 화제를 모았던 작품이다.

스토리의 구조는 다음과 같이 되어 있다.

(1) 동경지방재판소에서 살인사건의 재판이 시작된다. 자일을 끊어 남편을 죽게 한 여인이 피고이다.
(2) 재판의 진행에 따라 그 여인이 남편을 죽일 때의 상황으로 과거가 교차된다.
(3) 그와 같은 동기를 알아내기 위하여 여인과 남편의 가정생활에서, 그 여인을 좋아하는 제자가 있음이 드러난다.
(4) 다시 재판장으로 돌아온다.
(5) 수많은 사람이 증인으로 나와 여인과 남편의 생활을 재현하는 과거와의 교차가 다시 회상된다.
(6) 검사의 구형은 2년이지만 판결은 무죄가 된다.
(7) 여인과 남편의 제자는 다시 만나게 된다.
(8) 그러나 제자는 여인을 책망하고 여인의 곁을 떠난다. 여인이 남편을 죽이게까지 된 것은 제자를 위한 일이라고 했기 때문이다.
(9) 여인은 제자의 사무실에 찾아와 스스로 목숨을 끊는다.

이 작품은 내가 본 지금까지의 영화 가운데서 가장 회상 수(시간의 교차)가 많은 것이었다. 이러한 방법(혼합된 시간에 의한 복합법)은 흔히 심리극에 많이 쓰인다. 범죄극이나 미스터리에 많이 쓰이는 것도, 사실은 이 때문이다.

그러나, 그와 같은 나라타주 수법을 쓰는 한이 있어도 적시 적절하게 사용되어야 하는 것은 말할 나위도 없고, 또 약간의 기교가 필요한 것도 사실이다. 대개의 경우 나라타주로 들어갈 때는 매끄럽다가도 다시 현실로 돌아올 때는 불합리하게 처리되는 경우도 많다. 보다 구체적으로 설명하자면 나라타주에서 현실로 돌아오는 데는 두 가지 방법이 있다.

첫째, 어떤 다방에서 A라는 인물에 의하여 나라타주로 들어갔다가 같은 자리(다방)의 인물(A)로 돌아오는 경우.

둘째, 어떤 다방에서 A라는 인물에 의하여 나라타주로 들어갔다가 A라는 인물이 이미 다방에서 나와 다른 일을 하고 있는 곳으로 돌아오는 경우가 있다.

첫째의 경우에는 흔히 쓰이는 초보적인 것이지만, 둘째 것은 생략과 비약을 동시에 시도한다는 점에서 잘만 사용되면 첫째의 것보다 훨씬 더 매력적인 방법이라고 할 것이다.

신상옥 감독의 「빨간 마후라」에서 신영균이 최무룡에게 남궁원과 최은희의 로맨스를 나라타주로 설명하고 있는데, 이것은 두 번째의 방법을 쓰고 있기 때문에 스토리의 진행을 급진적으로 몰고 가고 있음을 본다.

자, 여기서 나라타주로 들어가는 형식과 다시 현실로 돌아오는 방법을 하나 읽어보기로 하자.

S# 195 · 중대장실(안)

조그만 석유난로가 있는 방.

용남은 바쁜 걸음으로 들어와 데스크에 앉으며 박 소위에게서 받은 포로 명단을 빠르게 훑어간다.

어느 행에 용남의 손가락이 멎는다.

— ZOOM UP 되어 INSERT 되는 글자!

박병규 · 31세 · 괴뢰군란 · 함흥(咸興)

용남 "(무엇인가 생각하다가) 당번! 야! 당번 없나?"
당번 "(들어서며) 넷!"
용남 "오늘 새로 들어온 포로 가운데서 괴뢰군관 박병규 좀 끌고 오라고 그랫!"
당번 "넷! 괴뢰군관 박병규 데려오겠습니다!"
용남 "(혼잣소리) 박병규…."

하더니 시야가 흐려지면서,

〈O · L〉

S# 196 · 스키장

미끄러져 내려오는 스키 여들.
대학생 시절의 용남 — 그 뒤로 순영이가 미끄러져 내려온다.
스피디하게 카메라의 앞을 스치면서,
용남의 멋진 스톱.

용남 "병규는 안 오나?"
순영 "올 거예요, 같이 떠난 걸요! 저기…."

잠시 후 이들 시야로 병규의 스키가 쏜살같이 흘러내린다.
근처에 나뒹구는 병규.
흐드러지게 웃어젖히는 용남이와 순영.

병규 "(일어나며) 하필이면 순영이 앞에서 넘어지다니…. 이거 창피한데…."
용남 "허허허. 그래가지고야 어디 체육 선생의 체면이 서겠나…."
병규 "그러게 말이다…. 하하하…."
용남 "자, 다시 올라가자…."

순영 “스키는 내려올 때만 좋지, 올라갈 때는 질색이죠?”

병규 “여기도 케이블을 놓으면, 세계적인 스키장이 될 걸….”

용남 “(핀잔을 주듯) 케이블을 놓을 경비가 있으면 쌀 배급이나 달라구 그러지….”

병규 “쌀 배급과 케이블을 혼동하지 말어. 체력을 단련하는 데에 필요한 건 케이블이니까….”

용남 “제기랄, 밥을 굶기고도 체력 단련이야! 공산당은 그런 건가?”

병규 (뼈있게) “용남인 늘 우리 사회를 비판하지만 말야… 난 부르주아를 쓸어 내는 일만은 아주 통쾌했지….”

순영 “그만들 두세요…. 스키 타러 왔지, 정치 토론하러 왔어요?”

병규 “반동 소리만 골라 하니까, 타이르는 게 아냐?”

용남 “반동, 채 가기 전에 없어질 걸….”

병규 “말조심하는 게 좋아. 반동은 우정에도 해가 될 테니까.”

용남 “(의외라는 듯) …!”

순영은 참으라는 듯, 용남의 허리를 쿡 찌른다.

S# 187 · 순영의 산장(안) 밤

페치카에서는 장작이 타고 있다.

창밖에는 탐스러운 눈송이가 날리고 있다.

불 앞에 앉은 용남이와 순영.

용남 “순영아…, 병규가 저쪽으로 기울어지는 게 아닐까?”

순영 “어쩐지 말투가 점점 이상해져요, 그리고 우리 아버지에게 찾아오는 횟수도 점점 늘어 가구요….”

용남 “가난한 병규의 사정에는 동정이 가지만, 병규가 공산당이 된다해서 금방 부자가 되지는 않을 텐데 말야….”

순영 “딱하지만, 조심하지 않을 수 없어요.”

용남 “순영아….”

순영 “…?”

용남 “우리 이 길로 이남으로 가 버릴까?”

순영 “지금?”

끄덕이는 용남.

순영 “조금만 더 기다려 보는 게 좋지 않겠어요?”

용남 “기다릴 건덕지가 없어졌어…. 인민과 교사는 프락치를 위해 배치되는 걸 거야…. 순영아, 우리 지금 떠나자.”

순영 “준비도 없이 어떻게 떠나요?”

용남 “난 네가 있으면 모든 준비가 된 것이나 다름없어…. 너와 같이 갈 수만 있다면, 준비는 다 된 거라니까….”

하며, 순영의 손을 꼭 쥐어 준다.

순영 “며칠만 있다가 가요. 응… 며칠만 더 있어요.”

용남 “왜, 내가 싫으냐?”

순영 “아니에요…. 용남 씨를 사랑하기 때문이에요.”

용남 “순영아!”

서로 와락 당겨 안는 격정적인 포옹.

긴 입맞춤이 이루어진다.

이때 도어가 벌컥 열리며 병규가 들어선다.

S# 198 · 중대본부

도어 소리에 반사적으로 회상에서 깨어나는 용남.

거의 때를 같이 하여

E · 노크 소리

용남 "들어와!"

도어 열리고 소위가 병규를 데리고 들어서며

소위 "중대장님이 데리고 오라는 군관이 바로 이 잡니까?"
용남 "음! 자넨 나가 있어….."

소위가 나간다.
용남이와 병규가 마주 선다.
강렬한 시선이 교차된다.
– 이하 생략

데뷔 무렵에 쓴 내 시나리오 「최악의 전선」에 나오는 나라타주의 하나이다.

이 나라타주는 국군과 인민군으로 나누어진 친구가 포로수용소에서 극적으로 만나게 되는 것을 강조하기 위한 것으로, 포로 명단에서 박병규의 이름을 발견하면서부터 오늘과 같은 극적인 상봉의 전제가 되는 부분(과거에 있었던 갈등)을 회상으로 보여준다. 현실로 돌아오게 하는 방법으로는 음향에 의한 장면전환의 방법을 응용하여 쇼킹하게 돌아오게 하였다. 이것이 가장 좋은 방법이라는 것은 물론 아니다. 그러나 나라타주 수법에 의한 시간처리는 회상으로 들어가는 부분과 현실로 돌아오는 부분의 배치가 합리적으로 처리되어야 할 것임을 강조해 둔다.

이밖에도 〈보편적인 시간〉, 〈정지된 시간〉이 있으나 흔히 쓰이지 않는 방법이기에 설명은 생략하기로 한다.

III. 시간경과의 표현방법

영화예술에 있어서의 시간의 처리는 시나리오에서보다 감독의 영역에서 더 중요한 기법이 된다. 아무리 그렇기로 시나리오 작가가 감독이나 연출자에게 무턱대고 시간적인 처리를 맡기거나 의뢰해서는 안 될 것이다. 그러기 위해서는 옛 명화들이나, 새로운 이론에 의한 시간의 경과와 그 처리를 고찰해 두는 것이 최선이다.

■ 타이틀에 의한 방법

이 방법은 가장 원시적인 방법의 하나이며, 요즘의 영화에는 많이 쓰이지 않는다. 타이틀에 의한 시간경과의 처리는 두 가지로 나누어 생각할 수 있다. 그 하나는 자막(문자)에 의한 방법이 되겠고, 다른 것은 타이틀 백(title back)에다 그 드라마의 전제가 되는 사건을 흘려버리는 기법이다.

자막을 써서 시간경과를 표현하는 경우는 사일런트 시대에 특히 애용하던 것으로 예를 들면 〈8년 후〉, 〈해방 후〉, 또는 〈1966년〉 등의 자막으로 시간이 흘렀음을 나타내는 것이다. 이러한 방법은 너무 유치하고 안일한 방법이 아닐 수 없다. 왜냐하면 〈6 · 25〉, 〈해방 후〉와 같은 문자가 아니라도 얼마든지 표현할 수 있기 때문이요, 〈8년 후〉와 같은 것도 아이가 자랐다든가 인물이 늙었다는 변화를 이용하면 얼마든지 표현할 수 있기 때문이다.

폴 뉴먼이 주연한 「상처뿐인 영광」을 보면 소년 뉴먼이 청년으로 되는 장면에 〈10년 후〉라는 자막이 없이도 명쾌하게 묘사되고 있음을 볼 수 있다. 길쭉한 골목을 소년 뉴먼이 질풍같이 달려갔다가 다시 달려오면서 성인 역으로 변하는 장면이다. 짧은 시간이었지만, 자막 없이 10년을 흘려보낸 가장 적절한 표현이 아니었던가 싶다.

■ 신문이나 뉴스영화에 의한 방법

이 방법은 앞에서 설명한 자막을 이용한 기법에서 한 단계 발전한 형식이 된다. 이런 경우 단순히 시간경과를 표현하는 것이 아니라, 지금까지의 극의 경과의 진전을 요약하면서 서스펜스를 축적할 수 있는 효과를 노리는 기법이라고 볼 수 있다.

S# 76 · 전선

- 터지는 포탄(W)
- 나르는 Z기(W)
- 충천하는 화염(W)
- 전진하는 보병부대

〈뉴스 영화에서〉

이 같은 기법은 촬영이 불가능한 장면을 뉴스영화의 필름을 사용하여 삽입하는 것으로 현장감을 살리면서도 극의 흐름과 시간의 경과를 묘사하는 것이라고 하겠다. 또 다른 기법도 있을 것이다.

S# 155 · 돌아가는 윤전기

윤복의 일기책을 기사화한 신문이 마구 쏟아져 나오고, 그 화면 위에 각종의 안테나가 흘러간다.

S# 156 · 책방(A)

팔리는 일기책.

S# 157 · 책방(B)

마구 〈일기책〉을 집어가는 손, 손….

다시 쌓여지는 일기책!

 # 158 · 교정

어린이 둘이서 벤치에 나란히 앉아 일기책을 읽고 있다.

다른 모습들!

앞에서도 소개되었던 「저 하늘에도 슬픔이」의 한 대목이다. 이 네 신으로 윤복의 일기책이 활자화되고, 신문 · 방송의 전파를 탔으며, 많은 사람들에게 읽히면서 베스트셀러가 되어가는 3, 4개월간의 과정을 단숨에 묘사하고 있음을 보여주고 있다.

■ 소도구에 의한 방법

화면에 쓰이는 소도구를 이용하여 시간경과를 표현하는 것은 영화에서도 TV드라마에서도 항용 쓰이는 기법의 하나다.

예시하면 다음과 같다.

(1) 스코어보드

운동시합의 시간경과를 알리는 데 많이 쓰인다. 복싱경기에 있어서의 회수판도 이와 꼭 같이 쓰이는 것이다.

(2) 캘린더

9일에서 15일이 되는 경우도 있겠고, 캘린더가 바람에 날리듯 뜯기어 날아가는 묘사도 있다.

(3) 시계

장침이 빠르게 움직이는 것으로 짧은 시간의 흐름을, 단침을 몇 바퀴 빨리 돌리는 것으로 긴 시간의 흐름을 처리할 수 있다.

(4) 트렁크

여행자의 트렁크에 그가 머물렀던 호텔의 꼬리표, 또는 항공회사의 꼬리표가 늘어나면서 그의 행로에 소요된 시간경과를 알 수 있다.

(5) 전등

어두웠던 전구에 불이 켜졌다가는 꺼지는 것으로, 낮과 밤의 흐름을 알아낼 수 있다.

■ 계절의 변화에 의한 방법

이 기법도 예전에는 많이 썼지만 요즘은 별로 쓰지 않는다. 마른 나뭇가지에 꽃이 피고, 비가 오고, 낙엽이 지는 것으로 세월의 흐름을 표현하는 것이다. 그러나 개혁된 방법으로는 흐드러지게 핀 개나리나 벚꽃으로 봄을, 단풍으로 가을을 알리는 경우는 요즘도 시간의 흐름으로 많이 사용되는 기법이라고 하겠다. 가끔 외국 영화에서도 많이 볼 수 있다. 인상 깊었던 것으로「사랑할 때와 죽을 때」가 있다.

■ 장면이 겹치는 방법

어떤 장면 자체가 이중노출(double exposure~약호, D · E)이 되어 많은 화면이 겹치는 경우가 있다. 이런 것은 미스터리 영화에서 미행자의 구두가 가로(街路)를 여러 번 누비는 일에 흔히 쓰인다. 같은 방법이 되겠지만, 정사진(靜寫眞)을 겹치는 경우도 있다. 가령 외국에서 돌아온 사람이 자기의 앨범을 보여주면서 행각을 알린다든가, 〈로마〉, 〈파리〉, 〈런던〉, 〈뮌헨〉 등지의 관광 정사진을 보이는 것도 그러한 기법의 하나일 것이다.

이밖에도 여러 가지 방법이 있겠지만, 앞에 예로 든 것만이 시간생략의 법칙이 될 수가 없다. 다만 작가의 창안에 의하여 시간경과의 표현방법은 얼마든지 연구될 수 있을 것이다. 하지만 새롭게 창안된 기법을 써서 오히려 극적인 흐름을 저해한다면 당연히 사용되어서는 아니 될 것이다.

그러므로 시나리오를 구성하고, 신 나누기를 할 때 다음과 같은 점에 일단 유의를 해야 할 것이다.

- 하루 동안의 얘기인가.
- 한 달 동안의 얘기인가.
- 1년간에 생긴 일인가.
- 20년간에 있었던 일인가.

이상과 같은 기본적인 시간의 구조가 정해지지 않은 채 시나리오를 쓴다면, 시간경과를 표현하는 데 큰 혼란이 올 수도 있을 것이다. 때문에 시간처리에 능란한 시나리오 작가나 감독을 〈영화의 생리를 아는 사람〉이라고 말하는 것이다.

영화의 표현을 원시적 차원에서 해석하고 있을 때 시간경과는 늘 말썽을 몰고 왔으나, 영화의 표현방법이 다양화되고 영화기재가 발전되면서 하나하나 해결되어 갔다. 이를테면 초창기의 영화는 시간의 경과가 하나의 신이 끝났을 때, 하나의 시퀀스가 끝났을 때에만 이루어진다고 생각하였으나, 〈O · L〉이나 〈DIS〉 또는 〈WIPE〉 등의 기법이 일반화되면서 시간의 경과를 자연스럽게 묘사하게 된 것이다.

그러나 지금은 다르다.

영화의 제일 작은 단위인 쇼트의 삽입과 전환으로도 시간이 흘러갈 수 있으며, 커트와 커트 사이에도 시간이 흐르고 있다는 사실을 모르는 사람들은 아마도 없을 것이기 때문이다. 물론 장면이 변하지 않고 다이얼로그 만에 의하여 시간경과가 묘사되고 있음을 확인할 수 있지 않았는가.

영화의 모든 표현이 시간의 흐름에 기초를 두고 있다는 사실은 충분히 이해했을 줄로 안다. 영화가 그렇게 표현되고 있다면 시나리오의 표현 또한 거기에 준해야 마땅하다.

현실의 시간이 부단히 흐르는 것은 극히 자연스러운 현상이지만, 시나리오 작가는 그 시간을 자유롭게 재단(裁斷)할 수 있는 신의 능력을 부여받았다는 자부심을 갖는다면 시간의 흐름을 표현하는 합리적인 기법을 택하게 되지 않겠는가.

시나리오 #8

1판 1쇄 인쇄 2018년 12월 20일
1판 1쇄 발행 2018년 12월 31일

발행인 문명관

편 집 장 최종현
편집주간 송길한
편집고문 최석규

자문위원 지상학, 이영재
편집위원 강철수, 이환경, 정대성, 한유림, 이미정

홍보마케팅 본부장 강영우
홍보마케팅 팀장 최종인

취재팀장 이승환
취재기자 김효민, 함동국

편집부 박수현, 조은솔
교 정 김은희

표지디자인 정인화
본문디자인 김민정

인쇄처 가연출판사 (서울시 마포구 월드컵북로 4길 77, 3층)
전 화 02-858-2217 | 팩 스 02-858-2219

펴낸곳 (사) 한국시나리오작가협회
주 소 서울시 중구 필동 3가 28-1 캐피탈빌딩 202호
전 화 02-2275-0566 | 홈페이지 www.moviegle.com

구입 문의 02-858-2217
내용 문의 02-2275-0566

정품 콘텐츠* 판매업체 인증제도 사업 이란?

01 정품 판매업체 활성화	문화산업 발전의 근간이 되는 '정품 콘텐츠 판매업체' 지원 확대
02 소 비 자 보 호	정품 콘텐츠 판매업체 인증을 통해 누구나 안심하고 정품 콘텐츠를 구매할 수 있는 환경 조성
03 저 작 권 보 호	건전한 저작물 이용환경 조성을 위한 저작권 보호

- **한국저작권단체연합회**는 문화체육관광부의 후원으로 저작권을 보호하고, 저작물을 이용하는 소비자를 보호하며, 정품콘텐츠를 판매하는 정품업소를 보호하고자, '**정품 콘텐츠 판매업체**'를 인증하고, **인증서를 부여하는 사업**을 추진하고 있습니다.

www.kofoco.or.kr

구분	번호	제작 연도	영화명	장르	감독	제작	프로듀서	각본	캐스팅	크랭크인	크랭크업	제공	배급	[illegible]	[illegible]	[illegible]
후반 작업	6	2018	나의 특별한 형제	휴먼 코미디	육상효	심재명, 하정완	문용찬	육상효	신하균, 이광수, 이솜	2018-05-23	2018-08-17	NEW	NEW	명필름/조이래빗	2019	A.K.A. 나의 특급 형제
	7	2018	광대들(가제)	사극	김주호	임지영	김의성	신동익	손현주, 조진웅, 박희순	2018-03-31	2018-08-03	워너브러더스픽쳐스	워너브러더스코리아	심플렉스	2019	
	8	2018	뺑반	범죄/액션	한준희	이정은	이민수	김경찬, 한준희	공효진, 류준열, 조정석	2018-03-11	2018-08-02	쇼박스	쇼박스	쇼박스/호두앤유픽쳐스	2019	
	9	2018	두번 할까요?(가제)	로맨틱코미디	박용집	천승철	김경환	박용집	권상우, 이정현, 이종혁	2018-05-10	2018-07-30	리틀빅픽쳐스/kth	리틀빅픽쳐스	영화사 울림	2019	
	10	2018	극한직업	코미디	이병헌	김성환	이종석, 고대석	문충일	류승룡, 이하늬, 진선규	2018-03-29	2018-07-19	CJ엔터테인먼트	CJ엔터테인먼트	어바웃필름/영화사 해그림/CJ엔터테인먼트	2019	
	11	2018	사냥의 시간(가제)	스릴러	윤성현	이한대	손문성	윤성현	이제훈, 최우식, 안재홍	2018-01-10	2018-07-15	유니온투자파트너스/리틀빅픽쳐스/싸이더스		싸이더스	2019	
	12	2018	다시, 봄	드라마	정용주	박세준	김종민, 안희철	정용주	이청아, 홍종현, 박경혜	2018-05-28	2018-07-11	아이엠비씨	스마일이엔티	26컴퍼니	2019	라라시스터 동명 웹툰 원작
	13	2018	진범	스릴러	고정욱	이성진	이세리, 도상현	고정욱	송새벽, 유선, 장혁진	2018-05-18	2018-06-17	리틀빅픽쳐스	리틀빅픽쳐스	곰픽쳐스/트러스트스튜디오	2019	
	14	2018	사바하	미스터리/스릴러	장재현	강혜정	이준규	장재현	이정재, 박정민	2017-11-19	2018-04-09	CJ엔터테인먼트	CJ엔터테인먼트	외유내강/필름케이	2019	
	15	2018	미성년	드라마	김윤석	이동하	이승복	이보람, 김윤석	염정아, 김소진, 김혜준	2018-02-03	2018-04-03	쇼박스	쇼박스	영화사 레드피터/하이브리더스코리아	2019	배우 김윤석 연출 데뷔작
	16	2018	기묘한 가족	코미디	이민재	엄주영	이치범	이민재, 정서인	정재영, 김남길, 엄지원	2017-10-13	2018-01-21	메가박스중앙㈜플러스엠	메가박스중앙㈜플러스엠	씨네주(유)/오스카10스튜디오	2019	
	17	2017	얼굴없는 보스	액션/누아르	조하늘	임연길	김진휘	조하늘	천정명, 진이한	2017-08-20	2017-11-19	좋은 하늘		좋은 하늘	2019-상반기	A.K.A. 검은 바다
	18	2017	자전차왕 엄복동	드라마			이상민	김유성	정지훈, 이범수, 강소라	2017-04-18	2017-09-29	셀트리온엔터테인먼트		셀트리온엔터테인먼트	2019	
	19	2017	검객	사극/액션	최재훈	이태헌	박아형	최재훈	장혁, 정만식, 조 타슬림	2017-06-15	2017-09-14	오퍼스픽쳐스		오퍼스픽쳐스	2019	
	20	2017	돈	범죄	박누리	한재덕, 손상범	박민정	박누리	류준열, 유지태, 조우진	2017-05-12	2017-08-29	쇼박스	쇼박스	사나이픽처스/영화사 월광	2019	
	21	2017	니 부모 얼굴이 보고 싶다	드라마	김지훈	이수남	진일규	김경미	설경구, 오달수, 천우희	2017-05-29	2017-08-27	폭스 인터내셔널 프로덕션(코리아)	이십세기폭스코리아	더타워픽쳐스/폭스 인터내셔널 프로덕션(코리아)/리버픽쳐스	2019	하타사와 세이고 동명 희곡 원작
	22	2016	컨트롤	스릴러	한장혁	오봉식	유홍준	한장혁	박해일, 정웅인, 오달수	2016-09-18	2016-11-27	미시간벤처캐피탈		위드인픽쳐스	2019	
	23	2016	그대 이름은 장미(가제)	휴먼 코미디	조석현	김영민	조문익	홍은미	유호정, 박성웅, 하연수	2016-01-29	2016-04-30	미시간벤처캐피탈		엠씨엠씨	2019	2015 영진위 가족영화제작지원작
	24	2014	플라이 하이	드라마	한경탁	박순영	김용	선연희, 한경탁	송일국, 전수진, 이훈	2014-06-14	2014-07-30			분홍돌고래/다세포클럽	2019	2013 영진위 상반기 한국영화기획개발지원작
촬영 진행	1	2018	비스트(가제)	범죄/액션	이정호	장경익	백경숙, 오성일	이정호	이성민, 유재명, 전혜진	2018-11-05		NEW	NEW	스튜디오앤뉴	2019	
	2	2018	퍼펙트 맨	드라마/코미디	용수	허성진	이강진	용수	설경구, 조진웅	2018-11-01		쇼박스	쇼박스	맨필름/쇼박스	2019	
	3	2018	남산의 부장들	시대/드라마/액션	우민호	김원국	김진우	이지민, 우민호	이병헌, 이성민, 곽도원	2018-10-20		쇼박스	쇼박스	젬스톤픽처스/하이브미디어코프	2019	김충식 동명 소설 원작
	4	2018	천문: 하늘에 묻는다(가제)	사극	허진호	김원국	김철용	정범식, 이지민	한석규, 최민식	2018-10-02		롯데엔터테인먼트	롯데엔터테인먼트	하이브미디어코프	2019	
	5	2018	클로젯	공포/스릴러	김광빈	강명찬, 김영훈, 손상범	정원찬	김광빈	하정우, 김남길	2018-09-17		CJ엔터테인먼트	CJ엔터테인먼트	퍼펙트스톰필름/영화사 월광	2019	
	6	2018	귀수(가제)	범죄/액션	리건	박애희, 황근하	이진성	유성협	권상우, 김희원, 김성균	2018-09-15		CJ엔터테인먼트	CJ엔터테인먼트	메이스엔터테인먼트/아지트필름	2019	
	7	2018	타짜 3	범죄/드라마	권오광	이한대	김영민, 김유경	권오광	류승범, 박정민	2018-09-12		롯데엔터테인먼트	롯데엔터테인먼트	싸이더스	2019	허영만, 김세영 만화 <타짜: 원 아이드 잭> 원작
	8	2018	나쁜 녀석들: 더 무비(가제)	범죄/액션	손용호	윤인범, 김수진	오영석	한정훈	마동석, 김상중, 김아중	2018-09-10		CJ엔터테인먼트	CJ엔터테인먼트	CJ엔터테인먼트/영화사 비단길	2019	
	9	2018	유열의 음악앨범(가제)	멜로/드라마	정지우	김재중, 김명진, 정지우	김명진	이숙연	김고은, 정해인	2018-09-01		CGV아트하우스	CGV아트하우스	무비락/필름봉옥/정지우필름	2019	
	10	2018	지푸라기라도 잡고 싶은 짐승들	미스터리/스릴러	김용훈	장원석	김지훈	김용훈	전도연, 정우성, 배성우	2018-08-30		메가박스중앙㈜플러스엠	메가박스중앙㈜플러스엠	비에이엔터테인먼트	2019	소네 케이스케 동명 소설 원작
	11	2018	전투	사극/액션/드라마	원신연	원신연, 김한민	김태원	천진우	유해진, 류준열	2018-08-16		쇼박스	쇼박스	빅스톤픽쳐스/더블유픽쳐스/쇼박스	2019	
	12	2018	사자	액션	김주환	최관용	박아형	김주환	박서준, 안성기, 우도환	2018-08-14		롯데엔터테인먼트	롯데엔터테인먼트	콘텐츠케이	2019	
	13	2018	엑시트(가제)	재난/액션	이상근	강혜정	백현익	이상근	조정석, 윤아	2018-08-04		CJ엔터테인먼트	CJ엔터테인먼트	외유내강/필름케이	2019	
	14	2018	배심원들	드라마	홍승완	김무령	정두환	홍승완	문소리, 박형식	2018-07-07		CGV아트하우스	CGV아트하우스	반짝반짝영화사	2019	
	15	2018	패키지	코미디/범죄/액션	김봉한	김봉한	신민철, 장성원	김봉한, 하경진	곽도원, 김대명, 김상호	2018-05-29		쇼박스	쇼박스	영화사 장춘/쇼박스	2019	
	16	2018	나를 찾아줘	드라마	김승우	박세준	허정욱	김승우	이영애, 유재명, 이원근	2018-05-14		워너브러더스픽쳐스	워너브러더스코리아	26컴퍼니	2019	
	17	2018	템프시볼(가제)	코미디/드라마	정혁기	안은미	김재희, 이정은	정혁기, 조현철	엄태구, 이혜리, 김희원	2018-04-24		CGV아트하우스	CGV아트하우스	플룩스㈜바른손	2019	
	18	2018	지하주차장	공포/스릴러	김성기		박선혜	김성기	강예원, 이학주	2018-02-24				스토리공감	2019	
	19	2017	우상	스릴러	이수진	이수진	이지연	이수진	한석규, 설경구, 천우희	2017-10-24		CGV아트하우스	CGV아트하우스	리공동체영화사/플룩스㈜바른손	2019	
촬영 준비	1	2019	킹메이커: 선거판의 여우(가제)	드라마	변성현	이진희	박준호	변성현	설경구, 이선균	2019-상반기		CJ엔터테인먼트	CJ엔터테인먼트	씨앗필름	2019	
	2	2019	콜	스릴러	이충현	임승용	정희순	강선주, 이충현	박신혜, 전종서	2019-상반기		NEW	NEW	용필름	2019	
	3	2019	광화문 만세전	드라마	권남기	김태영	우규선	김태영, 조재홍	김명곤, 최종원	2019-상반기				인디컴	2019	A.K.A. 만세전

PRODUCTION NOTE 2018. DECEMBER

2018.11.25. 기준 | N 신규 등록 작품 | 한국영화 제작상황판 수정·보완·추가사항_영진위 전산운영팀_02-6261-6577/mmdb@kofic.or.kr

구분	번호	제작 연도	영화명	장르	감독	제작	프로듀서	각본	캐스팅	크랭크인	크랭크업	제공	배급	제작사	개봉(예정)	비고
11월 개봉	1	2017	밤치기	로맨스	정가영	한희성	김하니, 김정민	정가영	정가영, 박종환, 형슬우	2017-04-24	2017-08-15	레진엔터테인먼트	무브먼트	레진엔터테인먼트	2018-11-01	2017 BIFF 한국영화의 오늘-비전 부문 감독상, 올해의 배우상 수상/ 2018 로테르담국제영화제 브라이트 퓨쳐 부문 초청작/ 2018 서울국제여성영화제 한국장편 경쟁 부문 초청작/ 2018 무주산골영화제 창 부문 초청작
	2	2018	동네사람들	액션/스릴러	임진순	송정우	서종해	임진순	마동석, 김새론, 이상엽	2017-07-21	2017-09-30	CJ ENM	리틀빅픽쳐스	데이드림	2018-11-07	A.K.A. 공탱이
	3	2018	군산: 거위를 노래하다	드라마	장률	장률, 백승환	오세현, 조현정	장률	박해일, 문소리, 정진영	2017-05-10	2017-06-11	영화사 시네트	트리플픽쳐스	률필름/백그림	2018-11-08	2018 BIFF 갈라 프레젠테이션 부문 초청작
	4	2018	여곡성	공포/미스터리	유영선	신연철	최문석	박재범	서영희, 손나은	2017-12-20	2018-01-31	스마일이엔티/이수창업투자	스마일이엔티	발자국공장/몬스터팩토리	2018-11-08	이혁수 동명 영화 리메이크작
	5	2018	출국 (N)	드라마	노규엽	최명숙	신예림	노규엽, 김수진	이범수, 연우진, 박혁권	2016-08	2016-12		디씨드	디씨드	2018-11-14	
	6	2018	해피 투게더	드라마/코미디	김정환	정종민, 장정호	전주현	이창열	박성웅, 송새벽, 최로운	2017-10-14	2017-12-08	골든스토리픽쳐스	세미콜론 스튜디오	골든스토리픽쳐스	2018-11-15	
	7	2016	인어전설 (N)	코미디/드라마	오멸		고혁진, 권미희	전병원, 오멸	전혜빈, 문희경, 이경준	2015-09	2016-12		미로스페이스	자파리필름	2018-11-15	2017 BIFF 한국영화의 오늘 - 파노라마 부문 초청작
	8	2018	뷰티풀 데이즈	드라마	윤재호	김현우	김성년	윤재호	이나영, 장동윤	2017-10-31	2017-11-26	페퍼민트앤컴퍼니	콘텐츠판다/스마일이엔티	페퍼민트앤컴퍼니/조르바프로덕션	2018-11-21	한·프 공동제작 프로젝트/ 2017 영화진흥위원회 국제공동제작 인센티브 지원작/ 2018 BIFF 개막작
	9	2018	성난황소	범죄/액션	김민호	장원석, 장재호	박준식	김민호	마동석, 송지효, 김성오	2018-05-04	2018-08-03	쇼박스	쇼박스	플러스미디어엔터테인먼트 비에이엔터테인먼트	2018-11-22	
	10	2018	영주	드라마	차성덕		권보람	차성덕	김향기, 김호정, 유재명	2017-05-20	2017-06-22	CGV아트하우스	CGV아트하우스	(유)케이아츠 영주 프로덕션	2018-11-22	2016 영화진흥위원회 독립영화제작지원작/ 2018 BIFF 한국영화의 오늘 - 비전 부문 초청작
	11	2018	하나식당 (N)	드라마	최낙희	김지용, 정종헌, 신승준, 이재영	김주석	김예진, 김혜미	최정원, 나혜미	2017-11-07	2017-11-22	에이케이엔터테인먼트	영화사 오원	에이케이엔터테인먼트	2018-11-22	
	12	2018	국가부도의 날	드라마	최국희	이유진	오효진	엄성민	김혜수, 유아인, 허준호	2017-12-12	2018-03-11	CJ엔터테인먼트	CJ엔터테인먼트	영화사 집	2018-11-28	
	13	2017	샘	로맨스/ 코미디/드라마	황규일	김순모	임연주	황규일	최준영, 류아벨, 조재영			롯데엔터테인먼트	롯데엔터테인먼트	모토	2018-11-29	2018 JIFF 유니온투자파트너스상 수상
	14	2018	소녀의 세계	로맨스	안정민	오승현, 김수진	윤기진	국유나, 안정민	노정의, 조수향, 권나라	2016-06-09	2016-07-17	아이아스플러스	드림팩트엔터테인먼트	빅오픽쳐스/날개엔터테인먼트	2018-11-29	2015 KT국제스마트폰영화제 장편 시나리오상 수상/ 2016 서울독립영화제 특별초청작
	15	2017	천당의 밤과 안개	다큐멘터리	정성일	김종원, 윤상오	박영언, 함규리		왕빙	2009-12-01	2014-02-25	영화사 키노	마운틴픽쳐스	영화사 키노	2018-11-29	2015 BIFF 뉴커런츠 부문 초청작/ 2016 로테르담국제영화제 딥 포커스 부문 초청작
12월 개봉	1	2018	도어락	스릴러/드라마	이권	조병연	김성룡, 이재민	박정희, 이권	공효진, 김예원, 김성오	2018-01-07	2018-03-14	메가박스중앙㈜플러스엠	메가박스중앙㈜플러스엠	영화사 피어나	2018-12-05	
	2	2018	리벤져	액션	이승원	이현명	양종곤	브루스 칸	브루스 칸, 박희순, 윤진서	2017-10-09	2018-04-27	리틀빅픽쳐스	리틀빅픽쳐스	그린피쉬	2018-12-06	A.K.A. 레전드
	3	2017	아메리카 타운	드라마	전수일	전수일	서윤교	전수일	김단율, 임채영	2017-01-15	2017-02-15		전국예술영화관협회	동녘필름/군산영화인협회	2018-12-06	2017 BIFF 한국영화의 오늘-파노라마 부문 초청작/ 2018 시드니영화제 장편영화 부문 초청작
	4	2018	다영씨 (N)	드라마/코미디	고봉수		김정기	임혜인	신민재, 이호정, 강하람	2017-10-03	2017-10-05		인디스토리	고브로 필름	2018-12-06	2018 JIFF 코리아 시네마스케이프 부문 초청작/ 2018 파리한국영화제 페이사쥬 부문 초청작
	5	2018	스윙키즈	휴먼드라마	강형철	이안나	유성권, 안희진	강형철	도경수, 박혜수, 자레드 그라임스	2017-10-18	2018-02-20	NEW	NEW	안나푸르나필름	2018-12-19	
	6	2017	마약왕	범죄/시대/드라마	우민호	김원국	김진우	이지민, 우민호	송강호, 조정석, 배두나	2017-05-05	2017-10-10	쇼박스	쇼박스	하이브미디어코프	2018-12-19	
	7	2017	PMC: 더 벙커	액션	김병우	강명찬, 김영훈	최원기	김병우	하정우, 이선균	2017-08-04	2017-12-01	CJ엔터테인먼트	CJ엔터테인먼트	퍼펙트스톰필름	2018-12-26	A.K.A. PMC
개봉 준비	1	2018	내안의 그놈	판타지/코미디	강효진	이승효, 이서열	김봉준	조중훈, 박대성, 신한솔	박성웅, 진영, 라미란	2017-10-23	2017-12-28	TCO㈜더콘텐츠온	메리크리스마스	에코필름/전망좋은 영화사	2019-01-09	
	2	2018	말모이	드라마	엄유나	박은경	윤서영	엄유나	유해진, 윤계상	2018-04-01	2018-07-15	롯데엔터테인먼트	롯데엔터테인먼트	더 램프	2019-01-09	
	3	2018	언더독	애니메이션	오성윤, 이춘백	오성윤	최윤경	오성윤	도경수, 박소담, 박철민(목소리 출연)	2013-04	2018-06	NEW	NEW	오돌또기	2019-01	2018 BiFan 개막작
	4	2017	방문객	미스터리/ 판타지/드라마	박영철	박영철	박영철	임나경, 박영철	정호, 송경의, 박기룡	2017-10-01	2017-10-30	더 필름클래식 프로덕션		더 필름클래식 프로덕션	2019	
	5	2015	사랑후애	멜로/로맨스	어일선	노지연	강은경	어일선	박시후, 윤은혜	2014-11-09	2015-02-01		씨타마운틴픽쳐스	리엔엔터테인먼트	2019	한·중 공동제작 프로젝트
	6	2016	슈팅걸스	스포츠 드라마	배효민	강태규, 배효민	리주영, 이준호	배효민	정웅인, 김보경, 정우림	2015-01-08	2016-01-26	슈팅걸스 유한회사/새바엔터테인먼트/아이언스튜디오		새바엔터테인먼트/아이언스튜디오	2019	삼례여중 축구부와 김수철 감독 실화/ 2017 BiFan 패밀리존 부문 초청작
	7	2016	유타 가는 길	드라마	김정중	김정중	송지연, 이승복, 신인기	김정중	이진욱, 류혜영	2014-02	2016-01			바다엔터테인먼트	2019	2016 BIFF 한국영화의 오늘-파노라마 부문 초청작
후반 작업	1	2018	미스터 주(가제)	코미디/드라마	김태윤	이한승	남현우	김태윤	이성민, 배정남, 갈소원	2018-07-09	2018-10-22	리틀빅픽쳐스	리틀빅픽쳐스	리양필름/HJ필름	2019	
	2	2018	증인	휴먼드라마	이한	김재중, 김우재	이준우	문지원, 이한	정우성, 김향기	2018-07-07	2018-10-10	롯데엔터테인먼트	롯데엔터테인먼트	무비락/도서관옆스튜디오	2019	2016 롯데 시나리오 공모대전 대상
	3	2018	걸캅스(가제)	코미디/액션	정다원	변봉현	안성현	정다원	라미란, 이성경	2018-07-05	2018-09-27	CJ엔터테인먼트	CJ엔터테인먼트	필름모멘텀	2019	
	4	2018	힘을 내요, 미스터 리(가제)	코미디/드라마	이계벽	임승용	김정복	김희진, 장윤미, 이계벽	차승원, 엄채영, 박해준	2018-06-23	2018-09-22	NEW	NEW			

공조

MISSING
미씽

국가대표2

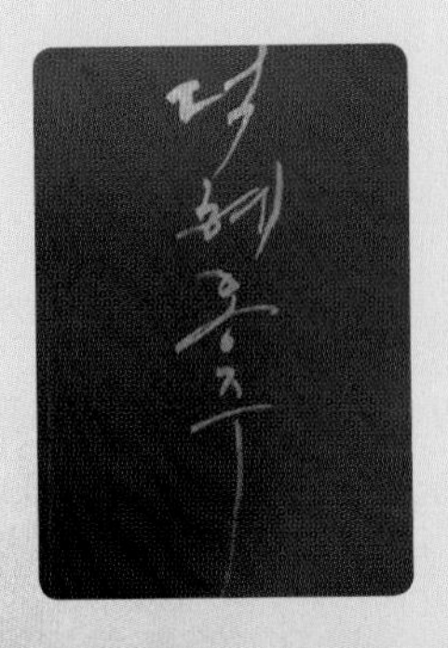
덕혜옹주

밀정

악녀

물괴

Korean
Scenario
Writers
Association